小学館文庫

希望病棟

垣谷美雨

小学館

目次

1　小出桜子（高二）

野菜なんか食わなきゃよかった。

大人たちが寄ってたかって身体にいいとかなんとか言いやがるから、大嫌いなニンジンだって子供のときに克服したよ。蛋白質をたくさん取れと言われたから、我慢して豆腐も食べたけど、同じ蛋白質なら肉の方がうまいに決まってんだろ。つまり、貧乏人は豆腐で我慢しろってことだったんだ。そのうえピーマンまで食えなんて言語道断だよ。いい加減にしろよ。もう二度と食わねえからな。我慢してニンジン食ってピーマン食って、豆腐を無理やり飲み込んだところで、結局は癌になったじゃんかよ。それも、あと数ヶ月の命だってさ。いったい野菜や豆腐のどこが身体に良かったっていうんだよ。馬鹿馬鹿しいったらありゃしねえ。もしも過去に戻れるんなら、ふりかけご飯と肉とラーメン以外は絶対に食わねえからな。

心の中で毒づきながら病院のベッドに寝転んで天井を睨みつけていると、ドアをノックする音が聞こえてきた。

「回診です」

声と同時にドアが開き、看護師の松坂マリ江が入ってきた。名前だけは可愛らしいけれど、実物はでっぷり太った五十歳くらいのオバサンだ。

ふと見ると、マリ江の背後に見知らぬ女がいた。誰しも似たような白衣を着ているから、一見しただけでは看護師なのかヘルパーなのか掃除係なのかはわからないが、かなり若そうだ。

「桜子ちゃん、こちらが今度赴任された先生です」

マリ江が、わざとらしいほど神妙な顔つきで言う。

こちらって、どちらだよ。

病状が進んで目もおかしくなってしまったのだろうか。マリ江と、その後ろにいる若い女しか自分には見えなかった。いつだったか、視野が欠ける病気があることをテレビで見たことがあったけれど、もしかして、自分もそういう症状が出始めたのだろうか。

もうすぐ死ぬことはわかっている。

少しでも希望を持つと、やっぱりダメらしいとなったときの落胆が大きいから、早くこの世とおさらばできてラッキーだと思うことに決めていた。実際に、これまでの人生はロクでもなかったし、これからだって仮に生き延びたところで、貧困と孤独につきまとわれる。それを考えれば、早めにあの世に逝けるのは幸運だ。とはいえ、すうっと眠るように死んでいきたいという最後の望みだけは叶えてほしかった。

でも、そんなに都合よくいかないんだろうね。身体のあちこちが少しずつ機能しなくなって死に近づいていくのが、やっぱり普通らしい。だとしても、真っ先に目にくるのはつらい。ネットやテレビを見られなくなったら、何を楽しみに過ごせばいいんだか。今のうちに、好きな音楽をスマホにたくさんダウンロードしておいて、目を瞑ってても操作できるように練習しておこうかな。

そんなことを考えていると、マリ江の背後にいる若い女が深々とお辞儀をしながら言った。

「黒田摩周湖と申します。よろしくお願いいたします」

語尾が消え入りそうだった。上目遣いでちらりとこちらを窺うように見たと思ったら、マリ江の幅広い身体の陰に隠れようとしている。

何なんだ、この挙動不審の怪しげな女は。

まるで、警察に追われている犯人みたいじゃないか。

マリ江もそれに気づいたのか、さっと脇によけて、背後にいる黒田マシューコと名乗る若い女を前に押し出すようにした。何度見ても感心するのは、マリ江は太っている割に動作が機敏なことだ。そういえば小学生のとき、太っているのに運動神経抜群の男の子がいたっけなあ。

「桜子ちゃん、こちらが主治医の黒田摩周湖先生よ」

マリ江は手の平を上にし、若い女の方へ向けた。

「えっ、こちらって……」

まさか、その怪しげな若い女が私の主治医だって？

見るからに頼りなさそうで、赤ちゃんみたいなピンクのほっぺをしているのに？

……信じられない。

人は見かけによらないというけれど、今までの十六年の人生の中では最大級だ。つまり、見かけとは違い、頭がいいうえに年齢もイってるってことなのか。

先週までの主治医は権藤ジジィだった。札幌に転勤になったことは聞いていたけれど、次の担当もきっと権藤と同じような初老の男性だと思っていた。

「ほら、桜子ちゃん、先生にご挨拶でしょ」

マリ江は、こうしてときどき母親気取りになる。親のいない子に礼儀を教えてやろうとするだけならまだ我慢できるが、可哀想な小動物を見るような慈悲深い目つきだけはマジでやめてほしい。見るたびにむかつくんだよ。

「あ、すみません。ぼうっとしちゃって。先生、よろしくお願いします」

笑顔まで添えてやったよ。こういうとき、自分は女優になれるんじゃないかと思う。

「あのう……こちらこそよろしくお願いいたします」

恐縮したような顔つきをして、またしても深々と頭を下げやがった。こんな医者見たことないよ。それも、こっちはまだ高校生のガキだっていうのにさ。

先生、それはいわゆる謙虚ってやつでしょうか。それとも、私はあんたと違ってお嬢さん育ちだから礼儀正しいんですよ、というアピールですか？

「先生、『黒田マシューコ』というお名前ですが、まさか、北海道の弟子屈町にある湖と同じ漢字じゃないですよね？」

さっきから気になっていたことを尋ねてみた。

「同じ字です。それにしても、町名までよくご存じですね」

摩周湖が感心したように言ったが、こちらは呆れていた。そんな変な名前をつける親って、どんな人間なのだろう。

「先生、桜子ちゃんはね、とっても優秀なんですよ。なんせ城南高校の生徒さんですからね。あの学校は都立の中で五本の指に入るんです。ねっ、桜子ちゃん」

マリ江がいつもの慈悲深い眼差しで見たので思わず目を背けた。親もいないうえに末期癌で、どうしようもなく可哀想だと思っているのが見てとれる。何か一つでもいいところを見つけて褒めてやろうとしているのだろうけど、そういうの、有難迷惑なんだよ。

他の医者や看護師たちが「城南高校の生徒なんだってね」と話しかけてくるのは、きっとマリ江が言い触らしてるからだ。もうやめてもらいたい。そのマリ江の気遣いに必死さが見えて、他人から見た自分がどんだけ不幸なのかを思い知らされて、余計に気分が落ち込むんだよ。

こちらのそんな気持ちを想像することが、どうしてできないんだろうね。マリ江や他の看護師たちの鈍感さや単純さには、毎回びっくりするよ。

「えっと、それで小出さんは、遺伝子操作の治験のことはお聞き及びですね？」

どうして私みたいなガキに敬語使うのかね。だけど「桜子ちゃん」じゃなくて「小出さん」と呼ぶのは気に入った。マリ江も見習ってほしいもんだ。そもそも親しくもなんともない他人なのに、マリ江は馴れ馴れしすぎるし、母親代わりみたいな態度がイタいしウザい。

優しそうな顔で近づいてくる大人は要警戒だ。気を許して甘えたら手痛いしっぺ返しを食らう。そんなことは、児童養護施設や学校で数えきれないほど経験してきた。

「はい。治験のことなら権藤先生から聞いていますけど？」と、私は答えた。

「つまり了承されたということで、よろしいですね？」

摩周湖は書類に目を落とし、人差し指でなぞっている。たぶん署名の欄だろう。

「一応、了承はしました。でも正直言って、権藤先生の説明は、いまひとつよくわかりませんでしたけど」

「えっ、そうなんですか？」

摩周湖は眉間（みけん）に皺（しわ）を寄せて宙を睨んでから、こちらを見た。

「わかりやすく説明しますと、癌を抑制するDNAのスイッチをオンにするんです」

ちっともわかりやすくない。

「桜子ちゃん、治験を受けるってことでいいのよね」と、せっかちなマリ江が口を挟んだ。

「はい、まあ。私が実験台になることでお役に立てるのならと、お受けすることにしたんです」

学校と児童養護施設で学んだ唯一のことは、大人に好かれるためにはどう振る舞えばいいかということだ。素直で従順に見せることがポイントだ。本来の性格からいえば、最も苦手なことだが、生きていくためにはそうせざるを得なかった。

施設には、大人に反発してばかりで可愛げのない子供もたくさんいた。処世術くらい身につけろよと何度も注意してやったが、プライドが許さないだとか、私は桜子と違って純粋だから汚い大人に魂は売れない、などと言いやがった。

ほんと馬鹿だよ。そんな愛想（あいそ）のない子供に対して、大人たちは容赦なく冷たく当たるっていうのにさ、まったく。

それにしても、可愛げのない子供たちの反発心が、寂しさやつらさから来ていることを見抜く指導員は、施設にはほとんどいなかった。相手が五歳くらいでも、大人たちは真剣に腹を立てる。たぶん頭ではわかっているんだろうけれど、核心を突く辛辣(しんらつ)なことをズバリと言ってのけるガキどもに対して、根気よく愛情を持って接することは誰にとっても至難の業なのかもしれない。そういう私だって、生意気なガキどもに優しくできないときも少なくなかった。

「ご家族も同意されているということでいいですね？」

摩周湖がそう尋ねたとき、マリ江が慌てた様子で彼女の脇腹を肘(ひじ)で突いた。

「先生、さっき説明したでしょ。家族はいないんだって」

マリ江は声を落としたつもりらしいが、目の前にいるのだから筒抜けだ。マリ江は怖い顔をして、摩周湖が持っているカルテの一点をトントンと指で突いた。突いた箇所は、たぶん家族構成の欄だろう。

摩周湖はハッとしたようにこちらを見て、一瞬泣きそうな顔をした。そういった顔をすること自体、相手を傷つけるということがわかっていないらしい。泣きそうになってしまうほど、お前の生まれ育ちは悲惨だと言っているのも同然なのだけどね。

「違うんです」と、摩周湖が突然大きな声を出した。

何が違うんだよ。

問うように摩周湖を見ると、目を逸(そ)らして戸惑ったように目を泳がせている。

ほんと仕方のない大人だなあ。だから助け舟を出してやった。

「摩周湖先生、私なら大丈夫ですよ。児童養護施設の指導員にサインしてもらいましたから」

「ええ、それは……」と、摩周湖はまだ何か言い淀んでいる。

言っとくけど、これは大サービスだからな。

医師や看護師に好かれることは、入院生活では最も大切なことだ。ヤツらは生殺与奪の権を握っている。そういう意味では、施設の指導員よりも更に強い立場にいる。

癌が全身に広がっていよいよとなったときは、死期が早まってもいいから痛み止めの点滴を大量に打ってもらいたい。だけど、医師も看護師も人間だ。可愛げのない生意気な患者なら、どんなに痛がっても痛み止めを処方しないことだってあるに違いない。まさか、医療関係者たるものが、そんなレベルの低い意地悪をするわけがないじゃないかと、人は言うかもしれない。

だけど私は知っている。

この世の誰ひとりとして信用できないことを。

大人なんてみんなロクでもないことを。

「三十六度五分です」

気まずい沈黙を破るように、マリ江が言った。

「ちょっと診せてくださいね」

摩周湖はそう言うと、親指を使って私の涙袋を下げてから、両手で私の首のあちこちを触った。そして顔色を観察しているのか、じろじろと私の顔を見た。

「黄疸も出ていないし、病状は安定していますね」

摩周湖がそう言ったとき、ドアが開いて、児童養護施設の指導員の由紀子が病室に入ってきた。

「先生、すみません、お見舞いの時間じゃないのに来てしまって。なかなか時間が取れないものですから」と、由紀子が頭を下げる。

「いいんですよ」とマリ江が先に答えた。「お仕事の都合がおありになるんだし、今日もすぐに施設に戻らないとならないんでしょうから」

施設のガキどもが来てくれたときは、マリ江は時間外だと冷たく言い放ち、直ちに廊下へ出るよう命じるのに、由紀子たち指導員だけは大目に見ている。

「由紀子さん、忙しいのにすみません」と、ベッドの中から頭を下げた。

「何を言ってるのよ。私のことなんていいのよ。桜子ちゃんは自分のことだけ考えて、治療に専念して早く良くなるのよ」

そう言うと、衝立の向こう側にある小さなキッチンに消えた。広めの1DKの個室は差額ベッド代が一泊八万円もするらしいが、治験を受ける患者には特別に無料で与えられる。それもあって、治験を引き受けることにしたのだった。

施設では異年齢の四人部屋だし、入院直後も四人部屋だったから、個室で過ごすのは生まれて初めての経験だった。それを知っている指導員たちは、個室は寂しいでしょうと、見舞いに来るたびに言うが、冗談じゃないよ、こんなにも一人が快適だったとは知らなかったよ。自分の部屋を持っている普通の家の同級生たちが死ぬほど羨(うらや)ましくなった。

衝立の磨(す)りガラスに、由紀子の姿がぼんやりと映っていた。持ってきたスイートピーを花瓶に活(い)けている。衝立から姿を現した由紀子は、大きな花瓶を胸に抱えていた。

そして、満面の笑みで言った。

「桜子ちゃん、治験が始まれば、すぐに良くなるわ。希望を持つのよ」

「希望、ですか？」

バカじゃねえの。

どうして、そんな上っ面のきれいごとを言うんだよ。

ダメになったとき、お前は何をどう言うつもりなんだ？

もっと先々のことを考えてから口にしろよ。

思わず顔が強張(こわば)ってしまうのが自分でもわかった。それを見て、由紀子が驚いたように立ち止まった。それでも自分は、どうしても笑顔を作れなかった。

そのとき、強い視線を感じて首を捩(ね)じると、摩周湖が口を真一文字に結んだまま、こちらをじっと見つめていた。

「やだ、桜子ちゃん、どうしちゃったの。でも先生、精神的に不安定になるのも仕方がないですよね。だって桜子ちゃんはまだ高校生ですもの」

由紀子は摩周湖に助けを求めるように言ったが、摩周湖がうんともすんとも言わず、曖昧(あいまい)で気弱そうな笑みを浮かべるだけなので、由紀子は焦ったように更に早口で続けて言った。

「桜子ちゃん、絶対大丈夫だからね。今やＤＮＡの世界は日進月歩なのよ。昨日は助からなかった人が今日は助かるという時代になってるの。だから心を強く持って頑張るのよ」

は？　由紀子さん、あなたはなんでそんなに必死の形相をしているんですか？　それに、医者でもないのに、ＤＮＡ研究の未来までをも断言する。糠喜(ぬかよろこ)びに終わる可能性だってあるのに、どうしてこうも無責任なことが言えるんだ？　その神経が私には理解できないよ。

由紀子とはかれこれ十年近い付き合いだけど、いまだにどんな人間なのかがわからない。ものすごく意地悪なのか、それとも本物の馬鹿なのか。そのどちらかであることは間違いないとは思うけれど。

そのときだった。摩周湖が静かに、けれどもきっぱりと言った。

「治験をしたところで必ず治癒するとは言っておりませんし、そんなお約束はできません」

「えっ？」

由紀子の顔色がさっと変わった。目を見開いて摩周湖を見つめている。

「これはあくまでも治験ですので、場合によっては死期を早める可能性もないわけではないです」

「ちょっと、先生」と、マリ江が摩周湖の袖(そで)を引っ張った。

「先生、それはいくらなんでも……」

由紀子はそう言いかけて、両手で口を押さえた。

「何でしょうか？」

摩周湖はきょとんとした顔で由紀子を見ていたが、次の瞬間、由紀子の怒りの滲(にじ)んだ目つきに心底びっくりしたようで、なんと、一歩後退(あとずさ)った。

こいつはこいつで、違う意味で鈍感らしい。

なんだか面白くなってきた。

摩周湖は由紀子からさっと目を逸らすと、落ち着きなく宙に目を泳がせ始めた。自分が何かマズいことを言ってしまったのはわかっているらしいが、何がどうマズかったのかも、じゃあどうしたらいいのかもわからずに戸惑っている様子だ。

「えっと、それでは、お大事に」

摩周湖は早口で言うと、逃げるように病室を出て行った。

私は噴き出しそうになるのを抑えるのに精いっぱいで、たまらず蒲団(ふとん)を頭から被(かぶ)った。

2　黒田摩周湖

小出桜子の病室を出ると、黙ったまま廊下を進んだ。

マリ江も身体を左右に揺らしながら黙ってついてくる。

次の廊下を曲がったときだった。

「先生、ちょっと待ってください」

後方から鋭い声がした。

振り返ると、さきほどの女性が息を切らせて追いかけてきた。児童養護施設の指導員で由紀子という名前だ。三十代前半だろうか、ほっそりとしていて品がある。

「どうしたんです？」とマリ江が尋ねた。

「いくらなんでも無神経じゃないですかっ」

由紀子の優しそうな雰囲気からは想像できないほどの大声だった。朝の回診の時間帯なので、廊下に誰もいないのが救いだった。

「先生、桜子ちゃんはまだ十六歳なんですよっ」

知ってますけど、それが何ですか、という言葉を私は呑み込んだ。

——普段は無口なくせに、たまに口を開けば、患者や家族の気持ちを逆撫ですることばかり言う。人の気持ちがわからない医者だ。

それが自分に貼られたレッテルだった。品川分院から異動してきたばかりだが、その噂はこの神田川病院にも広まっているらしいことは、赴任早々から感じていた。

「死期を早める可能性もあるなんて、よくも高校生の前で言えますね」

由紀子の目が怒りに燃えている。

「桜子ちゃんが可哀想だと思わないんですかっ」

目に涙が膨れ上がってきた。

「えっと、それは、だって……」

治験を始めるにあたって、可能性のあることは全て伝えるべきなのだ。特に桜子の場合は身寄りがないと聞いているから、本人に言わずして誰に言うのだ。

そのうえ十六歳とは思えないほどの落ち着きや、体調が悪くても相手を気遣う立派さが桜子にはある。そのことは初対面でもはっきりと感じ取れた。それらを判断した結果、本当のことを言うことに決めたのだ。

それがどうして悪いのか。

希望を持たせる方がよっぽど罪ではないか。治験を行うことで更に病状が悪化した場合は、どう説明すればいいのか。そもそも百パーセント治るのなら、世界中の人がとっくにやっている。そうなると、それはもはや治験とはいえない段階だ。そんなことも知らないのだろうか。でも桜子は知っている。その証拠に、由紀子がすぐに治るだとか、希望を持てと励ましたときも、桜子は嬉しそうな顔をしなかった。

それに、弱冠十六歳であっても、人生の最後に言い残したいことがあるのではないか。十分な説明のないまま病が悪化すれば、それを伝えるチャンスさえ奪ってしまうことになる。

「えっと……」

もっと小さな子供なら誤魔化せるだろう。だが、自分が十六歳だった頃を思い出してみても、決して能天気で単純な子供なんかじゃなかった。

言いたいことがたくさん胸に溢れてきて、何から言えばいいのかわからず、言葉が続かなかった。

「先生が何とおっしゃろうと、施設のみんなは奇跡を信じていますから」

由紀子は涙の溜まった目で、真正面からこちらを見据えた。

「あっそうですか」

言った途端に、しまったと思ったが遅かった。

案の定、由紀子が怒りを募らせたのが、その目つきからわかった。

「何ですか、その言い方。なんて軽薄な……」

そのとき、マリ江がさっと前に出たので、私は思わずマリ江の巨体の陰にすっぽり隠れるよう身を縮こまらせた。

「いま桜子ちゃんは、頭から蒲団をすっぽり被って泣いてるんですよっ」

「申し訳ございません。本当にすみませんでした」

そう言って、マリ江は何度も深々と頭を下げた。

それに対して由紀子は何も言わず、踵を返すと足早に病室へ戻っていった。

「やっとルミ子先生から逃れられたと思ったら、今度は摩周湖先生ですか。本当にもう、いい加減にしてくださいよ。あーあ。私は苦労を引き受ける星の下に生まれて来たんでしょうかね」

マリ江は私の目を覗き込むようにして言った。マリ江は横幅があるだけでなく背も高い。廊下の電灯が逆光となり、覆いかぶさってくる黒い巨人のように見えて怖くなった。思わず後退りしかけると、マリ江は逃すまいとでもするかのように、素早く私の二の腕をつかんだ。

「摩周湖先生、ちゃんと聞いてください。私は桜子ちゃんが大好きなんです。あんなに素直で可愛らしい子を見たことがありません。癌になっても笑顔を絶やさず前向きに頑張っているんですよ。それなのに、あの言い方はないでしょう」

素直で可愛らしい子？

あの子はもっと複雑な心を抱えている。不幸な生い立ちのせいか、老成している部分がある。

「摩周湖先生、どうして黙ってるんですか」

「だって、あの子は……」

何と説明すればマリ江にわかってもらえるのか。どう言っても誤解されそうで、途方に暮れてしまった。

「もういいですよ。本当にもう、私を馬鹿にしてっ」

そう言うと、マリ江はつんと上を向いたまま、次の病室へ向かった。

3　谷村貴子（たにむらたかこ）（36歳　代議士妻）

ノックの音が聞こえたので、読みかけの本を閉じてドアの方を見た。

「回診です」

いつもの年配看護師が入ってきた。確か松坂マリ江という名前だ。その後ろから、新人の看護師か見習いのヘルパーか知らないが、白衣を着た若い女性がついてくる。

「こちらが今日から担当してくださる黒田先生です」と、マリ江が言った。

「えっ、どなたが？」

そう尋ねると、マリ江は若い女性を指さした。

「このたび主治医となりました黒田摩周湖と申します。よろしくお願いいたします」

若い女性が頭を下げたので驚いた。見るからに頼りなさそうだ。肌が赤ちゃんのように瑞々しいからか、ひどく若く見える。

「こちらこそ、よろしくお願いいたします」と、私はベッドに横たわったまま頭を下げた。

「DNA操作の治験のことはお聞き及びでしょうか」

声が小さくて自信がなさそうに見えるが、本当にこの医者で大丈夫なのだろうか。

「治験のことでしたら、前任の権藤先生から説明を受けておりますが」

先週までの主治医は五十代の権藤医師だった。札幌に転勤になったとは聞いていたが、こんなに若い女医に交代するとは思ってもいなかった。きちんと引き継ぎはしてあるのだろうけれど、なんだか心配になる。

治験というのは、早い話が実験台になるということだ。断わるつもりだったのに、夫が勝手に了承してしまった。本当なら痛みを取る治療だけして、あとは安らかにあの世に逝きたかったのに。

——妻が身を挺して医療に貢献したとなれば、俺のいい宣伝になる。

夫は平然とそう言ってのけた。次の選挙に勝つことしか考えていないクズだ。

今まで何度心に誓ったことだろう。この屈辱は死ぬまで忘れないと。そしていつの日か夫が死んだら、自分は思う存分、自由に生きてやるのだと。

だが、末期癌が判明した今となっては、恨みを持ち続けたところで仕方がない。そのことに気づいて以来、どうしようもないほどの虚しさに襲われていた。今まで自分を支えていたものは、夫に対する恨みを忘れないで心に溜め置くことだったのだと思い当たり、愕然とした。

なんという薄汚い人生だったのだろう。恨みが根幹を成していたとは。

こんなに早く死ぬとわかっていたなら、野垂れ死にを覚悟で家を飛び出せばよかった。国会議員の妻の地位が何だっていうのだろう。

夫と結婚したことでキャバクラを辞めることができ、高級住宅街の主婦になれた。だが、それと引き換えに自分というものを失った。

「胸を診せてくださいね」

そう言って、若い女医が聴診器を胸に当て、そのあと首などを触診してから言った。

「特に異常はありません」

「あのう……先生のお名前のマシューコというのは、あの湖の？」

「そうです」

摩周湖がそう答えたとき、病室のドアが開いた。

入ってきたのは、夫と姑だった。

「あら、こちらが新しいお医者様かしら？」

姑がそう尋ねた。やはり誰が見ても医師には見えないのだろう。

摩周湖が改めて自己紹介すると、夫と姑は愛想笑いを浮かべながら頭を下げた。

「先生、すみません。こんな時間に来てしまって」と姑が頭を下げた。

「いいんですよ」と摩周湖より先にマリ江が応えた。「だって今はお忙しいでしょう。解散総選挙の噂で持ちきりですからね」

「実はそうなんですの」と姑が上品に微笑んだ。

姑は、戦前からの有名企業の創業家の令嬢だ。美人で服装のセンスも良く、八十歳を過ぎた今も、息子の選挙となると驚くほどのバイタリティを発揮するのは有名だ。

「貴子さんに頼みがあるの。支援者ノートを書いておいてほしいのよ」

夫は姑の背後にいるが、腕組みをしてずっと黙ったままだ。具合はどうだと尋ねてくれることもない。死ぬのを今か今かと待っているのが見え見えだった。

「お義母さん、支援者ノートって何ですか？」と、私は尋ねた。

「あなたが今までかかわってきた人たちのことを記録として残しておいてほしいのよ。例えば、三丁目の稲垣さんのおじいさんの肩こりのこととか、そういったこまごましたことも漏らさず書いておいてちょうだい」

「稲垣さんの肩こり？　どうしてそんなことをわざわざ記録しておくんですか？」

「だからね」と、姑の声が大きくなった。そして、大きな溜め息をついた。

なんて鈍いの、この嫁は。

そう言いたいのだろうが、支援者ノートの目的くらい、本当は説明されなくてもわかっていた。だが、わからないふりをしてしつこく質問してやる。医師や看護師の前で恥を晒せばいい。

最近は、どす黒いほどの意地悪な気持ちになることが多くなった。夫とは一回り以上も歳が離れているから、結婚当初からなんとなく夫が先に死ぬものだと思っていた。夫が死んだら財産を全部受け継いで、あとは好きに生きてやる。それまでの辛抱だと自分に言い聞かせて我慢してきたのだった。それなのに自分が先に死ぬことになろうとは、神も仏もないというのはこういうことをいうのか。

それよりさっきから気になっているのは、摩周湖のことだ。診察も終わり、マリ江が次の病室に向かおうとドアを開けかけているのに、なぜか両手を後ろ手に組んで、窓の外をぼうっと眺めている。こんな医師は今まで見たことがない。名前だけでなく性格も変わっているらしい。

　姑は、そんな摩周湖の気配など気にもならないようで、バッグの中から一冊のノートを取り出して言った。

「貴子さん、あなたはよく稲垣さんの肩を揉みに通ってくれたでしょう」

「ええ、選挙前になると頻繁に通いましたけど」

　そう答えると、摩周湖が視線を窓から姑に移した。マリ江もドアの所からこちらを凝視している。

「やだわ。貴子さん、選挙前だけ通うみたいな、そんな言い方。まるで一票を入れてもらうためみたいじゃないの」

「えっ、違ったんですか？」

　そう言うと、姑は顔を強張らせ、ちらりと摩周湖を見てから、振り返ってマリ江を見て、これでもかというほど口角を上げて愛想笑いをした。「やあねえ、稲垣さんはそんな方じゃないわよ。いつも清き一票を入れてくださる人よ」

「だからさ」と、夫が初めて口を開いた。怒りを抑えたような、ドスの利いた声だった。この声音がずっと怖くて、顔色を窺って暮らしてきたのだった。

　だが今はもう怖くない。神様は、死期の近い人間に最後のプレゼントとして、勇気を与えてくれた。いや、勇気というよりも捨て鉢な気持ちといった方がいいかもしれないが。

今となっては、なぜ今まで夫の声がそれほど恐ろしかったのか不思議に感じるほどだ。それどころか、夫の脅すような声や態度が滑稽にすら思えてくる。

「貴子、つべこべ言わずに言われた通りにしなさい。今のうちに、支援者のことを詳しく書いておくんだ。いいね？」と夫は言った。

今のうち？　それはいったいどういう意味なのか。病状が進んで字も書けなくなると困るから、早めに引き継ぎを済ませておけということか。

「なんなら雅美さんか笑里を寄こしてもいいわよ。口述筆記をやらせるわ」

夫は二人兄弟の長男で、弟は議員秘書だ。その妻が雅美で、娘が笑里だ。笑里はまだ高校生なのに、既に軽薄でズルそうな感じが漂っている。以前から母娘ともども苦手だった。

夫は、私が勤めていたキャバクラの常連客の一人だった。自信に満ち溢れた鷹揚な態度を包容力だと勘違いしたのは、今思えば若気の至りだった。私には身寄りがないこともあり、大家族で協力し合って暮らしている夫一家に温かみを感じ、その輪の中に自分も入れてもらえればどんなに幸せだろうと思ったのもまた、未熟者ゆえの浅慮だった。

親族のほとんどが目白駅から五分の所に住んでいる。それというのも、新潟の寒村から上京した義祖父が小さな商売で小銭を貯め、戦後のどさくさの時代に土地を買い漁ったからだ。その先見の明があった義祖父の息子、つまり夫の父は国会議員となり、五年前に心筋梗塞で急死した後は、夫が地盤看板を引き継いで衆議院議員に当選したのだった。

自分たち夫婦には子供ができず後継ぎがいないが、この一族が世襲制議員の旨味を手放すわけがない。ずっと国会議員という商売で生きてきたのだから。私が死んだあとに迎える後妻の候補を、既にあれこれ見繕っているに違いない。

「あのう……」

摩周湖が口を挟んだ。

まだいたのか。ドア付近でこちらを見つめている。

「ノートに筆記するというのは、目が疲れるのでおやめになってください」

摩周湖がそう言うと、姑がすぐに言い返した。

「ええ、ですからね、口述筆記を頼むつもりなんです」

「口述筆記もダメです。今は治験に備えて身体を休めることが大切ですから」

「先生、お言葉を返すようですが」と、夫が言った。「今のうちにノートをまとめておかないとならないもんですからね」

「今のうちとはどういう意味ですか？　死ぬ前に書いておけということですか？」

そこにいた全員が驚いて摩周湖を見た。もちろん私も。常識的に考えて、医者が患者の前で「死ぬ前に」という言葉を使うだろうか。ホスピスならまだしも、ここは一般の病院なのだ。

「先生、摩周湖先生っ、もう時間ですよっ」

マリ江は大きな声を出すと、小柄な摩周湖の二の腕をつかみ、無理やり引っ張るようにしてドアから出て行った。

4　黒田摩周湖

「まったくもう」

廊下に出た途端に、マリ江は大げさに溜め息をついた。

「摩周湖先生、言葉遣いにはお気をつけになった方がいいですよ。それにしても、先生って意外にミーハーですね」とマリ江が言う。

「どうしてですか？」

「だって、そうでしょう。診察が終わったあとも病室にぐずぐず留まっていたのは、国会議員の家庭内のいざこざに興味津々だからでしょう」

マリ江がそう言うのは、週刊誌に貴子一家のことが載ったからだろう。だが、とんでもない勘違いだ。姑と夫が病室に入ってきたとき、貴子の表情が一瞬にして固まったのが気になったのだ。姑と夫の存在そのものが、貴子のストレスの原因になっているのではないかと思い、その様子を確かめるために病室に留まったのだった。

昔から「病は気から」と言われているが、あれは決して迷信なんかではない。病気を治そうという前向きな気持ちに水を差すような原因は取り除きたい。そうでないと、せっかくの治験に悪影響を及ぼしてしまう。

医局に戻ると、シンと静まり返っていた。

まだ誰も回診から戻ってきていないらしい。

デスクの間を通り抜けて、衝立の向こう側にある給湯コーナーへ行き、自分のカップにハーブのティーバッグを入れた。

カップを見つめていると、さっきの光景が頭の中をぐるぐる回って苦しくなってきた。どうしていつも、ああなってしまうのだろう。あれこれ言おうと思うと焦ってしまい、「あっそうですか」などと、相手を馬鹿にしたような言葉が口から出てしまう。その言葉の中に、たくさんの思いが詰まっていることなど他人がわかってくれるはずもない。だからみんなに誤解される。子供の頃からそうだった。

背後でドアが開く音がした。

衝立で区切られていて見えないが、あの大きな足音は笹田(ささだ)部長だろう。ルミ子先輩に聞いた話だと、大酒飲みでヘビースモーカーで大食漢で甘い物が大好きらしい。それなのに身体を動かすのが嫌いで、近距離でもタクシーをつかまえる。医者のくせに、五分以上歩くヤツは文明人じゃないと豪語しているという。

とはいうものの、それらはすべてルミ子先輩から聞いたことだから、本当かどうかはわからない。彼女は何かと親切にしてくれるが、かなりズレたところがある。

またドアが開く音がした。

「あ、部長、いたの？　お疲れ」

香織(かおり)先輩の声だった。ハスキーなのもあるが、部長に敬語を使わないのは彼女だけだからすぐわかる。

「また厄介な女医が来たよ。名前までふざけてやがる」

笹田部長は、でっぷりした腹部が共鳴しているのかと思うほど声が大きい。

「摩周湖のことでしょう？　日本で一番透明度が高い湖らしいよ。聞いた話によると、透き通るような美しい心を持つようにって父親が命名したんだってさ。バカみたい」

香織先輩は歯に衣(きぬ)着せぬ人だ。彼女の辞書に「遠慮」という言葉はない。

「なるほどなあ、心が透明すぎると人間ああなっちゃうのかねえ」と、笹田部長が呆れたような声で応じた。

どうしよう。

衝立から出ていけなくなってしまった。

それどころか、音を立てるのも憚られ、ポットからカップに湯を注げなくなった。

でも、ぐずぐずしていると貴重な昼休みが終わってしまう。

「どうやら摩周湖ってやつは死後の世界を信じているらしいぜ。だもんだから、癌患者に対して同情心がまるでないんだよ」

笹田部長はどこからそんな噂を聞いてきたのだろう。

――死後の世界なんか信じてるわけがないじゃないですか。私だって医者の端くれですよ。

いつも心の中で叫ぶだけだ。口に出すタイミングがつかめないから、誤解が誤解を生むのはいつものことだ。

「なるほどね。だから彼女は患者や家族の神経を逆撫でするようなことを平気で言っちゃうわけね」

香織先輩が勝手に決めつける。小柄で童顔で、とても三十七歳には見えない。それもあって、斜に構えた態度や金色に染めている髪が、人にちぐはぐな印象を与える。そのギャップがなんとも言えずキュートなのだと放射線技師には人気がある。聞いた話だと、大学に入学したのが遅かったらしい。生家は開業医だが、高校時代に不良グループに入り、本人曰く、人の道に外れたことばかりして生きてきた。しかし、当時の恋人が不治の病で死んだことがきっかけで、一念発起して医者になったのだという。それらもルミ子先輩が教えてくれたことだ。そして最後にこう付け足した。

――安いドラマの筋書きみたいで、本当かどうかは疑わしいけどね。

この一言で、ルミ子先輩が噂話を鵜呑みにするような人ではないことだけはわかったが、まだ性格がよくつかめない。

「摩周湖の父親はね、哲学科の大学教授なのよ。その影響をかなり受けているみたいでね、小学生のときに友だちができなくて、その原因を解明しようと哲学にはまったのよ」と、香織先輩が断定する。

――そんな作り話はやめてください。

そう叫びたい衝動にかられた。

そもそも父に影響を受けたなんてあり得ない。父は出張も多く、どこで何をしているのか知らないが、年がら年中、帰りが遅かった。趣味を仕事にしてしまったからなのか、自宅にいるときも、常に考え事をしていて心ここにあらずといった状態で、夕飯を三分で済ませたあとは、部屋に籠って出てこなかった。話すこともなければ顔を合わせることも少なくて、同じ家に住んでいるとは思えないほどだった。叱られた覚えもなければ褒められたこともない。そして母はといえば、救急病院に勤めている医師で、常に疲労困憊していて家には寝に帰るだけだった。

幼い頃から寂しくてたまらなかった。

タミさんという通いの家政婦がいたにはいたが、掃除と洗濯と夕飯の用意が済むと、さっさと帰っていった。話しかけてくることも滅多になかった。たまに口を開けば、毎回同じことを憎々し気に言ったものだ。

——金持ちの家に生まれたあんたが心底羨ましいよ。

「心底」という言葉を言うとき、ひときわ声が低くなって怖かったのを覚えている。

タミさんが、高級なチーズや肉の塊を冷蔵庫からこっそり自分の鞄に入れて持ち帰るのにも気づいていた。だが告げ口はしなかった。彼女に見放されたら、本当に独りぼっちになってしまうと思ったからだ。特に、激しい雨が降って、昼間から家の中が暗いような日は、誰でもいいから家の中にいてほしかった。

学校でも友だちはできなかった。イジメられもしなかったが、どのグループにも入れなかった。クラスの子の多くが通っている塾に自分も行きたかったが、塾より家庭教師の方が効率がいいというのが母の考えだった。

家庭教師の麻美さんは若くてきれいな人だった。一流大学を出たものの氷河期で就職できなかったらしい。アルバイト人生を送っていることが不本意だったのか、いつも機嫌が悪かった。常に事務的で最低限のことしか言わず、心を通い合わせることは最後までなかった。私立中学に入るまでの三年間ずっと教えてもらったのだが、その間、麻美さんが笑ったのを一度も見たことがない。

物心ついたときから、ずっと孤独の中で生きてきた。

ネットとテレビだけが友だちで、空想ばかりしていた。誰にも頼れず手探りで生きてきたのだ。

そのことを、大学時代に初めてできた友人に打ち明けたとき、猛反発された。

――は？　何を言ってるの？　摩周湖のお父さんは大学教授で、お母さんはお医者さんなんでしょう？　あなたは、お金持ちのエリート家庭で育った苦労知らずのお嬢じゃないの。私なんか教育ローン借りまくって夜も土日もバイトしてるのよ。

そう言って、友人は離れていった。そんなことがあってから、ますます誰にも本心を言わなくなった。

それ以降、友人はできなかった。そんな生活だったから、大人になってもコミュニケーション能力が低いのだと思う。

それにしても、死後の世界を信じているから患者に冷たいだなんて、冗談でもひどい。冷たくした覚えなんかないのに……。

だが今日もまた、看護師のマリ江や患者たちに無神経な医者だと思われてしまったに違いない。小出桜子が児童養護施設で暮らしていることは知っていたが、治験への家族の同意について尋ねるとき、施設の指導員のことを家族と言い換えた方がいいと咄嗟(とっさ)に判断した。施設の中では、指導員が親代わりとなって暮らしているのだろうかと。そうしないと、桜子が天涯孤独であることを強調してしまうようで、却(かえ)って傷つけるのではないかと考えた。だけど、それをあの場で説明するのは適切ではないから、あとでマリ江に言おうと思っていたのだが、その機をまたもや逸してしまった。

そして、あの指導員の由紀子の怒りのパワーときたら……。

自分の気持ちを説明するには、たくさんの言葉を並べなければならないが、子供の頃からうまくいかなかった。誤解を解こうとすればするほど更に誤解されてしまうので、いつのまにか黙ってしまうようになった。今考えてみると、タミさんや麻美さんから見た自分は、何を考えているかわからない不気味な子供だったのではないかと思う。

今回の異動で、心機一転うまくやろうと思っていたのに。

それなのに、赴任早々、みんなに軽蔑(けいべつ)されてしまった。

「国会議員の奥さんのことだけどな」

笹田部長の声が聞こえてきた。なぜか溜め息まじりだ。「主治医を摩周湖から別の医者に替えてくれって、さっきダンナが言いに来たんだよ」

「どうして？」と香織先輩が尋ねている。

「話が通じないとかなんとか言ってた。でもまっ、どちらにしろ主治医を交代させるつもりはないよ。そんな前例を作ったら、頼みさえすれば替えてくれるという噂が広がる恐れがあるからな」

思わず溜め息が漏れたときだった。ふわっと頬に風を感じて振り向くと、ルミ子先輩が給湯コーナーに入ってきたところだった。

「あら、摩周湖先生、ここにいたの？」

とんでもなく大きな声だった。

次の瞬間、衝立の向こうで、「ヤバい」「いたのかよ」と声が続き、「メシ食いに行こう」「そうだね」のあと、二人が部屋を出て行く音がした。

「摩周湖先生はお昼、食べたの？」とルミ子先輩がまたしても大きな声で尋ねた。

たぶん、衝立の向こう側にいる部長たちに、摩周湖はここにいますよ、と知らせようとして大きな声を出したのではないだろう。ルミ子先輩は、そこまで気がつく人ではない。換気扇が回っていてうるさいから大きな声を出しただけだ。母子家庭で育った苦労人だと聞いているが、その割には意外なほど空気の読めない人なのだ。だから私としては気が楽だった。相手が鈍感だと思うと、こちらも言葉の裏を勘繰る必要がないから安心していられる。それに、何といっても私に親切だ。顔を見れば話しかけてくれる。

だが、彼女が医局の中で浮いていることは、ここに配属されて数日で感じたことだった。自分と同じで、空想の世界に長く生きてきた人なのかもしれない。

「お昼はまだ食べてないです」と答えた。

「さっさとしないと食いっぱぐれるよ。午後の診療まで、あんまり時間ないでしょ」

思わず腕時計に目をやった。「あ、本当だ。急がないと」

「売店でサンドイッチでも買って中庭で食べたら？　いい天気で気持ちいいよ」

「え？　ああ、それが早いですね。ありがとうございます」

もしかして気を遣ってくれたのだろうか。そのうち部長たちが職員食堂から帰ってきたら、互いにいたたまれない気持ちになる。いや、ルミ子先輩は、そこまで気が回る人ではない。単に時間がないことを心配して提案してくれたのだろう。

「摩周湖先生、どうするの？　本当に中庭で食べるの？」

なぜかルミ子先輩はしつこかった。

「……ええ、そうしようと思いますけど？」

そう答えると、ルミ子先輩は突然ニヤリと笑った。

何なのだろう。気味が悪い。

ともかく急がないと、またしても昼食を食いっぱぐれてしまう。そう思い、急いで一階の売店に向かった。

ひとり中庭のベンチに座り、花壇を眺めていた。

赤い煉瓦で囲まれた中に、黄色いラナンキュラスが密集して咲き乱れている。膝の上に置いたサンドイッチの袋には、午後の日差しが当たっていた。

——俺の主治医を、もっとしっかりした医者に替えてくれよ。

——学生みたいな女医さんに患者の気持ちがわかるわけないでしょ。

今まで何度言われてきただろう。

必死で頑張ってきたつもりだった。食事の時間さえまともに取れない過酷な職場なのだ。たまの休日は、体力を回復させるために、ひたすら眠るだけだ。つまり、一年三百六十五日、すべての時間を医療に捧げているといっても過言ではない。

ここにきて、医療の進歩は目を見張るほど加速度がついてきた。後れを取るまいと研修に行っては新しい知識を吸収し、技術を向上させている。手先も器用な方だし、頭の回転も速い方だと思う。だが、それだけではダメらしい。

自分は医者に向いていないのかもしれない。だが、いったいどんな職業なら向いているのだろう。コミュニケーション能力が低くてもうまくやれる仕事なんて、実はこの世にないのではないか。

口下手で、子供の頃から友だちがいなかったし、今もいない。気も利かず、ぼんやりしているように見えるらしいが、決してぼんやりしているわけではない。相手の気持ちをあでもないこうでもないと考えているうちに、何をどう言えば相手を傷つけないのかがわからなくなる。何か言わなくてはと焦って口を開くとロクなことにならないのも毎度のことだ。だけど、本当に自分だけが口下手なのか。他の医者はみんなコミュニケーション能力が高いのだろうか。

今までたくさんの癌患者を診てきた。大学でも主にＤＮＡの研究に力を注いできたから、神田川病院の本院で治験が始まると聞き、必ず自分はお役に立てるはずだと異動を申し出たのだった。それがすんなり通ったのは、自分のこれまでの仕事ぶりや研究が認められたからだと思っていた。だが……。

——問題児を追い出して、院長始めみんながせいせいしたと言ってますよ。

わざわざメールで知らせてくれた女性がいた。彼女は、親切で思いやりがあると患者に評判のいい看護師だった。なんでこんなに意地悪な女性が人に好かれるのか、考えれば考えるほどわけがわからなくなる。

頭の中から嫌な思いを振り払うように、ふうっと大きく息を吐いた。

それにしても、母からは何の連絡もない。医師という同じ仕事に就いたのだから、何かアドバイスをくれるとか、心配して電話をかけてきてくれても良さそうなものだ。仕事の悩みなども相談してみたかった。だが母は今も救急医として働いている。相変わらず娘にかかずらわっている暇はないということなのか。

同期の医師たちから聞く話だと、実家の母親がしょっちゅう手料理を持参して寮やマンションに来ては、掃除や洗濯をしてくれるという。そして楽しくおしゃべりをして帰っていくのだと。それに比べると、うちの両親はあまりにも冷たい。それとも、私のような可愛げのない娘とは、実の親といえども関わり合いたくないのだろうか。

なにげなく腕時計に目をやった。

あ、マズい。もうこんな時間?

あと十分で午後の外来診療が始まる。

サンドイッチのビニールをはがし、ペットボトルの紅茶で流し込むようにして食べた。忙しくて昼食の時間はいつも十分くらいしか取れない。

一気に食べ終えて、ナプキンで口元をぬぐいながら立ち上がろうとしたとき、花壇の中で何かがきらりと光ったのが見えた。

何だろう。

こんなところに空き缶を捨てる人がいるのだろうか。

近づいてみると、花壇の中で光って見えた物は空き缶ではなかった。太陽の光に反射して眩(まぶ)しいのは、薄くて丸い小さな金属板だ。目を凝らして見てみると、その金属板の先に黒いゴムチューブのようなものが付いている。

あれ? もしかして聴診器?

ラナンキュラスの葉をかき分けてみると、チューブの先が二股に分かれているのが見えた。やっぱり聴診器だった。

どうしてこんな所に聴診器が落ちているのだろう。医師か看護師の誰かが落としたのだろうか。たとえばベンチで休憩していたときに急患で呼ばれて、ベンチに置き忘れてしまったとか？　そのあとカラスが来て蹴飛(けと)ばしたのかもしれない。とりあえずナースステーションに預けておこう。そう思い、しゃがんで手を伸ばした。

その聴診器を拾ってしまったことが、すべての始まりだった。

5　黒田摩周湖

マリ江が先に立ち、桜子の病室をノックした。

その背後に隠れるようにして、続いて入室する。

桜子はまだ高校二年生だ。末期癌だというのに、うろたえることもなく、投げやりになることもない。だからナースステーションでは、健気(けなげ)に頑張っている良い子だと評判だ。だが本当にそうだろうか。

凄(すご)みを感じるのは私だけなのか。抗癌剤の副作用で毛髪も眉毛(まゆげ)も抜け落ちてしまったせいばかりではないと思う。ニット帽の下から覗く目は、世の中を冷めた目で見ているような気がしてならないのだ。まだ十六歳の女の子だが、すべてを見透かされているような気がして、病室に入るたびに怖気(おじけ)づいてしまうのだった。

「摩周湖先生、お早うございます」

桜子の方から挨拶してくれたので、少しほっとした。

昨日は、児童養護施設の指導員の由紀子がかなり腹を立てていたが、桜子はそうでもなかったのだろうか。

桜子は言葉遣いも丁寧だし、愛くるしい笑顔も見せる。だからマリ江も由紀子も騙(だま)されている。だが自分にはわかる。桜子がどんなに装っていても、子供らしい素朴さや単純さをとっくの昔に失ってしまっていることが。

桜子のベッドに近づき、親指を使って桜子の涙袋を下げ、貧血の兆候がないことを確認した。そのあと、首を触診してリンパ腺の腫(は)れをチェックする。顔色を注意深く観察したが、黄疸は出ていないようだ。

「胸を診ますね」

パジャマの首のところから、聴診器を差し入れると、どくどくと規則的な心音が聞こえてきた。

すると、そのとき……。

——死にたくないよ。

いきなり声がした。

今の声は何だろう。どこから聞こえてきたの？

慌てて周りを見渡したとき、看護師のマリ江と目が合った。

「摩周湖先生、何か？」と、マリ江が落ち着いた声で尋ね、小首を傾げた。

声が聞こえたと思ったのは自分だけで、どうやら気のせいだったらしい。

だが、次の瞬間……。

——こんなに早く死ぬとわかっていたら、自分が本当にしたかったことをやればよかったよ。

今度ははっきりと聞こえた。

「すみません、少し黙っててもらえますか？」

思わずきつい調子で言ってしまった。

「は？　誰もしゃべってませんけど？」と、マリ江が不思議そうな顔でこちらを見る。

とうとう幻聴が聞こえるようになってしまった。きっと睡眠不足が原因だ。それともストレス性のものだろうか。

——お母さんを捜しに行きたかった。

また聞こえてきた。

——生後数日で熊本の病院に捨てられたことはわかっているのだから、熊本まで訪ねていって、病院の人に当時の様子を尋ねればよかった。どんな小さなことでもいいから教えてもらいたかった。いつかそのうち行こうと思っていたのに、私には「いつか」という日がなくなってしまった。指導員の反対なんか押しきって、捜しに行けばよかったのだ。

聞こえてくるのは、桜子の声にそっくりだった。だが、桜子は口を固く閉じたままだ。幻聴だとしても、これほどはっきり聞こえるものだろうか。今、自分は寝惚(ねぼ)けてもいないし、もちろん酔っぱらってもいないから、意識ははっきりしている。そんなときでも幻聴って聞こえるものだっけ?

——もう一度人生をやり直せたらいいのになあ。

また聞こえてきた。どう考えても聴診器を通して聞こえる気がするのだが。

まさかね。

でも、母親に捨てられたことや、指導員という言葉は、桜子の境遇に合致するキーワードばかりだ。やはりこれは桜子の心の声なのではないか。

この聴診器は中庭で拾ったものだ。あのとき昼休みの時間が終わりそうだったから、さっさとナースステーションに届けようと廊下を急いでいた。そしたら、ルミ子先輩が前方から歩いてきて言ったのだった。

——その聴診器は、摩周湖先生が使えばいいよ。

有無を言わさぬ言い方だった。それも、まだ拾ったとも何とも言っていないうちから、顔を見るなりそう言ったのだ。まるで拾うのを知っていたかのようだった。だが、ルミ子先輩は変わった性格の人だから、何を考えてそう言ったのかは知る由もない。あんな変人でも先輩は先輩なのだから、大人しく従った方が身のためだと考え、今日から使うことにしたのだった。

でも、まさか聴診器から患者の気持ちが聞こえるなんて……あり得ない。

聴診器を耳から外し、そっと深呼吸してみた。

そうだ、きっと過労だ。働きすぎなのだ。

診察を終わらせたら、医局で冷たい水を飲んで五分だけ休憩しよう。

これまでずっと働きすぎの母を心の中で批判してきたが、いつの間にか自分も同じような生活をしているとは皮肉なものだ。

「失礼します」

その声で振り返ると、由紀子が病室に入ってきたところだった。

「先生、いつもお世話になっております」

まるで昨日の激昂(げっこう)などなかったかのように、穏やかに微笑んでいる。

「由紀子さん、そんなにしょっちゅう来てくれなくていいです。忙しいんだから」

桜子がそう言うと、由紀子は慈悲深いような微笑みを浮かべた。

「子供がそんなこと気にしなくていいの。桜子ちゃんは自分の身体のことだけ考えてなさい。治験も始まるんだし、希望を持ってね」

「由紀子さん、希望って……」

桜子はそう言うと、いきなり呼吸が乱れてきた。苦しそうだ。

私は慌てて聴診器を桜子の胸に再び当てた。

――希望なんて、きれいごと言うなよっ。

いきなり怒鳴り声が聞こえてきたと思ったら、目の前に黒い塊が迫ってきた。

何なの、これは。

――お前らのせいだよ、私は工業高校に行きたかったのに大反対しやがって。城南高校なんて金持ちが行く学校じゃねえかよっ。

何か得体の知れないドロドロしたものが目の前で蠢（うごめ）いている。見ているだけで暗い気持ちになった。気づけば、桜子よりも自分の心臓の方が早鐘を打ち、深呼吸を繰り返さずにはいられなかった。

――由紀子、お前にいったい何がわかる。優しそうな顔してるけど、私の目はごまかせないからな。私はお前の本性を知っている。お前は偽善者だっ。

最後は金切り声だった。

驚いて桜子を見ると、桜子は天井を睨んでいた。振り返って由紀子を見てみると、相変わらず優しそうに微笑んでいる。

やっぱり……聴診器を通して桜子の本心が聞こえるとしか思えない。

いや、まさか、まさか。

医師ともあろうものが、そんな非科学的なことを信じてどうするの。私は疲れている。そして弱気になっている。だからこんな子供じみた空想をしてしまうのだ。落ち着かねば。

しばらくすると、桜子の心音が少しずつ穏やかになってきた。

「桜子ちゃん、きっと良くなるわ。施設のみんなも高校のお友だちも桜子ちゃんの帰りを首を長くして待ってるのよ」

「それは……」と、桜子は何かを言いたげだったが、「ありがとうございます」と続けただけだった。

由紀子が満足げにうなずいている。

――早く帰れよ、この偽善女。二度と来るなっ。

その声が聞こえてきた次の瞬間、眼前の黒い塊が倍の大きさに膨らんだ。恐ろしくなってきて、必死に手で追い払おうとするが、塊は消えない。

「黒田先生、どうされました？　虫でもいましたか？」

そう尋ねるマリ江の目つきが、何か気味の悪いものを見るかのようだった。気づけば、両手をぶんぶん振り回していた。視線を感じて振り向くと、由紀子も訝(いぶか)し気な目つきでこちらを凝視している。ということは、つまり、この塊は私にしか見えないということなのか。問うようにベッドの中の桜子を見ると、桜子も不思議そうにこちらを見上げている。再びマリ江を見ると、眉間に皺を寄せて苛々(いらいら)した様子で、腕時計を人差し指でトントンと忙(せわ)しなく叩(たた)いた。

——何を馬鹿なことやってんですか。もう時間がないですよ、早く次の病室を回らないと。

そう言いたいらしい。

由紀子と桜子との関係をもっと知りたかった。由紀子が優しげな女性に見える分、桜子の怒りが理解できなかった。桜子が思っているように、由紀子というのは外面だけが良くて、本当は子供たちにつらく当たるような指導員なのだろうか。もしそうだとしたら、そんな人に見舞いにこられても有難迷惑というものだし、身体にも悪い影響を与える。

「摩周湖先生、もう時間が」とマリ江がしびれを切らしたように言ったので、名残惜しかったが、仕方なく病室を出た。

6　黒田摩周湖

桜子の病室を出て、次の病室に向かった。

次は、膵臓(すいぞう)癌の末期患者で、三十六歳の谷村貴子の病室だ。

マリ江がノックをして先に入って行く。この患者の病室に入るときだけは緊張しなかった。患者の中には、主治医が権藤先生から若い女医に替わったことに不満を持つ者が少なくなかった。だが、貴子は最初から折り目正しく接してくれているし、性格も穏やかだ。癌の末期ともなれば、普通なら精神的に不安定になるし、暴言を吐く患者も少なくない。そんな中、貴子は自制心が強いのか、決して取り乱したりしなかったので、回診中のオアシスといってもいい存在だった。

「ご気分はいかがですか？」と尋ねた。

「はい、お蔭様(かげさま)で、痛みもなく過ごせております」と、貴子が静かに答える。

「それでは胸を診せてください」

そう言いながら聴診器を当てると、規則正しい鼓動が伝わってきた。

だが、次の瞬間……。

——もしも人生をやり直せたなら。

またしても聴診器を通して声が聞こえてきた。

この落ち着いた品のある声は……貴子の声に違いないと思うのだが、そんな馬鹿なことがあるだろうか。でも、どう考えても聴診器を通して聞こえてくるとしか思えないのだ。

――もっと間違いを犯せばよかった。

え？

思わず貴子の顔を見た。貴子は天井をじっと見つめていて、口は閉じたままだ。

――もっと愚かな人間になればよかった。従順な良妻なんかじゃなくて、後ろ指を指されるような人生でも全然かまわなかったのだ。

声は確かに貴子の声そっくりだが、内容が全く彼女らしくない。だって、後ろ指を指されるような人生だなんて。

この谷村貴子という患者は、恵まれた人生を送ってきたはずだ。実家は港区にある大きな屋敷で、父親は弁護士で母親は専業主婦の家庭で育った。お嬢様が通う短大を出たあとは、教育関係の出版社に就職したものの、一年もしないうちに見合いで年の離れた谷村清彦と結婚した。当時の清彦は衆議院議員だった父親の秘書を務めていた。

なぜこんなに詳しく知っているかというと、週刊誌に出ていたからだ。

――谷村清彦衆院議員の妻、余命数ヶ月！

そういったセンセーショナルな見出しが目について、笹田部長が駅の売店でつい買ってしまったと言って見せてくれた。

それにしても、間違いを犯せばよかったとは、いったいどういう意味なんだろう。貴子に似つかわしくない物騒な言葉ではないか。だが考えてみれば、それほどおかしなことではないのかもしれない。傍(はた)からは何不自由ない人生のように見えても、内情はつらいことがたくさんあるものだ。この自分にしたって、他人から見たら文句のつけようのない恵まれた人生を歩んできたように見えるらしいから。

見舞いに来た夫と姑にしても、貴子の病状を案ずるよりも、貴子を選挙の道具か何かと勘違いしているようだった。

——銀座で働き続けていた方が幸せだったかもしれない。

また聞こえてきた。

銀座とは？　結婚前に勤めていた出版社が銀座にあったのだろうか。

そのとき、貴子の枕元(まくらもと)に、笹田部長が買ったのと同じ週刊誌が置かれているのに気がついた。自分で歩いて一階の売店まで行く体力も筋力も残っていないから、たぶん夫か姑が持ってきたのだろう。

見出しに、「夫婦に子は無し、後継ぎはどうなる」と書かれているのが見えた。夫の谷村清彦は二世議員だ。だが夫婦には子供がいないから、三世議員が誕生しなかったことになる。そんなネタを面白がって書き立てるのは、世襲議員に対して良くない感情を抱いている記者が少なくないからだろう。

——ああ、もっと好きなように生きればよかった。

次々聞こえてくるから、聴診器をなかなか外せない。

——こんなに人生が短いとは考えてもいなかった。子供ができないことで、夫の両親に責められ続けてきた。古い世代だからか、子供が生まれないのは女に原因があると決めつけていた。だけど、私に原因がないことは私自身がよく知っている。だって赤ん坊を産んで捨てたことがあるのだから。

えっ？

びっくりして貴子を見たが、貴子は目を閉じたまま眉根を寄せていた。

——だけど……この秘密は墓場まで持っていかなければならない。

この声が本当に貴子の心の声だとしたら、聞いてはいけないことを聞いてしまったのかもしれない。

子供を産んだ経験があり、そのうえ捨ててしまっただなんて。

目を閉じると、生後数日と思われる小さな赤ん坊が見えた。バスケットに入れられ、帽子と揃いのレモン色のベビー服を着ていた。

7　黒田摩周湖

深夜のマンションは静まり返っていた。

エントランスに立ち、バッグからのろのろとカードキーを出してオートロックを解除すると、ガラス張りの自動ドアが両側に開いた。

疲労が澱（おり）のように溜まっていた。ひどく空腹で気分が悪い。

誰もいないエレベーターに乗って六階に着いたとき、「あ、しまった」と、思わず声が漏れた。帰りにコンビニに寄ろうと、あれほど思っていたのに、すっかり忘れてしまっていた。

今日も職場では夕飯を食いっぱぐれたから、あれも買おうこれも買おうと決めていたというのに、だるい身体を引きずるようにして駅からの帰路を急ぐうちに、頭の中の買い物リストがすっかり消えていた。

ああ、おにぎりとパスタと大福とチーズケーキ……。

そんなのでは身体に悪いからと、申し訳程度のサラダのパックとヨーグルトも買う予定だった。こんな偏った食事を続けていたら、そのうちマリ江や笹田部長のような体形になってしまうかもしれない。そうは思うものの、時間も気力もなくて自炊する気が起こらなかった。

１ＬＤＫの散らかり放題の部屋に入ると、着替えるのも面倒で、すぐに冷蔵庫を開けてスライスチーズを取り出して食パンに載せ、焼かずに立ったまま貪(むさぼ)るようにして食べた。ふと気配を感じて振り向くと、姿見に映った自分が目に飛び込んできた。そこには鬼気迫る表情で食パンにかぶりつく自分がいた。そのまま視線を下げていくと、足許(あしもと)にはゴミが散乱している。

いきなり惨めでたまらなくなった。

何やってんだろう、私。

お母さん、あなたもこんな惨めな気持ちになったことがありますか？

きっとあるよね。お母さんは救急医だから、私よりもっと忙しいんだろうから。でも、タミさんが家のことをやってくれていたから、家の中はいつもきれいだった。

母との会話はいつも心の中だけだ。母が今でも昼夜を問わず働いていると思うと、緊急でもない限り電話などかけられない。メールならたまにするが、返事は何日も来ないし、やっと来たと思ったらたった一行のこともあって、そういうときは余計に寂しくてたまらなくなる。

いい歳して何言ってんだろう、私。

同級生の中にはとっくに結婚して子供がいる人も少なくないというのに、いったいいつまで母恋しさに涙を滲ませるんだろう。まったく恥ずかしいよ。

食パンを食べ終えて人心地つくと、荒廃した心に少しだけ余裕が蘇ってきた。気を取り直して鍋に湯を沸かし、冷凍しておいたご飯をレンジでチンしてから鍋に放り込んだ。冷蔵庫に頭を突っ込むと、奥の方で干からびた人参と玉葱を見つけたので適当に切って鍋に入れ、最後に鮭缶を開けて汁ごと入れてから卵を落として蓋をした。

弱火で煮ている間にジャージに着替え、持ち帰った聴診器をバッグから取り出してテーブルの上に置いて眺めた。どこから見ても何の変哲もない代物だ。外国製だろうか。聞いたことのないメーカーの刻印がある。ＡＵＲＯＲＡ……オーロラでいいのだろうか。

ソファに沈み込んで、聴診器のイヤーチップを両耳に差し込んでからＴシャツの裾をまくり上げ、自分の胸に当ててみた。規則正しい鼓動が聞こえる。

――あいうえお。

心の中で言ってみたが、何も聞こえてこない。だったら、気持ちを吐露してみよう。

――もう疲れたよ。こんな生活、いつまで続くんだろう。

声には出さず、でも区切りながらはっきりと言ってみたが、聴診器からは鼓動以外は聞こえてこなかった。そのあとも、心の中でいろいろと呟いてみたが、何も聞こえてこない。つまり、自分自身の声は聞こえないのか。いや、それ以前に、今日の昼間あった不思議な現象は現実のことだったのか。

鍋が噴きこぼれる音がしたので、急いでキッチンに行って火を止めた。名付けようのない料理を丼によそい、トレーに木のスプーンを添えてソファに戻ってくると、ふうふうと息を吹きかけて一口食べた。

何だ、これ。全然味がしない。

キッチンに取って返し、冷蔵庫から塩昆布を出して上に載せ、かき混ぜながら食べると、ぐっと美味しくなった。

それにしても、昨日……。

昼食を中庭で取るよう勧めたのはルミ子先輩だった。そして中庭で聴診器を拾い、ナースステーションに預けようと廊下を歩いていたら、向かいからルミ子先輩が歩いてきた。それ自体が計画的なものだったのか。というのも、中庭は五階の医局の真下にあるから、窓からよく見えるはずだ。彼女はずっと見ていたのだろうか。ルミ子先輩は、私が使えばいいと、聴診器を半ば強引に押しつけた。つまり、彼女はこの聴診器の秘密を知っているのではないか。

――やっとルミ子先生から逃れられたと思ったら、今度は摩周湖先生ですか。本当にもう、いい加減にしてくださいよ。あーあ。私は苦労を引き受ける星の下に生まれて来たんでしょうかね。

昨日、マリ江がそう言った。どういう意味かと後で問うてみたのだ。

――ルミ子先生は、患者の気持ちがわからない医者なんですよ。以前に比べると少しはマシになりましたけどね。

マリ江はそう答えたが、私から見たら、ルミ子先輩は今もかなり鈍感な人だ。もしかして、ルミ子先輩はこう考えたのではないか。自分は人間として十分に成長できたから、後輩の摩周湖に聴診器を譲ってやろうと。人間というものは、誰しもコンプレックスを持っているが、その反面かなり自惚(うぬぼ)れているものだ。

そのときマリ江は、ルミ子先輩が岩清水展(いわしみずひらく)医師とつき合っているのだと教えてくれた。

――よりによってルミ子先生とつき合うなんて。

マリ江はそう言って、悔しそうに身を捩(よ)じった。

岩清水というのは、ルミ子先輩と同じ三十三歳で、都心の一等地にある有名総合病院の御曹司(おんぞうし)だ。大学時代にファッション雑誌のモデルをしていたというだけあって背が高くて手足が長く顔が小さい。そのうえ気さくで優しいと看護師たちに人気がある。

ルミ子先輩のような変わった女性でも、ちゃんと恋人がいる。それもイケメンだし性格も良さそうだ。

やっぱり……孤独なのは私だけなのか。

果てしない荒野の中に、自分ひとりがぽつんと立っている気がした。人の気配を感じたくて、思わず立ち上がって窓を開けてベランダに出た。気温が下がってきたのか、Tシャツ一枚の薄着に冷たい風が吹きつけて体温を奪っていく。

遠くで救急車のサイレンの音がした。

たぶん、この時間も母は救急患者を救っている。もう五十代後半なのに、今も頑張っている。

そう思った途端に、寂しさが消し飛んだ。

お母さん、私も頑張るからね。

8　小出桜子

えっ？

もしかして、お前、いま笑った？

そもそもお前は、本当に医者なのかよ。赤ちゃんみたいなホッペしやがって。

権藤ジジイが札幌分院の院長に栄転したのは知っているけど、代わりに主治医になったのが、まさかお前みたいな若い姉ちゃんとはね。まっ、どうせ私は長くないから、病院側も適当な医者を割り当てときゃいいと思ったんだろうけどさ。

それにしても聴診器が冷たすぎる。

あのう、摩周湖先生、すみません。聴診器の先っぽを温めてから胸に当ててるっていう最低限の配慮はないんでしょうかね。こんな冷たいのをいきなり当てられて、心臓麻痺で死んだらどうしてくれんだよ。

心の中でそう呟きながら、ベッドの中から摩周湖を見上げていた。

するといきなり次の瞬間、摩周湖はいきなり聴診器を引っ込めたと思ったら、先っぽを両手で包み込んだ。

えっ、何だよ。まさか、手の平で温めてんのかよ。

さっき自分は声に出して言ったつもりはない。それとも、知らない間に声が出ちゃってたんだろうか。

摩周湖の体温で温まった聴診器が再び胸に当てられた。

「特に異常はないようですね」

そう言うわりには、摩周湖はなかなか聴診器を耳から外そうとしないし、先っぽも胸に当てたままだ。さっき異常はないと言ったくせに、本当は心雑音が聞こえてるんじゃねえの？　それとも、まさかとは思うけど、単にぼうっとしているだけとか？

こいつなら……有り得る。

「先生は何歳ですか？」

聴診器を当てているときに、しゃべっちゃいけないことは知っているけれど、あまりに長い間、摩周湖がじっとしているからしびれを切らして、ずっと気になっていたことを思いきって尋ねてみた。それというのも、摩周湖はすごく若く見えるからだ。とはいえ、たぶん教えてはくれないだろうけど。

「二十九歳ですけど？」

あっさりそう答えると、摩周湖はこちらをぽかんとした顔で見た。何でそんなことを尋ねるのかとも問いたげだった。即行で年齢を教えてくれるとは思わなかった。妙齢の女っていうのは、そう簡単に自分の年齢を言わないもんなんじゃなかったっけ？　医者としても頼りなさそうだけど、もしかして女としても変わっているとか？　だって、あのマリ江でさえ、「年齢を聞くなんて失礼よ」と頬をぷっと膨らませ、「桜子ちゃんの想像にお任せするわ」と言ったのだから。いやいやそれよりも、聴診器を当てているときにしゃべっているのを、なんで叱らないんだろう。

「先生は二十九歳には見えませんね。十九歳と言っても通じると思う」

そう言うと、摩周湖は傷ついたような横顔を見せた。

なんで、そんな顔するんだよ。

実年齢より若く見られて喜ばない女が世の中にいるとは知らなかったよ。私は思ったままを言っただけで、別に喜ばせようとして言ったわけじゃないけどね。

「桜子さん、痛み止めは効いていますか？」

呼び方を変えたらしい。「小出さん」から「桜子さん」になった。

「はい、大丈夫です」

痛み止めが効くのはラッキーなことだ。どうやっても痛みが和らがない場合もあると聞いたことがあるから。

「来週から治験が始まりますので、桜子さん、一緒に頑張りましょう」

「はいっ」

大きな声で返事をしたら、背骨に響いて痛かった。癌の野郎、あちこちに転移してやがる。

治験といえば、いわば新薬の実験台になるってことだ。なんでそれを了承したかっていうと、四人部屋から個室に移れるし、全く痛くないっていう話だったし、退屈な入院生活の中では暇つぶしが必要だったからだ。時間を持て余すと、考えても仕方のないことが、ぐるぐると頭の中で回り続けるんだ。例えば、私なんか生まれてくる意味があったのか、母さんがなぜ私を捨てたのか、どういう事情があったのか、私を産んだときの母さんは何歳だったのか、どこで生まれ育った人なのか、子供の頃の家庭環境はどうだったのか、どんな顔をしているのか、もしかして私は母さんに似ているのか……。

生まれたばかりの赤ん坊を捨てるくらいだから、誰一人として頼る人のいない、孤独で悲惨な貧乏暮らしだったに決まっている。すごく若かったのかもしれない。高校生とか、もしかして中学生だったとか？　それらを考えると、母さんがかわいそうでたまらなくなる日もあるけれど、学校や養護施設でつらい目に遭った日は、母さんが憎くてたまらなくなる。

想像すればするほど気分が落ち込むとわかっているのに、いったん妄想のスイッチが入ると止められなくなった。だから治験は助かる。医者や看護師がこの病室に出入りする回数も、今までより多くなるんだろうし、車椅子で一階の検査室と往復することも増えるから、そのたびに暗い妄想はいったん断ち切られるはず。

それに、最期に人類の役に立ってから死のうかな、なんてガラにもないことを考えた。神様なんて意地が悪いだけだし、そもそも信仰したこともないけれど、癌になってからは、その存在をなんとなく気にするようになった。だって、神様が本当にいたらマジでヤバい。というのも、何回か店でTシャツを盗んだことがある。店の人にはバレなかったが、小学生のときに隣の席だった男の子が何気なく放った言葉をときどき思い出すのだ。

——どこにいても神様は見てるよ。

彼はクリスチャンだっただけで、私の万引きを目撃したわけではなかった。だけど、誰かに見透かされているような気がして落ち着かなかった。言い訳させてもらえるなら、洋服を盗んだのは必要にかられたからだ。都立高校の上位校には制服がない。みんながみんなおしゃれをしてくるわけではないし、ジーンズやTシャツやパーカーが定番だけど、それでもそのTシャツやパーカーを自分は二枚ずつしか持っていないことが恥ずかしかったし、洗濯も間に合わなかった。まっ、そんな言い訳は通じないんだろうけどね。最期に一度だけでも善い行いをして、過去の万引きを帳消しにしてもらいたかった。そう考える一方で、地獄に落ちるのもいいかもしれないと正反対のことも思う。地獄で待っていれば、いつかアイツに会えるかもしれないから。

私を産んで捨てたアイツ……。

地獄で対面する場面をあれこれ想像すると、妙に心が穏やかになった。アイツは既に地獄で待っているのか、それとも、まだこの世のどこかで生きているのか。

末期癌が判明してからというもの、母さんに会いたい気持ちよりも、私の死亡を知らせてあげたい気持ちの方がだんだん強くなってきていた。仮に、私を捨てたことを今も後悔して鬱々（うつうつ）とする日があるならば、あんたが捨てた子供は死んだよ、もう気にしなくていいんだよ、と教えてあげたい。そうしたら母さんも少しは気が楽になるんじゃないだろうか。自殺や事故じゃなくて癌となれば諦（あきら）めもつくだろう。

それとも、私のことなんか思い出しもしないのかな。

それにしても、ＤＮＡのスイッチというものが、何度説明されてもどんなものなのかピンとこなかった。だけど、自分の身体はどう考えても既に手遅れだということだけはわかる。ご飯もあまり食べられなくなってきたし、体重が四十キロを切ったのは、小学校の低学年のとき以来だもん。

——意識が朦朧とすることが多くなってます。

ぼんやりとした中で、マリ江が摩周湖に報告する声が聞こえてきたこともある。どれだけ寝ても眠いと感じていたが、それは意識混濁というものだったのか。そういうのは死ぬ前兆だと漫画で読んだことがある。死を待つばかりの状態から回復するなんて、どう考えてもあり得ないんじゃねえの？　医学的な知識はないけど、動物的直感てものなら私にだってあるんだからね。

「桜子さん、治験、頑張りましょうね」と、またもや摩周湖が言った。

「……はい」

さっきは頑張って愛想のよい返事をしたが、今度は不意打ちだったから、返事が一瞬遅れてしまった。

——何を頑張るっていうんだよ。もう目いっぱい頑張って生きてきたんだよ。施設でも学校でも嫌な目に遭ったことは数えきれない。あんたみたいに医学部に行かせてもらえるような育ちのいいお嬢ちゃんには想像もつかないだろうけどね。

「やっぱり私じゃ頼りないですか？」と摩周湖が尋ねた。

は？　やっぱりって何なんだよ。

摩周湖を見上げると、気弱そうに微笑んでいた。

あのね、そんな言い方されたら、どんな患者だって不安になるんだよ。そういうのは謙虚とは違うよ。自分の立場を弁えたら言うべきじゃないんだよ。大人のくせに、そんなこともわからねえの？

なぜか摩周湖が真剣な目でじっと見つめてくるので、親切にも言ってやった。

「先生が頼りないなんて、そんなことないですよ。頼りにしています」

そう言わざるを得なかった。マジめんどくせえ。人前で自分を卑下すれば、相手は当然、「そんなことないですよ」と否定してやんなきゃならないのが、どうしてわからないんだろう。例えば、「どうせ私なんかブスだから」と友だちが言ったら、「そんなことないよ、結構可愛い方だと思うよ」とわざわざ言ってやらなきゃならない。そして「私なんてもうトシだから」とバーサンに言われたら、「そんなことないですよ。まだまだお若いじゃないですか」と、持ち上げてやらねばならない。そう言って慰める側のウンザリ感も考えてほしいもんだ。だから自分は決して言わない。どうせもうすぐ死ぬんだから、とは。もし口に出せば、要らぬ励ましや、糠喜びで終わる希望の言葉を一斉に浴びせてきやがる。そんな無責任な大人たちを見て余計苛々して、ただでさえ短い寿命が更に縮むよ。

あのさ、摩周湖は見かけは若くても、本当は二十九歳の大人なんだからさ、将棋を指すときみたいに、先手先手を考えてから発言しなよ。

そのとき――。

「そうじゃないんですっ」

摩周湖が突然大きな声を出したので、びっくりした。何なんだよ、こいつ。そうじゃないって、何がそうじゃないんだよ。マリ江も驚いたのか、目を見開いて摩周湖を見ている。

「頼りないなんて自分では思ってなくて、だけど人から見たらそう見えるんじゃないかと思ったから先回りして尋ねただけで、ですから私、要は最善を尽くします」と、摩周湖は早口で言った。

そうだよ。最初から最善を尽くすとだけ言やあいいんだよ。患者が聞きたいのは、その言葉なんだよ。結果がダメだったとしても最大限の努力をしてくれた、そして現在の医療ではこれが限界だった、だから仕方がなかった。そう思えればみんな納得できるんだよ。人生には納得ってのが必要なんだよ。そうだろ?

そのとき、不気味なことに、摩周湖が大きくうなずいた。

お前、いま何に対してうなずいたんだ?　まるでこっちの心の声が聞こえているみたいじゃないか。それとも、まさかの超能力者とか？

　この医者、マジで気味が悪い。それに、聴診器を胸に当てたままなのも、すごく気になる。

「桜子さん、高校にも再び通えるようになるといいですね」

「……ありがとうございます」

　冗談じゃない。あんな学校、もう二度と行きたくないよ。マリ江は進学校だと褒めるけど、そもそもあんな高校に通うようになったからストレスが溜まって癌になったんじゃないかと思う。城南高校は大学進学率が百パーセントだから、自分みたいに経済的理由で進学できない児童養護施設育ちの人間には相応しくない学校なのだ。本当は得意を生かして情報処理学科のある工業高校へ進みたかった。それなのに、施設の指導員たちがこぞって大反対した。せっかく城南高校に入れる実力があるのにもったいないと。

　大人ってバカじゃないかと思う。

　案の定、入学してみたら、教師も生徒も話題といえば大学受験のことばかりだった。とてもじゃないが、進学しないで就職するなどと言える雰囲気ではなかった。もしもそんなことを言ったら、自分のような貧乏人に対して気を遣わせることになる。小学校や中学校のときのように、貧乏人を馬鹿にするような雰囲気の生徒は、周りには一人もいなかった。みんな育ちも頭も良いからか、貧富の差や生まれ育ちなんかで人を差別してはいけないと心底思っているようだった。

　こちらとしては、性格が良い生徒ばかりなのは助かるけれど、短い間ならまだしも、卒業までの三年間ずっと一緒だと思うとさすがに嫌になる。腹を割って話せる友人などできそうにない。

　それにしても、摩周湖はどうして聴診器を当てたままなんだろう。ちらりと盗み見ると、難しい顔をしていた。じっと聴診器に耳を傾けているように見えるが、やはり心雑音が聞こえるのだろうか。

　いよいよ心臓も弱ってきたってことらしい。

9　黒田摩周湖

治験が始まった日、私は当直だった。

　午前中は、研究所から医師と臨床検査技師が来て、該当患者の細胞を採取して帰っていった。そのときの桜子は、医師の質問に対して神妙な顔つきで、ひとつひとつ丁寧に答えていた。

　ここ数年で、ＤＮＡの解析が驚くべき速さで進んでいる。ＤＮＡの中に様々なスイッチがあることが見つかったのは最近のことだ。癌になるのは、癌を抑制するスイッチがオフになっているからだとわかってきた。それをオンにする薬が開発されたので、治験として何人かの患者に投与することになった。

医局での会議の結果、治療は三本立てと決まった。治験と免疫療法と抗癌剤だ。治験そのものは、二週間ごとに計三回、患部近くの血管に注射するだけだから、身体への負担は少ないはずだ。免疫療法も注射と飲み薬だけだが、拒絶反応が出ることがある。それを考えると心配で落ち着かず、気づかない間に桜子の病室に足が向いていた。今回の治験者の中で、桜子が一番若い。まだ十六年しか生きていないのだ。なんとか生き延びてほしいと切に願う。

部屋の前まで来て、ノックしようとして手が止まった。まだ夜の八時半になったところだが、桜子は眠っているかもしれない。しばし迷ったが、小さな音でノックしてみることにした。

返事がないので、ドアをそっと開けて覗くと、ベッドの中の桜子と目が合った。

「あれ？　摩周湖先生じゃないですか。どうしたんですか、こんな時間に」

「今夜は当直なんですよ」

「先生、来てくれて助かります。お陰で妄想が断ち切れました」

「妄想というのは？」

「一人でいると余計なことばかり考えちゃって困ってたんです」

特に変わった様子はないようだ。ほっと胸を撫でおろした。

「ちょっと胸を診せてくださいね」

パジャマの首からそっと聴診器を忍ばせた。

聴診器から聞こえる声をもう一度試してみたかった。マリ江が傍にいると監視されているようで集中できないのだった。それに、今夜は珍しく緊急の呼び出しがなく、時間的にも余裕があった。

目を瞑った途端に、自分の全身が灰色の雲に包まれた。そして、いきなり中年男性の不機嫌そうな横顔が見えた。これは何だろう。想像の世界にしては、いやにはっきりと見える。怖くなって目を開けると、桜子が静かに目を閉じているのが見えた。

もう一度目を閉じてみると、さっきの男性が見えてきた。いったい何をそんなに睨みつけているのだ。そう思ったとき、まるでその問いに答えるかのように、視点がぐるりと回り、男性の向かいに座っている人物に焦点が当たった。

制服を着た女の子がぽつんと一人、古びたソファに座っていた。中学生くらいだろうか。

あれ？　もしかして、桜子では？　今と違って頬が丸く、はちきれんばかりの健康体だ。髪も多く、きりりとした濃い眉をしている。

そのとき、すうっと身体が浮いたような気がして、その男性と桜子のいる部屋に吸い込まれていく感覚があった。そして、天井付近に浮遊して部屋を見下ろすことができた。小さな虫か何かになったように身が軽い。

そこは白い壁に囲まれた狭い部屋だった。中年男性と桜子は、ローテーブルを挟んで向かい合っている。応接室だろうか。薄手のカーテンを通して、赤々とした夕陽が差し込んでいて、刑事ドラマの取調室か何かのワンシーンのようだ。

「おい、桜子、お前せっかく都立のトップ校に受かるっていうのに、どうして受けないんだよ。工業高校なんて冗談やめてくれよ」

「樋口さん、前にも言いましたけど、私はパソコンが得意だから情報処理学科のある工業高校に……」

「だからさ、それはもう何度も聞いてるって」と、樋口という男性は桜子の言葉を遮った。児童養護施設の指導員だろうか。

「どうして工業高校じゃあダメなんですか」

「もう何度も説明したじゃないか。中学の担任の田辺先生も、お前の我儘にはほとほと参ってらしたよ」

そう言うと、樋口という指導員はこれ見よがしに大きな溜め息をついた。

そのとき、私は既視感に襲われた。あれはいつのことだったか……。

子供の頃、家政婦のタミさんも、家庭教師の麻美さんも、さも呆れ果てたかのような溜め息をついてみせたものだ。それが弱者を追い込むための計算された演技だとは、子供の頃は気づかなかった。そして孤独な子供だった自分は大層傷ついた。

そのからくりを知ってから、そういったズルい計算をする大人が嫌いになった。そんなのは脅しとなんら変わらない。この樋口という中年指導員も同じだ。

「滑り止めに私立の美園学園を受けるって聞いたぞ。あんな偏差値の低い女子校を受けるなんて信じられないよ。世間から見たら常識外れだぞ」

「だって、美園学園は入試の点数が上位三番以内なら、三年間の授業料がタダになるんです。そのことを私がきちんと説明したら、田辺先生はわかってくれましたけど」

「それは違うよ。先生はわかってくれたんじゃないんだよ。学校の教師なんて所詮は他人だから、いつまでもグダグダ言い続けるお前が面倒になっただけだよ」

「え？」

——あんただって他人じゃないか。同じ他人でも、田辺先生の方があんたより頭がいい分、百倍マシだよ。

今、桜子の心の叫びが、確かに聞こえた。

もう一度目を開けてみると、相変わらず桜子は目を閉じている。桜子は今何を考えているのだろう。眉間に皺が寄っているところを見ると、自分自身の嫌な過去を思い出しているのだろうか。

もう一度、目を閉じてみると……。

中学生の桜子は、ペットボトルに入れた水道水をごくりと飲んだところだった。そして落ち着いた様子でゆっくりと口を開いた。

「樋口さん、もしも私が都立のトップ校に進学したとしても、そのあと大学に行けなければ意味がないと思います」

――ああ、この言葉も、いったい何度繰り返しただろう。どうして大人は理解してくれないのだ。

「は？　大学に行けばいいじゃないか」

「ですから、私にはお金がありません」

――大人のくせに、いったい何度言えばわかってくれるのだ。本当にうんざりする。お前、人の話をちゃんと聞いてんのかよ。高校を卒業したら児童養護施設を出て行かなきゃならない決まりがあるだろ。それは日本全国どこの施設でもほぼ同じだ。自立するのが無理だと判断された場合は、二年間の延長が認められるとも聞いたけど、うちの施設では数年に一人しかいない。ほとんどの場合、独りで食ってかなきゃならない。だから高校生になった途端に、みんな必死でアルバイトを始める。卒業するまでに、最低でもアパートを借りる敷金や礼金、最初の一ヶ月分の初期費用と生活費を貯めておかなきゃならない。それができなかったら冗談抜きで路頭に迷う。時給の安いアルバイトで何十万円も貯めるのは本当に大変なんだよ。施設の高校生は、土日はもちろん、平日の放課後もアルバイトに精を出さなければならないから部活にも参加できない。それだけ頑張って働いても、必要最低額を貯められるかどうかギリギリの線だ。深夜のコンビニなら少しは時給が高いけど、施設の門限が厳しいから、それもできない。そのうえ進学するとなると、入学金や授業料まで用意しなくちゃならない。そんな大金、逆立ちしたって稼げるわけねえだろ。

「お前に金がないことくらいわかってるよ。だがな、今は教育ローンを借りる時代なんだよ」

「ローンが返せなかったらどうするんですか？」

——施設の先輩で、学費の全額をローンで借りて進学した人も過去に何人かいたけれど、大学を卒業後はその返済に苦しんでいると聞いたことがある。

「桜子ならきっと返せるよ」

樋口はそう言うと、慈悲深いような目で桜子を見た。

「どうして、返せると言い切れるんですか？」

「お前が真面目な人間だからだ」

樋口は満ち足りたような表情になった。俺は子供を褒めてやることができる器の大きな人間なのだ。きっとそう思って自分に酔っている。

そのとき、桜子の心の中から腹立たしさがすうっと消え、諦めの気持ちになるのが聴診器から伝わってきた。そして、またしても桜子の心の中のつぶやきが聞こえてきた。

——思っていた以上に樋口は愚かだ。苦労知らずの世間知らずだ。厄介なのは、指導員たちが子供たちから信頼されていると自惚れていることだ。親代わり、兄貴代わり、お姉さん代わりの役割を十二分に担えていると思っているから手に負えない。とんでもない勘違いだよ。あんたらを信頼しているのは、小学校低学年までのガキだけだよ。自分だって幼かった頃は無邪気だった。

「由紀子先生も城南高校を強く勧めてたぞ」

——由紀子の名を出すことが切り札だと思っているらしい。確かに由紀子の言うことなら何でも聞いた時期があった。だがそんなのは遠い昔のことだ。

「百歩譲って、高卒で就職したとしても、だ」

「はい、どうなりますか？」

桜子は前に身を乗り出し、真正面から樋口を見つめた。早く結論を聞きたそうだった。

「城南高校を出たという誇りを持って生きていける」

——ああ。やっぱりこいつは本物の甘ちゃんだ。きっと金のない苦しさを経験したことがないのだろう。この男はプライドが高く、子供たちに尊敬されているかどうかを常に気にしている。だから、いつも尊敬の眼差しで見てやらなければならないし、素直にうなずいて微笑んでやらなければ睨まれる。そのことは施設内の中高生なら誰でも知っている。だから私も自分の身を守るために、愛想笑いでごまかしてきた。でも今回はダメだ。自分の将来にかかわる大切な話だから、いつものように従順なふりをするわけにはいかない。言うべきことを言わなければ。ああ、それにしても本当に面倒だ。こいつと話していると、大声で叫び出したくなるくらいストレスが溜まる。施設にいる孤児には、自分の進路を自分で決める自由さえないのか。中学の担任教師が学校で進路指導を行っているのだから、それでもう十分ではないか。なんで教師でもないお前が口を出すんだよ。

「誇りだけでは食べていけません」

桜子がそう言うと、樋口はさも愉快そうに大口を開けて豪快に笑いだした。

「確かに、確かに、誇りだけでは腹いっぱいにならないからな」

そう言ってからすぐに真顔に戻り、「だが、城南高校は就職もいいんだ」

「えっ、そうなんですか？　それは初耳です。進学率は百パーセントと聞いていたから、就職する生徒がいるとは知らなかったです」

「だって考えてもみろよ。同じ高卒でも、そんじょそこらの高校とは違うだろ。城南高校卒というのは立派な学歴だ。三流大学を出ているよりいいくらいだ。きっと就職も引く手あまたに違いないよ」

「違いないって……実際に、そうなんですか？」

「そうだ」と、樋口は胸を張って答えた。

「そうだったんですか。就職に有利ならいいかもしれないですね」

そのとき、聴診器から伝わってくる映像がパッと消えた。

——あのとき、樋口の話を鵜呑みにした自分が馬鹿だった。入学してみれば、就職の実績に関する情報など何ひとつなかった。よく知りもしないのに、いい加減なことを言ってしまう指導員がいるなんて夢にも思わなかった。大人なんて誰一人信用できないことを知っていたはずなのに、まだまだ自分は甘かった。指導員たちが、子供たちの進学先を施設間で競い合っていると知ったのは、高校に入学してからだ。偏差値の高い高校に進学させた施設の職員は鼻高々なのだと。

こちらまでつらくなってきたから聴診器を外した。

すると、桜子が目を開けた。

「摩周湖先生、もう行っちゃうんですか？」

桜子が寂し気な顔を見せたのが意外だった。

「ええ、ちょっと長く居すぎましたから」

「先生、さっき来たばかりじゃないですか」

白衣のポケットからPHSを取り出し、日付と時刻を確かめた。さっきドアをノックする前に見たはずだが、それから時間はほとんど進んでいなかった。児童養護施設の天井付近に、自分の魂が長い時間浮遊していたと思っていたが、あれは一瞬だったのか。聴診器の向こうの世界は、現実世界の何倍もの速度で時間が流れているらしい。

「摩周湖先生、私はどういう気持ちで最期を迎えればいいのかなあ。なかなか平らかな気持ちになれないんです」

「治験を始めるのですから、死ぬことなど考えずに前向きな気持ちになってくださ い」

「びっくりです。摩周湖先生まで由紀子さんみたいなこと言うなんて。私には本当のことを言ってください。糠喜びはつらいです」

「私は医者ですから真実を伝えるのみです」

「真実、ですか？　DNAのスイッチとか、わけのわからないこと言われても」

「そうですか、それでは詳しく説明しましょう。そのスイッチが発見されたのは、一卵性双生児の研究がきっかけだったんです」

そう言うと、桜子は真顔になり興味深そうな目を向けた。

「一卵性双生児は、全く同じＤＮＡを持って生まれてきます。ですが年齢とともに、体質や能力や病気のなりやすさなどが次第に異なってくるんです」

「うちの施設にも男の子の双子がいます。そっくりで、すごく可愛いんです。でも、だんだん似なくなってくるってことですか？　同じＤＮＡなのに？」

「そうです。ＤＮＡの中には、細胞の異常増殖を抑える遺伝子があるんです。健康な人は、この遺伝子がしっかり働いてくれるので癌にはなりません。ですが、せっかくこの遺伝子を持っていても、クチャクチャに折り畳まれてしまう人がいるんです。双子であっても、そこで差が出てくるんです」

「なるほど。私の遺伝子は折り畳まれてるんですね。そのことを、スイッチがオフになってるって先生は言ってるの？」

「その通りです。桜子さんは呑み込みが早いですね」

　そう言いながら、再び聴診器を当ててみると、耳を通して海が凪いだような穏やかな空気が感じられた。桜子がなんなく知識を吸収していくのが感覚的にわかる。

「最近の研究で、スイッチがオフになっている人が多くいることがわかったんです。遺伝子を折り畳んだ張本人はＤＮＡメチル化酵素です。磁石のように周りの物質を次々に引き寄せていって、機能しなくなるんです。ですが、そのＤＮＡに直接作用する薬が開発されたんです」

「私が今朝飲んだ薬と注射がそれなの？」

「そうです」

「でもさ、私は手遅れだと思うんですよね。末期だって自分でもわかるもん」

「外国の臨床実験では、末期の癌患者四十五名のうち三割に効果が見られました。中には癌が全て消えた人もいたんです」

「あとの七割はダメだったってこと？」

「はっきり言って、そういうことです。でも、その当時から更に研究が進んでいますから、治癒する割合はもっと上がっているはずです。それと、ご存じのように免疫療法も並行して始めましたから、こちらの方で成果が上がる可能性も期待できます」

そのとき、聴診器を通して明るい光が見えてきた。聴覚だけでなく視覚にも訴えかけてくる。

「私、もしかしたら、助かるかもしれないんですね」

「そうです。治ったら何をするかを今から考えておいた方がいいですよ」

「今から？　それは早すぎますよ。治る確率も高いとはいえないし」

「退院したら、また忙しい生活が始まりますよ。考える暇がなくなるくらいに」

「それはそうですね。平日も土日もアルバイトしなきゃなんないから」

そのとき、聴診器を通して学校の教室や校庭が見えた。そのあとすぐに、和菓子屋の店先が見えた。真っ白な三角巾（さんかくきん）を頭に巻いて、和菓子屋のロゴが入った白衣を着ているのは桜子だった。その店でアルバイトをしていたらしい。

「じゃあ考えてみます。今後のこと」と、桜子は言った。

「そろそろ行きますね」と、私は聴診器を外して立ち上がった。

「ちょっと待ってください。摩周湖先生、ひとつ約束してほしいんです」

桜子は、縋（すが）るような目を向けた。

「絶対に私に嘘（うそ）をつかないでほしい。いつも本当のことを言ってください」

「わかりました。どんな厳しい結果でも、きちんとお知らせします」

そう言うと、桜子は今までに見たこともないほど優しい顔になった。

やはり私の感覚は間違っていなかった。桜子はマリ江や由紀子が思っているような、単に素直で可愛らしいだけの女の子ではない。幼い頃から苦労を重ね、周りの大人の卑怯（ひきょう）さやご都合主義に嫌というほど巻き込まれて生きてきたのだ。桜子は老成した部分と幼い部分がないまぜになり、既に複雑な気持ちを抱える大人になりかけている。子供がみんな単純だと思ったら大間違いだ。

それがわかる自分は、医師のように人とかかわる仕事に向いているのではないか。もっと自信を持ってもいいのではないか。そう思えたのは初めてだった。

この聴診器は、変わり者といわれてきた自分が実は間違っていなかったことを証明してくれるためにに存在するのではないか。それをわかっていてルミ子先輩はこの聴診器を譲ってくれたのだろうか。いや、ルミ子先輩がそこまで鋭いわけがない。あれから顔を合わせても聴診器のことを何も言わないが、会うたびに私の顔を覗き込んで何かを探ろうとするかのようにじろじろ見る。

そういうのは気味が悪いからやめてほしい。

10　黒田摩周湖

桜子の病室を出た。

少し休憩してから、後で貴子の病室にも寄ってみよう。

医局に戻ると、笹田部長と岩清水がいた。私に気づくと、「摩周湖先生、お疲れ様」と岩清水が言った。

「どうだ、治験の方は」と笹田部長がパソコンから顔を上げないまま尋ねた。

「まだ始まったばかりで何とも言えません。それより、お二人とも当直でもないのに、まだいらしたんですか？」

「うん、三〇七号室の容体が気になってね」と、岩清水が答えた。

「俺は五〇一号室」と笹田部長が言う。

　こうやって勤務医というものは、自ら年中無休にしてしまう。自分が担当している患者の生死を任されていると思うと、自宅に帰っても落ち着かない。岩清水は独身だが、笹田部長は妻子がいると聞いている。父親不在で子供は寂しい思いをしているのではないだろうか。自分も子供の頃はずっとそうだった。

　お茶を飲んで一息入れてから、貴子の病室へ向かった。

　ドアをノックすると、「はい」と小さな声が聞こえてきた。そっとドアを開けて覗いてみると、ベッドの中の貴子と目が合った。テレビも点けず、ラジオも聞かず、ぼうっと白い壁を見つめている。ひとりで何を考えていたのだろう。

「摩周湖先生、どうなさったんですか、こんな時間に」

「今日は当直なので、ちょっと様子を見にきたんです」

「それはありがとうございます」と、貴子は慌てて頬に微笑みを乗せた。

「胸を診せてくださいね」

　パジャマの首からそっと聴診器を忍ばせた。

　その途端にどす黒い雲に全身を包まれた感覚に陥った。この雲は、貴子の心を表しているのだろうか。つらい過去でも思い出していたのか。

　――政治家の仕事って、そもそも何なの？

　いきなり声が聞こえてきた。それは貴子の声にそっくりだった。もう間違いない。

さっきの桜子といい、やはりこの聴診器は患者の本心を聞くことができるのだ。

目を閉じてみると、リビングルームらしき広い部屋が見えてきた。そのとき、すうっと身体が浮いたような気がして、その部屋に魂が吸い込まれていくような感覚があった。桜子の病室で体験したのと同じだった。私は今、リビングの天井付近に浮遊して部屋を見下ろしている。小さな虫か何かになったように身が軽い。

部屋の隅にはグランドピアノがあり、中央には革張りの重厚なソファセットが置かれている。マホガニーのワインクーラーもあるし、リビングボードの上にはたくさんの写真や両目の入った巨大な達磨も飾られている。ソファを挟んでピアノとは反対側の隅には、ダイニングテーブルが置かれていて、一人の男性が席についていた。誰だろうと思った瞬間、ズームアップされてはっきりと顔が見えた。貴子の夫の谷村清彦衆議院議員だ。先日見舞いに来たときに比べて若いことからして、貴子は何年も前のことを思い出しているのだろうか。

「熱いうちにお召し上がりになって」

貴子がキッチンから声をかけるが、夫は返事をせず、夕刊のページをめくっている。テーブルの上を見ると、海老とアボカドをふんだんに使ったサラダと、分厚いステーキが載っていた。

そのとき、貴子の心の声が聞こえてきた。

――ステーキさえ焼けば夫は機嫌がいい。自分は和食が得意で料理するのは苦ではないが、こんなクズ人間の世話をなぜ私がしなければならないのか、考えれば考えるほどわからなくなる。だから最近は肉を焼き、デパートで買ってきたサラダをおしゃれな器に盛り付けるだけにしている。

目を開けてみると、貴子は目を閉じたまま皮肉な笑みを浮かべていた。こういう顔つきをする人だとは知らなかった。楚々とした上品な雰囲気に似合わない。

――きっと世間の人は言うだろう。夫の稼ぎで食べている分際で、不満ばかり言いやがってけしからんと。

貴子の心の声が、湧き水のようにどんどん溢れ出てくる。

――夫は年がら年中、選挙対策に明け暮れていて、全くお国の役に立ってなどいない。それにしても、私にできるささやかな抵抗が手抜き料理とは、情けなさを通り越して嗤ってしまう。

貴子がキッチンから出てきて、夫の向かいに座るのが見えた。本人は気づいていないのだろうが、既に癌に侵されて食欲がないのか、貴子の分の食事の用意はなく、お茶だけを飲んでいる。

「もうすぐ選挙だな。俺、大丈夫かな」

夫はビールを一口飲むと独り言のようにつぶやいた。

「大丈夫よ。今までだってずっと盤石(ばんじゃく)だったじゃない。お父さんから受け継いだ強力な地盤も看板もあるんだから」

――この男に、皮肉が通じるかどうか。

「それはそうなんだが、今回は野党から若い男が出馬したからな」

――皮肉は通じなかったらしい。この男は二世議員であることに劣等感を持っていない。それどころか、まるで選ばれて生まれてきた人間であるかのように勘違いしている。シモジモの者と俺では、生まれからして根本的に違うのだと。

「新人の男性は全くの無名でしょう。広報で見るまで私は知らなかったもの」

「ところがさ、SNSで若者の人気を集めてるらしい」

「だったらその人と侃々諤々(かんかんがくがく)やってみれば？　この前、佐藤精肉店のご主人からも、政策について公開討論をすべきだって言われたのよ」

貴子がそう言うと、夫は目を剝(む)いて怒鳴った。

「何を馬鹿なこと言ってるんだっ」

「あっそうか、向こうは秀才だもんね。太刀打(たちう)ちできないわよね」

貴子がこれほどはっきりと言うこともあるとは知らなかったので、私は驚いた。だが、怒るだろうと思った夫は、あろうことか、貴子を心底見下したように嗤った。

「貴子、ここに嫁に来て何年になる？　お前はいつまで経(た)っても選挙ってものがわかってないんだな」

夫はそう言うと、新聞を隣の椅子の上に置き、分厚いステーキにフォークを突き刺した。

「政策論争なんてどうでもいいんだよ。そんなことに興味を持ってるやつは少数派だよ。医療費や税金を安くすると言っておけば、みんな一票を入れてくれる。庶民なんてその程度の脳ミソしかないんだ。そもそも投票に行くのは年寄りばかりだ。年金額を上げるって言っておけば人気が出る。教養のない貧乏人を騙すのなんか簡単さ」

「あら、そうなの。選挙のノウハウにそこまで自信があるなら、何も心配はないじゃない。あなたはいつも庶民の味方みたいなことを演説でぶってるんだから」

――本当は、庶民の節約生活ですら想像もつかないくせに。

「問題はそこじゃないんだ。世の中にはイケメンに投票するバカ女がたくさんいるってことが問題なんだ」

「イケメン？　あの新人候補が？　特にイケメンというほどでも……」

貴子がそう言うと、夫の厳しかった表情が緩んだ。

「だよな。たいしたツラじゃないよな。だが、ヤツは何といっても若い。俺とのツーショット写真なんかがネットで拡散したらまずいよ」

――確かにそうかもしれない。彼は若いだけあって、立候補者の中では飛び抜けて清潔感がある。はにかんだ笑顔がシャイで魅力的だと、精肉店のおかみさんが言っていたのを聞いた。夫の脂でテカった顔や、不摂生な暮らしが透けて見える腹回りでは、見劣りしてしまう。

「そもそもヤツは独身だろ」

「ええ、確かそう聞いていますけど？」

「三十半ばにもなって独身なんて候補者としては失格だ」

「どうしてですか？　それと政治とは何の関係もないじゃないですか」

「独身の男は家庭を持つ苦労を知らない」

そのとき貴子が、慌てて下を向いて口を引き締めたのが見えた。噴き出しそうになるのをこらえているようだ。

――家庭を持つ苦労？　この人は、いったい何を言っているのだろう。私と結婚してどんな苦労をしたというのだ。下女がひとり増えて便利になっただけじゃないか。夜な夜なキャバクラに行き、結婚に縛られることなく浮気し放題だ。

「貴子さん、私のお夕飯はどうなってる？」

そう言いながらリビングに入ってきたのは姑だった。

「あら、お義母さま、今夜はお芝居の帰りにお友だちと外で食べてくるとおっしゃってませんでした？」

「そのつもりだったんだけどね、気が変わって帰ってきちゃった。一緒にお芝居を観に行った八重子さんも明子さんも、腹が立つことばかり言うんだもの。お宅の息子さんは二世議員でラッキーだったわね、国会議員というのは世襲制の商売だものね、なんて。二人とも息子が安月給のサラリーマンになったもんだから妬いてるのよ。とんだとばっちり」

「何をお召し上がりになりますか？」

「私はお魚がいいわ。お腹ペコペコだから急いで作ってちょうだい」

「……はい」

そう言って貴子はキッチンに引っ込んだ。カウンターキッチンで貴子が忙しく立ち働いているのが見える。

「母さん、あの新人候補ときたら、貧乏自慢がいやらしいんだよ。子供の頃から自分のメシは我慢して妹たちに食べさせてやったとか言ってね。今どきお涙ちょうだいっていうのは卑怯だろ。演歌歌手じゃないんだから」

「貧乏だったっていうのは嘘なの？」と、姑が尋ねている。

「まるっきり嘘じゃないかもしれないけど、誇張してるに決まってるよ。貧乏人でも高級ブランドのバッグを持ってる時代だぜ。それなのに米も買えずに空腹に耐えていたなんてあり得ないだろ。戦時中でもあるまいし」

「そうよねえ」と姑が相槌を打つ。「でも、古今東西を問わず、貧乏人が努力でのし上がった成功物語は誰しも大好きよ。それを考えるとちょっとまずいわね」

貴子がカウンターキッチンから顔を覗かせて口を開いた。

「ねえ、あなた、もしも……あ、いや、何でもないわ」

貴子は慌てて口をつぐんだ。

――もしも次の選挙で落ちたらどうなるの？　縁起の悪いことを口に出してはいけないのだった。普段は信仰心など微塵もないくせに、夫の親族たちは選挙の前になると途端に縁起を担ぎだす。

貴子はキッチンで魚を焼きながら、大きな溜め息をついた。

――夫や姑の考え方が嫌でたまらない。こんな家は私の居場所ではない。でも……私はここで生活するしか道はない。学歴もなく、職歴といえばキャバ嬢だけだ。離婚してこの家を出たら、二度とまともな暮らしは送れないだろう。

聴診器を外した。

ベッドに横たわっている貴子を見ると、眉間の皺が更に深くなっていた。

11　小出桜子

摩周湖のヤツは何も言わないが、快方に向かっている実感があった。触って微かにわかる程度だが、眉毛が生えてきた。それに食欲も出てきて、今朝はヨーグルトを半分以上食べたし、夕飯のおかゆも頑張って三分の一を食べることができた。

治療は、治験と免疫療法と抗癌剤の三本立てだったが、細胞レベルの治療で早くも効果が表れ始めたので、抗癌剤をやめて様子を見ることになった。そのお蔭で吐き気が治まり、食べられるようになったのだった。それは信じられないことだったし、嬉しくてたまらなかった。

ロクでもない人生だったから、いつ死んでも構わないと思っていたはずだった。だけど、あれは強がりだったとわかった。死ぬのが嫌で自分に嘘をついていただけだ。本当は生きたいと心から願っていたらしい。

天井を見つめていると、ノックの音が聞こえてきた。

摩周湖は夜な夜な病室に来てくれるようになった。それというのも、摩周湖は家に帰ったあとも、免疫療法による拒絶反応が出ていないかが気になり、心配でいてもたってもいられないのだという。だから、当直ではない日も夜遅くまで残っている。

それを摩周湖から聞いたときはびっくりした。この世の中に、これほど他人のことに一生懸命になる大人がいるとは知らなかった。

「具合はどうですか？」

いつもの遠慮がちな態度で、摩周湖が病室に入ってきた。そのままベッドに近づいてくると、穴の開くほど私の顔を観察してから首を触診した。

「今のところは拒絶反応は出ていないようですね。もう大丈夫でしょう」

そう言ってから、慌てたようにつけ加えた。「大丈夫と言ったのは拒絶反応についてだけです。そのほかのことはまだわかりません」

本当のことだけを言ってほしいと頼んだからか、糠喜びさせないよう言動には気をつけているらしい。こういうとき、ふと摩周湖に心を許しそうになるからヤバい。そのたびに私は気持ちを引き締めるのだ。裏切らない大人など、この世に一人もいないのだと。だけど、もうコイツの前ではいい子ぶらなくてもいいかも。

「先生、ほら、眉毛が生えてきた」

そう言うと、摩周湖は驚いたように目を見開いて更に顔を近づけてきた。そして、人差し指で私の左右の眉を順番に撫でた。確認するなら片方だけで十分なのに、ゆっくりと丁寧になぞるように触っていく。

子供の頃から、誰かに肌に直接触れられた経験があまりない。だからなのか、ちょっと嬉しいような思いがした。

「桜子さんの眉は、本当はきりりとした濃い眉ですもんね」

摩周湖が微笑みながらそう言った。

「先生、何でそんなこと知ってんの？」

そう尋ねると、摩周湖は笑みを消し、「しまった」というような顔をした。

「もしかして私のスマホ見たの？　元気だった頃の写真を盗み見たとか？」

「まさか。冗談でしょう。私は人の携帯を勝手に見たりはしませんっ」

摩周湖は怒ったように言ったくせに、私が「だったらなんで知ってるの？」と尋ねると、いきなり気弱な表情に変わった。「えっと、なんていうのか、生えかけの眉を見れば、どんな眉だったのかは想像できるわけで……」と語尾が消えかかる。

いったいどういう性格をしてるんだろう。大人のくせに変なヤツ。そう思って、じっと見つめていると、摩周湖は気を取り直すように、すっと息を吸い、私のニットの帽子をめくって頭を触った。

「髪も生えてきていますね。ほんの一ミリだけど。これは本当にすごいことです。こんなに効き目が早いのは若いからでしょうか」

それは質問なのだろうか。だとしたら、そんなこと医者でもない私に聞かれたってわかるわけがない。それとも、単なる独り言なのか。わかりにくいヤツだ。

今回の治験は、DNAメチル化酵素とやらをコントロールして、オフになってしまった癌抑制スイッチをオンに戻すというものらしい。スイッチを切り替える薬はたくさん開発されつつあり、その中の有力な幾つかを試している。

「免疫療法のことだけど、拒絶反応がそんなに心配なら、私の細胞から作ればいいんじゃないの？」

数日前から動けるようになったので、車椅子に乗ってネットが使える待合室に行き、スマホで調べまくったのだった。自分の血液から免疫細胞を取り出してiPS細胞に変化させ、それを大量に培養して、再び免疫細胞に変化させて私に移植すれば、拒絶反応は出ないはずだ。

「よく調べましたね。桜子さんのおっしゃる通りで、それができればいちばんいいのですが、そうすると培養するのに何年もかかるし、莫大なお金がかかるんです」

摩周湖によると、他人のiPS細胞なら予め作っておけるので、コストと時間が大幅に削減できるという。

「どんなものでもオーダーメイドは高くつくでしょう。洋服とかウィッグとか。そして作るのに時間がかかる」

「なるほど」

今回の注射では、約三千万個もの細胞を移植したと聞いていた。

「この病院内に、私と同じ治療をしている人はいる？」

以前から気になっていたことを尋ねてみた。

「三十代の女性も同じ細胞で治療をしています。軽い拒絶反応が出ましたが、薬で治まりました」

「そう、それは良かった」

闘う同志がすぐ近くにいると知り、会ったことはなくとも親近感が湧いた。

「このまま順調に行けば退院できる日も遠くはないですよ。ですが二年かけて安全性や効果を調べる予定ですので、その後も通院していただいて、経過観察におつき合い願います」

「うん、それは承諾書にも書かれてたから知ってる」

それはちっとも面倒なことではなかった。それどころか今後二年もの間、無料で身体の状態を調べてもらえると思えばラッキーなことだ。

「少し胸を診せてください」

そう言うと、摩周湖はパジャマの首のところから聴診器を差し入れて来た。

「桜子さん、目を閉じてリラックスしてくださいね」

そう言うと、摩周湖の方が先に目を閉じた。瞼(まぶた)がピリピリと震えている。耳を澄ませて聴診器に集中しているようだ。

どうしてだか最近は、聴診器を当てられると昔のことを思い出すようになった。

今日も目を閉じた途端に、幼い頃の情景が瞼の裏に浮かんできた。そこはプレイルームと呼ばれるフローリングの広い部屋で、小さな子供から高校生までがいて、思い思いのことをして過ごす場所だ。懐かしい顔がたくさん見えた。私が小さかったときに読み書きを教えてくれた高校生のお姉さんや、ボール投げをして遊んでくれた六年生のお兄さんもいる。そして、大学を出たばかりの由紀子もいた。中高年の指導員が多い中で、由紀子はダントツに若くて、初めて身近に感じられた指導員だった。

幼かった頃の私は、由紀子を慕い、彼女のそばを離れようとしなかった。それまでは、常に寂しくて仕方がなかったのに、由紀子が施設に来てくれてから、生まれて初めて孤独ではなくなっていた。

中年の指導員はみんな子持ちだからか、勤務時間を終えるとさっさと帰っていった。子持ちの指導員たちは、施設の子供よりも、家で待っている血のつながった自分の子供の方が何倍も大切だと顔に書いてあった。それは当たり前のことだと頭ではわかっていても、裏切られたような気持ちになり、なんだかんだいっても所詮は他人なのだと、子供心にもはっきりと感じていた。だが、独身の由紀子は違った。帰る時間になっても、遊びが途中だと、それが終わるまでつき合ってくれた。そういうところにみんなが親しみを感じていた。

　由紀子は、他の指導員と同様、動きやすい服装の上にエプロンをつけただけの格好だったけれど、きれいな色のエプロンが細身の身体に良く似合っていた。その点も、私は自分のことのように誇らしくて、由紀子の太ももに抱きついてばかりいた。甘えられることが嬉しくてたまらなかった。今考えると、由紀子の存在が唯一の心の拠り所だった。特に小学校に入学したばかりの頃は、初めての教室や初めての担任教師という環境になかなか馴染めず、気持ちが不安定だった。

　ある日のことだった。

「ねえ、由紀子お姉さん、今度のお休みの日に、お姉さんのおうちに遊びに行ってもいい？」

　あの頃の私は本当に無邪気だった。由紀子が答えないのを、聞こえなかったのだと思い、もう一度聞いたのだから。

　だが由紀子は、またしても返事をせず、戸惑った顔をこちらに向けた。

「ねえ、遊びに行ってもいいよね？」

「うーん、また今度ね」

　それが遠回しの断わりの返事だなんて、小学校一年生の私にはわからなかった。だからしつこく聞いた。

「今度って、何月何日？」

「あら、いけない。もうこんな時間。今日のおやつはホットケーキよ。さあ、ホットプレートを出しましょう。桜子ちゃんは卵を混ぜてくれる？」

そう言って厨房に入って行った。いつもの由紀子らしくなかった。

どうしてちゃんと答えてくれないのか、由紀子の背中を目で追いながら呆然としていると、横から中学生のユリの手がすっと伸びてきて私の腕をつかみ、そのまま廊下に連れていかれた。

「ねえ桜子、指導員を困らせちゃダメだよ」

意味がわからなかった。由紀子を困らせた覚えなどなかった。大好きな人を困らせるわけがない。

「今夜、ちゃんと説明してやるから、ねっ。もう何も言わずにホットケーキ食べな」

「……うん」

ユリとは同室だった。部屋は当時も四人部屋で、二段ベッドが二つあり、私に割り当てられたベッドの真上がユリの陣地だった。

ユリは、私が入所してきた当初から親切にしてくれた。私が捨て子だから親近感を持ったというのは後になってから聞いた。児童養護施設の中で、孤児は少数派だった。父親か母親の片方どころか、両親揃っている子供も少なくなかった。中には毎週土日になると家に帰る子もいる。ユリには親戚がいたらしいが、何年も面会に来ていなかったし、連絡もなく引っ越してしまって行方がわからなくなっていた。ユリとは互いに天涯孤独の身だったから、二人だけに通じる情があった。

その日は、夜が来るまで悶々としていた。だって……。

――なんでも相談してね。本当のお姉さんだと思ってくれていいのよ。

由紀子は何度もそう言ったはずだ。そして、この施設から二駅離れた所に住んでいることや、ダジャレばかり言うお父さんと冗談の通じないお母さんと我儘な妹の四人暮らしの様子も面白おかしく話してくれた。玄関前の小さな花壇には色とりどりの花が植えてあって、遠目に見てもすごくきれいなことや、飼っている秋田犬のマロンがどれだけ可愛いかも聞かせてくれていたから、遊びに行ったときにはマロンをギュッと抱きしめようと思っていた。毛はフワフワなんだろうか、私のこと好きになってくれるだろうかと想像しては、「何ニヤニヤしてんの」と、同室の子にからかわれたことが何度もあった。

その夜、同室の三年生と五年生の女の子がお風呂に入りに階下に降りていき、ユリと二人きりになると、ユリはやっと口を開いた。

「あのね桜子、指導員の家に遊びに行きたいなんて言っちゃダメなんだよ」

「なんで？」

「私たちはね、親に捨てられた子供だろ？　アイツらから見たら深くかかわり合いたくない人種なんだ」

「ユリちゃん、だからどうして？」

「私たちが素性の知れない要注意の子供だからだよ。子供を捨てるような親なんかみんなロクでもない人間だからね」

「でも、由紀子お姉さんはすごく優しくしてくれるよ。遊びに来ちゃダメなんて言われてないよ。『また今度』って言ったもの」

「それは違うんだ。あのさ……」

そう言って、ユリは大きな溜め息をついた。「それが大人の断わり方ってヤツなんだよ」

「そんなことないっ」

ユリの言うことは信じたくなかった。だけど、翌日になると、ユリの話が本当だとわかった。

「今度の日曜日に行ってもいい？」

由紀子を試すために、再び聞いてみたのだった。

すると、由紀子は溜め息まじりに言った。「今度の日曜日はダメよ」

「だったら何月何日ならいいの？」

「そうねえ、桜子ちゃんが大人になったらね」

そのときの由紀子は目を合わそうとしなかった。その横顔を見て、口先でごまかそうと必死なのだと、子供心にもわかった。それ以降、由紀子は二度と自宅の話をしなくなった。秋田犬のマロンの話も。

その後の自分は、どの指導員に対しても、この踏み絵を利用するようになった。

——家に遊びに行っていい？

その踏み絵に合格する指導員は一人もいなかった。

「もうやめなよ」とユリに何度も注意された。

「所詮この施設の中だけでのつきあいなんだよ、プライベートで仲良くしてくれるわけないじゃん」

いや、一人だけいた。

——いいよ、いつでもおいで。

そう言ってくれた中年の指導員がいたが、後になって、女子の浴室を覗き見したことで馘（くび）になった。

この世の中はロクなもんじゃない。

ロクな大人はいない。

その証拠に、自分の母親も自分を捨てた。

もう誰にも期待しない。

誰ともかかわり合いを持たずに生きていくためには、孤独に強くならなければならない。そのとき、寂しがり屋を卒業しようと心に誓った。そしてそれ以降、頼れるのは自分だけだと、ことあるごとに言い聞かせて生きてきた。


ふっと顔に息がかかった気がしたので、目を開けた。

摩周湖が悲しそうな顔をして、こちらを覗き込んでいた。

「難しいですね、人間関係というものは」と、摩周湖がぽつんと言った。

「え？　いきなり何の話？」

そう尋ねると、摩周湖は聴診器を外して何も言わずに立ち上がった。

12　谷村貴子

これほどまで体調が良くなる日が来ようとは想像もしていなかった。

医学的な進歩が、こんな私にさえ奇跡を授けてくれたのだ。髪が生えてきたり、食欲が出てきたりと、身体が目に見えて元通りになっていくのを日々感じていた。

もう一度生きられる。そう思うと身体の奥底から力が漲（みなぎ）ってくる。

午前の回診のときに、姑と夫が見舞いにきた。見舞いといっても、花や果物カゴを持ってくるわけでもない。私が弱って死んでいくのを、今か今かと見届けに来ているとしか思えなかった。

「先生、容体はどうでしょうか」

夫が摩周湖に尋ねた。摩周湖はさっきからずっと聴診器を胸に当てたままだ。

「治験を始めてから腫瘍（しゅよう）マーカーの値が順調に下がり続けています。快方に向かい始めたといっていいでしょう」

「えっ？」と、夫と姑は同時に驚いたような声を出した。

どう聞いても、今のは喜びの「えっ」ではなかった。失望の響きだった。二人ともあまりに意外だったのか、がっかりした顔を隠すことも忘れてしまっている。摩周湖も敏感に察知したのか、非難を含んだ鋭い眼差しで、夫と姑を交互に見た。

夫と姑は、私がもうすぐ死ぬ前提で、今後のことを色々と算段していたのだろう。有権者の情報をノートに書き残すことだけでなく、私の通夜や葬式——いかに嫁を大切にしていたかを世間に知らしめるために盛大に行う——のことや、私の死後は若い女と再婚して、後継ぎを儲（もう）けることまでをも。

もしかして、自宅にある私のクローゼットは、とっくに空っぽなのかもしれない。二度と戻ってこないと早々に判断し、洋服や靴など全てを捨ててしまったのではないか。というのも、多忙な生活を送る姑は、何に対しても段取りがよく、早め早めに準備をする人なのだ。

結婚以来、夫の不誠実な性格が嫌でたまらなかった。キャバクラに通い詰めていた頃は、国を良くするためにはどうすべきかなどと立派なことを滔々と語っていたが、結婚してすぐに化けの皮がはがれた。本当は有権者を舐めきっていて、口先でごまかせると思っている。そんな男なら、いっそのこと家庭を犠牲にしてまでも貧困や不幸に苦しむ人々を助けるために東奔西走するような男の方が良かった。もしそうであれば、きっと同志愛が芽生え、夫を精いっぱい手助けしようと日々の節約にも励んで覚悟を決めただろう。

――選挙戦は、亀の甲より内助の功よ。

姑は、ことあるごとにそう言った。言い換えれば、選挙に落ちるのは妻の責任ということだ。

代議士の妻には、常に「選挙に当選しなくては」というプレッシャーがつきまとう。落選したらいきなり無職になるからだ。当選したとしても、一瞬たりとものんびりしてはいられない。衆議院は参議院と比べて任期も四年と短く、解散という不安から逃れられず、次の選挙に向けてPR活動を開始しなければならない。後援会の人々と協力し、地元民に一人でも多く、夫の支援者になってもらうよう縁を作っていくのだ。

つまり、結婚以来、気の休まる暇がなかった。

——谷村清彦の妻でございます。主人がいつもお世話になっております。

一年三百六十五日、ほぼ毎日どこかで頭を下げる毎日だった。家を一歩出たら、そこは選挙区である。後ろ指さされないよう、良い妻、良い人を演じ続けなければならない。退院したら、またあの日々が始まると思うと、心底ウンザリした。朝から晩まで地域の有力者に会い、さまざまな会合に参加し、頭を下げ続ける。夫が日本を変えたい、恵まれない人々にチャンスを与えたいというような大志を抱いているならばいいが、そんな高尚なことなどついぞ聞いたこともない。谷村家にとって政治とは家業であり、楽して大金が儲かる商売の一つに過ぎない。

「先生、快方に向かっているとのことですが、それは退院できる日が来るということでしょうか」と姑が尋ねた。

何を言っているのだろう。癌を撃退して身体が元通りになれば、退院できるに決まっているではないか。退院してほしくない、家に帰ってきてほしくないという気持ちがありありと表れている姑の表情に、私は深く傷ついていた。私は一生涯、愛というものとは無縁であるらしい。母に捨てられ、妊娠がわかった途端に男に裏切られ、誰にも愛されずに今日まで来た。キャバクラに勤めれば、すぐにナンバーワンになってしまったことで女性の同僚にも嫌われた。

「キャバクラって……」と、摩周湖がつぶやいた。

聴診器を当てたままで、摩周湖はすぐそばにいるから、私にしか聞こえなかったようだ。私は心の中で思ったことを、口に出してしまっていたのだろうか。慌てて姑と夫を見るが、表情に変化は見られなかった。

「先生、どうなんです？　退院できるんですか？」

摩周湖がなかなか返事をしないからか、夫が苛々した様子で尋ねた。

摩周湖はきょとんとした目で夫を見て、少し首を傾げた。質問の意味がわからないと言いたげだった。

「回復すれば、もちろん退院となりますが？」

「だったら、いつ頃退院できるんだ」

夫は摩周湖までをも舐めているらしい。医者に敬語を使うことも忘れたようだ。

「今の時点で退院日をはっきり申し上げることはできませんが、急速に回復していますので、このまま順調に行けば数ヶ月先には大丈夫だろうと考えています」

「数ヶ月？　ということは……」

姑はそう言うと、夫と目を見合わせている。二人の考えていることが手に取るようにわかった。選挙に間に合うのか間に合わないのかが知りたいのだ。そして代議士の妻としての務めを果たせるのかどうか。それができなければ妻の存在意義などない。

嫁など選挙の道具以外の何物でもないのだから。

地元の商店街で買い物をしていても、この人は夫に一票を入れてくれるのかどうかばかりが気になった。大根一本買うのでも、特定の店を贔屓(ひいき)していると思われないようにするために、毎回店を替えなければならない。そして、地域の人々と毎日のように会合を開いて支持者の輪を広げ、会合に来てくれた人には、あとで感謝の気持ちをしたためた手紙を送る。このご時勢にわざわざ手書きで、だ。老人に好感を持たれなければならないからだ。

どこかで集会があると聞けば、企業はもちろん、たとえ数名の集まりであっても飛び込みで挨拶をさせてもらう。それに加えて一月の新年会から始まり、誕生日会、会社の創立記念日、忘年会、婦人団体のイベントなどの招待が毎日のように届く。一日に五、六件を掛け持ちする日だってザラだ。

選挙には莫大な資金が要る。選挙のポスターひとつをとってみても、紙代、デザイン料、写真代、印刷代、それにポスターを貼るアルバイトへの人件費が必要だ。公示日となり、本格的な選挙活動が始まると、街角にはポスターが貼られ、選挙カーを使って演説をするのだ。

――谷村清彦の妻でございます。どうか主人を助けてください。

――今度の選挙、危ないんです。主人を見捨てないでやってください。

ああ、なんて恥ずかしいのだろう。

助けてくれだって？　見捨てないでくれだって？

これじゃあ本当に政治家ではなくて政治屋だ。政治屋という職業を失ったら、食べていけないから一票を入れてくださいと言い続けてきた。具体的な政策を訴えたことなど、ただの一度もない。

何かひとつでいい。原発反対でも、シングルマザーに手当てをでも、貧困な子供たちを救おうでも、何でもいいから、命をかけるほど一生懸命になっている夫の姿を見たかった。それさえあれば、あとのことは目を瞑ることができたのに……。

こんなクズ男のサポートをしている私の人生って、何だったんだろう。

選挙が近づけば、選挙区の住宅地図を塗りつぶしていき、漏れがないかを調べて一軒一軒を訪問した。お手洗いに行くのが不自由なおばあちゃんに頼まれれば、そのお手伝いもした。

――うちの娘でもやってくれんことをあんたはやってくれた。今までは山田さんに一票入れてたけど、今度からは谷村清彦さんに乗り換えるよ。

そう言って涙を流すおばあちゃんもいた。その家の玄関を出た途端に、ペロッと舌を出して思わずガッツポーズをした自分も、今思い出すと恥ずかしい。谷村家に嫁ぎ、姑や夫の考え方にいつの間にか影響を受けていたのだろう。庶民なんてチョロいものだと馬鹿にするようになっていた。

――奥さん、わしの囲碁の相手をしてくれんか。

そう言ってくる独居老人もいた。生ごみの臭(にお)いが充満する不潔な部屋だったが、我慢して一局お相手をした。もちろん、早々に負けてあげた。早く帰りたかったし、相手に優越感を持たせなければ票に結びつかない。

ほかにも、嫁の愚痴を延々と語る老女や、自身の生い立ちの不幸を長々と訴える人など、数え上げたらキリがない。聞いてあげるだけで一票を入れてもらえるのならばと、じっと耳を傾けて背中をさすってあげたものだ。

票につながることなら、法に触れない限り、なんでもやらなくてはいけないのが政治家の妻の役目だ。

なんとしてでも落選は避けなければならなかった。一度くらい落ちても次の選挙で返り咲けばいいというものではない。当選回数によって、派閥内での出世の順が決まるのだ。会社でいうところの年功序列のような制度があり、途中で落選すると、また振り出しに戻る。だから、どの議員もみんな必死だ。

企業の宴会に出れば、嫁の自分はお酌係になった。飲めや歌えの百名ほどの大宴会のときは、全員にお酌をするために、膝が擦り切れるほど畳の上を這(は)いずり回る。お酌をする順番を間違えてはならないから緊張した。返杯のお酒を断われず、ビールに日本酒とちゃんぽんで、いくら酒に強いとはいえ酔いが回ってフラフラになることもあった。

――酌はお前の得意技だろ。

キャバ嬢だったことを、いまだに夫はからかって馬鹿にする。

――だからお前と結婚したんだ。お前の取り柄は美人で色気があることだ。

宴会で身体を触られてもニコニコしていろと夫は言った。

――男性有権者の票を獲得してこい。胸や尻を触られただけで一票を入れてもらえるんなら安いもんだ。

一票を持っているのをいいことに、こちらの足許を見て図に乗る男も少なくなかった。二人きりのドライブや、ひどいときにはホテルに誘われることもあり、やんわり断わるのに四苦八苦した。

キャバクラで働くよりもタチが悪かったともいえる。キャバクラでは店を出れば他人だが、この地域で暮らすとなれば常に愛想笑いが必要で、のらりくらりとしつこい相手をかわさねばならずストレスが溜まった。頭の中は性欲でいっぱいというような有権者の顔つきを見るだけで吐き気がしたものだ。

ある日、噂が流れた。

――銀座の出版社に勤めていたことになっているが、本当はキャバ嬢だったらしい。

貧乏な生まれで高校中退だが、結婚が決まってから慌てて短大の聴講生になり、今では短大卒ということになっている。

夫や姑が考え出した「良家の子女」の経歴が嘘であることが、一部の有権者にバレてしまったが、不思議とそれほど広まらなかった。

——夫の先輩と仲良くなって、政治家とはどうあるべきかを勉強してきなさい。それが当選につながるのよ。

姑にそう言われ、政界のドンと呼ばれる大物政治家を訪ねていったこともあった。麻布にある大きなお屋敷に行くと、ドンである大河内庄次郎がひどい肩こりに悩まされているというので、指圧の勉強をし、施術してあげたこともある。

支援者からは、さまざまな相談が寄せられた。

——息子の就職の世話をしてほしい。

——出来の悪い倅を大学に入学させてもらえないか。

——娘の結婚相手にエリートを紹介してほしい。

——結婚式の仲人をお願いしたい。

中には、電柱に洗濯物が引っかかっていて困っているが何とかしてほしいというのまであった。夫も姑も、それらひとつひとつに丁寧に対応していった。

こんなことばかりで、日本の現状や未来を語ることなど一度もなかった。

――頭を下げる角度で謙虚さを表すことが大切なのよ。

結婚したばかりの頃、姑にお辞儀の仕方を叩き込まれた。お詫びやお見送りのときは四十五度、出迎えのときは少し柔らかに三十度、すれ違ったときは、軽やかに十五度と、何度も練習させられた。謙虚さを表すためと言われても、夫や姑には謙虚さなど微塵もない。

選挙期間中になると嫌がらせ電話に頭を悩ませるのも毎度のことだ。電話に出るとすぐに切れる。それが夜中の二時三時まで続く。

だからこそ、だ。

当選したときの喜びは大きかった。樽酒が事務所の中央にでんと置かれ、夫がその樽を木槌で思いっきり割った。お酒が辺りに勢いよく飛び散る光景を見ると、責任を果たした思いで感無量だった。

当選祝賀会では、大きな達磨に目が入れられる。

肩の荷を下ろせた喜びの一方で、七万人もの人が夫に一票を投じてくれたかと思うと、申し訳なさでいっぱいになった。どうしてこんなクズ男に票を入れるのか。

夫の祖父や父に世話になったと感謝している老人が多かった。就職の世話をしてもらったなどと人前で堂々と口にする神経が自分には理解できなかった。この国は、これほどレベルの低い国民で成り立っているのかと、溜め息が出そうになる。

そして、この自分は、その片棒を担いできたのだった。

もしも癌が治ったなら、すべてをぶち壊してやる。

死ぬときに、恥ずかしくない人生だったと思えるようにしたい。

耳の近くで深い溜め息が聞こえた気がして目を開けた。

摩周湖医師が心配そうな顔をして、こちらを覗き込んでいた。

13　小出桜子

大急ぎでリハビリをしなければならなくなった。

徐々に回復していくものだとばかり思っていたら、癌細胞が消えて日に日に体調が良くなったので、退院日が早くも決まってしまったのだった。

長い間、ベッドでほぼ寝たきりの生活をしていたせいで、筋力がひどく低下していた。そのため、毎日リハビリテーション病棟へ通い、作業療法士が作ったプログラムに沿って訓練する日々となった。

それにしても、本当に治ってしまうとは思わなかった。自分のことを幸運な人間だと思ったのは生まれて初めてだ。不幸な星の下に生まれてきた身の上を呪(のろ)ってきたし、自分ほど可哀想な人間はいないと思っていたのだ。

リハビリはスケジュール通りに進んだ。癌になったときは十代の若さが進行を早めてしまったが、リハビリでは若さが力を発揮してくれた。筋力がついてくるのが自分でもわかった。そして、出される食事も残さず食べられるようになった。

そうこうするうち、あっという間に退院の日が来てしまった。

入院時に着ていたジーンズを穿くと、ウエストがぶかぶかでずり落ちそうになった。回復したとはいっても、体重はまだ元通りにはなっていない。ナースステーションに行き、ビニール紐をもらってベルト代わりにした。私物を整理して紙袋に入れていると、開け放した病室のドアから摩周湖が入ってきた。

「退院、おめでとうございます」

摩周湖にしては力強い声だった。その後ろに笑顔のマリ江がいる。摩周湖は、マリ江の大きな背中に隠れるのを卒業したらしい。

「お世話になりました。本当にありがとうございました」

ここまで回復するとは想像もしていなかったから、感謝の気持ちでいっぱいだった。二度目の人生をプレゼントされたも同然だ。

「今後も、検査のための通院をお願いしますね」と摩周湖が念を押す。

「見違えるほど元気になったわね」と言いながら、マリ江は近づいてきて、私の頰をそっと撫でた。

「ほんの少しふっくらしてきたように見えるわ」

マリ江が自分のことのように喜んでくれているのは、マリ江にも娘がいるからだというのは最近になって知ったことだ。摩周湖も触ってみたくなったのか、近づいてくると、いきなり両手で私の頬の肉を左右に引っ張った。

「痛いよっ」

思わず摩周湖の手を払いのけていた。

「あっ、ごめんなさい。柔らかそうなホッペだから、どこまで伸びるのかと思って」

やっぱりコイツ変わってる。スキンシップをたっぷりしてもらった良家で育ったんだろうに、力加減というものをなぜか知らないらしい。

「桜子ちゃんは、将来は何になりたいと思ってるの？」とマリ江が尋ねた。

そうか、私には将来があるのだ。十六歳で死ぬはずだったのに、百歳までも生きられるかもしれない。

「いったん死んだと思えば何でもできそうです。新しくもらった命だと思って、思ったことは何でも行動に移したいと思います」

「そう、その意気よ」とマリ江は満足そうに言い、「通院のときは必ずナースステーションにも顔を見せにくるのよ」と言いおいて、忙しそうに病室を出ていった。

摩周湖と二人きりになった。

「桜子さん、さっき、思ったことは何でも行動に移すと言ったでしょう？　例えば何ですか？」

　摩周湖が顔を覗き込んでくる。心配そうな顔つきだった。

「先生、大丈夫だよ。非行に走ったりしないから。今度のことで、人間誰しもいつ死ぬかわからないってことが身に染みたんだよ。だから何事も躊躇しないで果敢に挑戦しようって思ったの」

「すごいですね。とても高校生の言葉とは思えないです」

　そう言うと、摩周湖は私を尊敬の籠ったような目で見る。高校生をそんな目で見る大人なんて今まで会ったことがない。やっぱりコイツ、変だ。

　そのときだった。「迎えにきたぞ」と言いながら入ってきたのは牧田和浩だった。由紀子が迎えにきてくれるとばかり思っていたので意外だった。牧田は去年の秋に中途採用で施設に就職したばかりの指導員だ。まだ二十代前半で、すらりとしてハンサムだから女の子に人気があった。見かけによらず熱血漢で、不良っぽい男子高校生にも毅然とした態度で注意する。その姿が素敵だと、同室の四人の中で、毎晩のように話題となっていた。

　――悩みごとや困ったことがあったら、遠慮なく僕に相談しろよ。

　――本当のお兄さんだと思ってくれてもいいんだよ。

牧田の笑顔は優しそうで、まるで爽やかな風のようだ。そんなロマンチックな言い方をしたのは、中三の麻耶だ。だが、私は絶対に騙されない。女風呂を覗いて馘になった男性指導員だって、最初は感じが良かった。

そら恐ろしいのは、そういった男どもが決して馬鹿じゃないことだ。気の弱い子供かどうかを直感的に嗅ぎ分ける能力が備わっている。だから、男の指導員たちは決して私の身体を触ったり、暗がりに連れ込んだりはしなかった。こちらとしては、いつだって愛想よくしているつもりだけれど、ああいった類の男どもから見れば、私は脅せば大人しく言うことを聞くような弱っちいガキには見えないらしい。それとも単に、施設の中でダントツに成績がいいから侮れないと思っただけなのか。

「先生、本当にありがとうございました」

牧田は丁寧に摩周湖に向かってお辞儀をすると、私の荷物を持ってくれた。

牧田とともにナースステーションに挨拶に行った。看護師たちも牧田の風貌を気に入ったのか、ちらちらと見ている。奥の棚の前に立っているマリ江などは、岩清水医師に憧れていると公言しているくせに、手に持ったカルテで顔を隠しながら、牧田を穴の開くほど見つめていた。

ナースステーションを離れ、廊下を進んでいると、前方に摩周湖が女の人と立ち話をしているのが見えた。上品できれいな人だ。リハビリ病棟で何度か見かけたことがある。

「先生、本当にお世話になりました。お蔭様で退院までこぎつけることができました」と、女性が言っているのが聞こえた。

　この女性も今日退院するらしい。誰も迎えに来ないのか、コロコロのついたスーツケースを自分で引きずっている。

　そのとき、摩周湖が私に気づいて手招きした。

「ご紹介しましょう。お二人は同じ治療を受けたんです」

　摩周湖がそう言ったので驚いた。個人情報にかかわることを医師が言ってしまってもいいのかと、びっくりした。私の表情を読んだのか、摩周湖は慌てたように付け足した。

「これも何かのご縁ですし、励まし合っていけるといいなと思ったものですから」

「こちらのお嬢さんの身体の中にも私と同じ細胞があるってことですね」

　女性は親しみの籠った目を向けてから続けた。「私、谷村貴子と申します。今後も通院で顔を合わせることがあるかもしれないわね。良かったらお名前を教えてくださる？」

「小出桜子といいます」

「可愛らしいお名前ね」

貴子はそう言うと、いきなり私の手を取って両手で包み込んだ。突然だったけれど、ちっとも嫌じゃなかった。柔らかくて白くて長い指の、清潔そうな手だったからだ。

「良かったら、このメールアドレスに連絡くださる？」

貴子は名刺をくれた。職業などは何も書かれていなかったが、住所と名前とメールアドレスが記載してあった。私のメールアドレスを聞きだそうとしないところに好感が持てた。マリ江のようにずけずけと人のプライベートに侵入してこない女性であるらしい。

「桜子さんもメールアドレスを教えてくださる？」

「えっ？」

何だ、そうなのか。マリ江と同じなのか。

「いいですよ」

いつもなら初対面の人にアドレスを教えたりはしないのだが、貴子はどこから見てもまともな大人に見えた。

少なくとも、母さんみたいに子供を捨てたりするようなブタ野郎じゃないことだけは確かだ。

14　小出桜子

久しぶりに施設に帰ってきた。

門のところから建物を見上げたとき、安心感に包まれたのが自分でも意外だった。施設での生活は、規則がたくさんあって窮屈だった。しかも四人部屋でプライベートもないから、一日も早く出たいと思ってきたはずだ。その気持ちに追い打ちをかけるように、病院では個室の快適さを知ってしまった。

それなのに、自分の本来の居場所はここだと思うなんて……。

ここを出て行く日を現実のものとして意識し始めたのは、高校に入学してからだった。誰も頼る者のない荒野に、ひとりで放り出されるようなものだと気づいて愕然とした。それも、貯金がたくさんあるならいいけど、貧乏なままなのだ。そう考えてからは、強烈な不安に襲われるようになっていた。だがその後、体調が悪くなって病院で検査した結果、末期癌だとわかり、少しほっとしたのだった。もうすぐ死ぬのなら、もう将来を心配しなくていいのだと。

施設を出て行かなければならないことは小学生のときから知っていた。だけど、高三のお姉さんたちを見ていたら、みんな平気そうな顔をしていたし、自分もあれくらい十分にしっかりした大人になるのだろうと思っていた。いざ自分が高校生になってみて初めて、これほどまでに心細いものなのだと知ったのだった。

牧田の後ろから施設の広い玄関に入ると、相変わらずきれいに掃除されていた。

小学生のとき、クラスの男子たちに「バイキン」と言ってイジメられたことがある。児童養護施設から通っていることがバレてしまったからだ。そのとき、一度でいいからその男の子たちに施設の清潔さを見せてやりたいと思ったものだ。定期的に保健所からのチェックが入るし、普段の洗濯や掃除だけでなく、除菌までもが指導員の業務に組み込まれていて、週に一回は必ず蒲団を干してシーツも洗濯する。食器も月に一度は漂白剤で除菌するから、テレビのコマーシャルに出てくる「茶渋」という言葉の意味を、私は長い間知らなかったほどだ。

同室の麻耶は、親の住むアパートに毎月一度帰るのだが、親が住むのは凄まじい汚部屋であるらしく、施設の方が何倍も清潔だといつも言っている。

廊下を進んで広間に入ると、毛筆の垂れ幕がかかっていた。

——祝・退院

たぶん牧田が書いたのだろう。思わず噴き出してしまいそうになるほど下手な字だった。下手でも一生懸命やることに意味があるというのが牧田の信条だ。

「おーい、桜子が退院して帰ってきたぞ。みんな出てこい」

牧田は、施設中に響き渡るような大声で言った。

小さな子から高三生までがぞろぞろと集まってきて、珍しい動物を見るかのようにみんなじろじろと私を見た。指導員から知らされたのか、それとも噂が広まったのか、末期癌だと知っていたのだろう。

「めっちゃ痩(や)せたね」と、羨ましそうに言ったのは、年中ダイエット中の麻耶だった。だけど私は、今後一生涯、痩せたいとは思わないような気がしていた。癌に侵されてどんどん痩せ細っていくのは恐怖以外の何物でもなかったからだ。

「どうしたんだ、みんなぼうっとして、幽霊じゃないぞ、ほら、足があるだろ」と、牧田が愉快そうに言う。

「奇跡の生還よ、みんな拍手で迎えましょう」と、由紀子が潑剌(はつらつ)とした声を出した。由紀子が病院に迎えに来なかったのは、退院祝いの飾り付けをしていたからだという。

中高年の指導員たちはもう帰ったらしく、由紀子と牧田だけだった。今日はこの二人が宿直らしい。

いつものように高校生が手分けしてテーブルの上をアルコールで除菌し始めたので自分も手伝った。

「さあできたよ。みんなで運んでちょうだい」

厨房から耳慣れない声が聞こえてきたので、カウンターの奥を覗いてみた。

あれが桃山（ももやま）さんという人か……。

噂通り、眉間に皺を寄せて黙々と働いていて、話しかけづらい雰囲気がある。私が入院している間に調理のおばさんが交代したことは、見舞いに来た麻耶から聞いて知っていた。桃山さんは滅多に笑わないから怖いのだと麻耶は言った。前任のおばさんがいつもニコニコしていた人だっただけに、その落差は大きかった。

だけど、桃山さんの作る料理が、今まで食べたことがないくらい美味しいのだと、見舞いにきてくれたみんなは口々に言った。それまでは、アルバイトの帰りにハンバーガー屋で夕食を済ませてきてしまう高校生も少なくなかったのだが、桃山さんが来てからは、みんな即行で帰ってくるようになったらしい。食事の時間が近づくと、みんな妙に気分が高揚し、それまで滅多に口を開かず、何を考えているのかさっぱりわからなかった高三の武志（たけし）や中二の亜矢（あや）が、少しずつ会話に参加するようになり、たまに笑顔も見られるようになったというのだ。

桃山さんは料理がうまいだけでなく、少ない予算で工夫するのが上手だとも聞いていた。水曜日はスーパー・マルトミの特売日で、朝からチラシを丹念にチェックして抜かりがない。今までそんなに一生懸命だった人はいなかったように思う。

そして、高校生が何よりも嬉しいと口を揃えるのは、学校の昼休みに弁当を教室で堂々と広げられるようになったことだ。桃山さんの作ってくれる弁当は色とりどりで自慢だと言った子もいた。

今日は更に格別なのだろうか、子供たちが喜びそうなものばかりがテーブルに並んでいた。鶏の唐揚げやフライドポテトもあったし、色とりどりのサラダもある。見とれていると、最後にバラ寿司の桶が出てきた。山盛りの錦糸卵の隙間から、高野豆腐や椎茸が顔を覗かせている。桃山さんは丹後の出身で、郷土料理を作ってくれることが多いというのも麻耶から聞いていた。

桃山さんが厨房から出てきて、銘々の皿にバラ寿司をてきぱきと取り分け始めた。

「ケーキも、ほらあんなに」

幼い子供たちのヒソヒソ声が聞こえた。

厨房の方を再び見ると、調理台の上に、生クリームとキウイが三層になったケーキが並んでいるのが見えた。イチゴは高価だからキウイを使うのは以前と変わらないが、大きめのケーキが五個も用意されているのを見たのは初めてだった。これだけあれば、全員に大きめの一切れがゆきわたるから心配は要らない。小さな子供たちも、そのことに目敏く気づいたのだろう。みんな満面の笑みだ。

「桜子ちゃん、退院おめでとう。それじゃあ、いただきまーす」

牧田の音頭で一斉に食事が始まった。

「桜子ちゃん、注射は痛かった？」

「病院でも、おやつは出るの？　アイスとかも？」

「髪の毛が全部抜けたって本当？」

小さな子供たちが矢継ぎ早に尋ねてきたので丁寧に答えてあげた。

みんないつになく穏やかで幸せそうな顔をしているが、どうやら私が帰ってきたからではなさそうだ。美味しい料理というのは、これほどまで幸福感をもたらすものなのか。

食事が終わり、みんなで後片づけを始めたとき、牧田がテーブルを見回して言った。

「食事前からずっと気になってたんだけど、この部屋、なんとなく酒臭くないか？」

そのとき、全員が一斉に中三のアキラを見た。これまでも何度かアキラのベッドから酒やタバコが見つかったことがあった。アキラは慌てて目を逸らし、いきなり耳まで真っ赤に染めた。白状しているのも同然だった。

「お前、何度言ったらわかるんだよ」

牧田が椅子をガタンといわせて立ち上がると、アキラは慌てて逃げようとした。

「おい、待て」

牧田が追いかけ、後ろからアキラの二の腕をつかんだときだった。何を思ったのか、アキラはいきなり振り返り、牧田の胸倉をつかんで拳(こぶし)で顔を殴った。

普段のアキラは気弱で優しいヤツなのだが、巨体で力が強く、そして気が短い。細身の牧田は、殴られた勢いで、床に派手に転がった。

みんなびっくりして息を呑んで見守っている。

「アキラ、お前、何するんだよ。僕は、僕は……親にだって殴られたことないんだぞ」

ただでさえシンとした中で、牧田の言葉に更に静まり返った。

沈黙を破ったのは、小一のマサくんだった。

「牧田先生は、お父さんやお母さんに殴られたこと、ないの？　本当に？　一回も？」

可愛い声で不思議そうに尋ねた。小さな子は、指導員のことを先生と呼ぶことが多かった。

「人に殴られたのは生まれて初めてだよ」

そう言いながら牧田は立ち上がり、みんなを見渡した。

次の瞬間、牧田はハッとしたように押し黙った。親に殴られたことのある子供たちばかりに囲まれていることに初めて気づいたのだろう。

片づけ当番の五人だけを残して、子供たちは黙ったまま一人二人とその場を離れ、それぞれ自分の部屋に戻っていった。テーブルの上にはいつもより多くの食器が残されていた。私の退院祝いのために御馳走が出たからだ。私も少しは手伝おうと、汚れた食器を厨房へ運んだ。

「すし飯の味加減、どうだった？」

いきなり桃山に話しかけられた。両手を腰に当てた仁王立ちで、にこりともせず真剣な表情でじっと見つめてくる。

「えっと、あの、すごく美味しかったです」

「私に気ぃ遣わないで正直に言いなさい」

まるで怒られているみたいだった。

「本当です、本当に美味しかったです」

桃山は「なら、いいけど」と短く答えると、くるりと流し台に向き直って皿を洗い始めた。

何なんだよ。こいつも相当変わっている。入院してからというもの、摩周湖を始めとして、次々に変人との接触回数が増えた気がする。

「桃山さん、ケーキまで用意してくれてありがとう」

そう背中に呼びかけると、桃山は振り向かずに片手を上げた。

怖そうに見えるけど、もしかしてシャイってやつなのか？

外見は普通のオバサンだけど、中身は少年みたいだとか？

部屋に戻ると、中三の麻耶と小六の美咲(みさき)と小三の茜(あかね)も戻っていて、それぞれのベッドにいた。みんな傷ついたような顔をしている。

四人部屋では、自分が最年長だった。

「親に殴られたことのない人がこの世の中にいるとは知らなかった」

麻耶が呟くように言った。

「私は殴られたことない。最後に親に会ったの五年前だけど」と美咲が言う。

「親じゃなくて親戚のおじさんとおばさんにだったら殴られたことある」と、茜が続く。

おい、指導員たちよ。

お前らどんだけ鈍感なんだ。福祉大学とやらを出て、可哀想な子供たちを救ってやろうと目をキラキラ輝かせて就職した育ちのいいお坊ちゃんとお嬢ちゃんたち。

人間というのは、育ちが良ければ良いほど鈍感になるものなのだろうか。

「きっと牧田は、ここを辞めるね」と、麻耶が言った。

「だろうね。いくらなんでも恥ずかしくてもういられないでしょ」と、私も同調した。

「短い付き合いだったよね。ここに来てまだ一年も経ってないじゃん」

麻耶が苦笑しながらそう言った。牧田のことをカッコいいと気に入っていた分、裏切られた感が強かったのか、心底馬鹿にしたように言った。

だが落ち着いて考えてみれば、牧田は何ひとつ悪いことはしていない。それどころか、巨体のアキラを恐れずに、きっぱりと注意した。見て見ぬふりをする指導員が多い中、立派だったとも言える。だけどやっぱり、それらを差し引いても、あの捨て台詞はカッコ悪すぎた。

——親にだって殴られたことないんだぞ。

悲惨な目に遭ってきた子供たちの目に映った牧田は、違う世界の住人に見えた。

翌朝のことだった。

麻耶と一緒に一階に降りていくと、牧田が忙しそうに朝食を配膳していたので、驚いて思わず立ち止まってしまった。まだいるとは思わなかった。昨夜のうちに自宅に逃げ帰り、退職届を書くものだとばかり思っていた。過去にも、そうした男性指導員がいたからだ。

そのとき、アキラが食堂に入ってきた。

一瞬にして空気が張りつめた。

「アキラ、お早う」と、牧田は屈託のない笑顔で言った。

「昨日、すごく痛かったんだぞ。ほら、ここ」

牧田はアキラに歩み寄ると、自分の頬を突き出した。

「……ごめん」とアキラは素直に謝った。

「だったら握手しよう」と、牧田が爽やかな笑顔で手を差し出した。

その途端――

「だっせー」「お涙頂戴(ちょうだい)かよ」「青春ドラマですかあ」

一斉に騒ぎ出したのは、施設の中で最も口が悪くて辛辣なことばかり言う小学校六年生の女子三人組だった。だが言葉とは裏腹にみんな嬉しそうに笑っている。

そんな野次馬にも負けず、牧田とアキラはがっちり握手をした。

麻耶が意味ありげに目配せをして私に近づき、脇腹を肘でつついてきた。顔を見ると微笑んでいる。牧田を馬鹿にした笑いではなかった。

――ヤツを仲間として認めてやってもいいよね。

そういった優しい目つきだった。自分なら、大勢の前で恥をかいたら、きっと死にたくなるだろう。それなのに、牧田は逃げも隠れもせずに今ここにいる。

「すごいね。握手しただけで全部チャラにできるなんて」と、麻耶が小声で言った。

自分も麻耶と同じことを感じていた。以前の自分なら、アキラの立場でも牧田の立場でも、ずっと恨みに思い続けたはずだ。だけど、そんな狭量な自分を卒業しようと思った。癌を克服して新しい命をもらったのだから、小さなことにいちいちこだわっている暇はない。もっと時間を有効に使いたい。

とはいえ、どう生き直すのがいいのか、まだ答えは見つからないでいた。

その日の午後は、由紀子とともに学校へ行った。

高校の応接室に入ったのは初めてだった。

「お待たせしてすみません」

担任教師の滝沢五郎（たきざわごろう）が入ってきた。

「ぎりぎりでなんとかなりました」

ソファに座るなり滝沢は言った。なんのことだろうと由紀子を見ると、「留年せずに済んだのよ」と言う。

長く入院していたから留年は避けられないと思っていたが、免れたとは。

「入院三ヶ月間の中に、夏休み四十日がまるまるすっぽりと入ってたからね。それと、小出さんは課題のレポートを全部きちんと提出してくれたしね」

そう言って、こちらを見る。

「……はい、まあ」

課題のレポートについては、ここに来る途中で由紀子から初めて聞かされたのだった。全教科について課題が出されていたらしい。だが、あんな息絶え絶えの状態でレポートなど書けるわけがない。

――適当に書いて出しておいたから。

由紀子はさらりとそう言った。由紀子は歴史と地理をやり、牧田が英語と国語、桃山が数学と生物と家庭科をやってくれたという。

——心配しないで大丈夫。手書きじゃなくてワープロだからバレないわ。

そのときは、びっくりして由紀子をまじまじと見つめてしまった。バカがつくほど真面目で融通の利かない人だと思っていたから、わけがわからなくなった。人間というのは、自分が思っていたよりずっと複雑な生き物であるらしい。

——誰にも言っちゃだめよ。他の子たちに知られたら、「ボクの宿題もやってよ」なんて次々に持ってくるから。

そう言って、ウィンクしたのだった。

由紀子って、もしかしていいヤツなのか？

そう不覚にも思いかけ、いやまさか、そんなはずがない、騙されるなよと、自分を制した。

「来週から学校に来られるかな？」と担任が聞いた。

出席日数のことを考えると、さすがにもう猶予はないらしい。

「はい、大丈夫です」

それよりも、問題は一日も早くアルバイトに復帰して稼がなきゃならないことだ。

和菓子屋「菊水堂」の奥さんは、いつ戻ってきてもいいと言ってくれているらしい。

それはありがたいことではあるが、本音を言えば、もっと時給を上げてもらいたかった。どうせなら効率よく稼ぎたい。とはいえ、施設には門限があるから、深夜のコンビニでは働けないのだった。

何かいい方法はないだろうか。

15 谷村貴子

夫も姑も選挙の準備に追われていた。

二人とも今日も朝早くから外を飛び回っている。

ひとりの昼食を終えて入院時の荷物を片づけていると、義弟の妻である雅美から電話があった。

「貴子さん、お願いがあるの。今からそっちにお邪魔していいかしら」と、雅美はいつものせっかちな声で言った。

「ええ、いいですけど……」

「お義母さんは、ご在宅?」と、雅美は早口で聞いてくる。

「家には私ひとりですけど」

「良かった。今から家を出ますから」と言うと、すぐに電話が切れた。

雅美は義弟の妻とはいうものの、私より十歳以上も年上だから、こちらが敬語を使うのが習慣となっていた。

きっと今頃、雅美は立派な自宅玄関を出て、自転車に跨(またが)ってこちらに向かっているのだろう。常にあたふたしている割には要領が悪く、仕事が片づかない人だ。

二分もしないうちに玄関チャイムが鳴った。

「こんにちは。貴子さん、退院したばかりなのに突然お邪魔して悪いわね」

そう言いながらも、こちらが「どうぞ」とも言わないのに、雅美は勝手知ったるといった感じで、スリッパを履いて廊下を奥へとずんずん進んでいく。急いできたのか、はあはあと息を切らしていた。

「貴子さん、本当に退院おめでとう。回復してくれて嬉しいわ」

癌が治ったことを、自分のことのように喜んでくれている。

「貴子さん、喉が渇いちゃって、何か飲み物いただける？」

相変わらず汗かきで、ハンカチでしきりに顔や首をぬぐっている。

キッチンに入って濃い目の玉露を淹(い)れ、氷を入れたグラスの上から注いだ。パリパリと音をさせて氷が融(と)けていく。雅美もキッチンに入ってきて、私の手元をじっと見つめた。

「貴子さん、私ね、今度の選挙は、いつになく危ない匂いがするの。それが心配で」

なんだ、そんなことを言いにわざわざ来たのか。

義弟は夫の議員秘書をしている。つまり、夫が落選したら雅美一家も喰いっぱぐれることになる。だから雅美も必死なのだ。選挙前に、「落ちる」だとか「危ない」などというのは谷村家では禁句だが、嫁同士では以前から遠慮なく口にする。

「危ない匂いって、あの有馬とかいう対立候補のせいですか？」と尋ねてみた。

「そうなのよ。有馬敏樹っていう新人は、ずいぶんと人気があるの」

「らしいですね。ネットで検索してみたら、学歴も立派だし、写真で見る限り感じ良さそうですよね」

有馬をどこかで見たことがあるような気がして、心の底にひっかかっていたのだが、先日ハッと思い出したのだった。若き日の片思いの相手に面影が似ているのだと。そのうえ、偶然にも下の名前の「敏樹」までが同じなのだった。

「だけど雅美さん、きっと大丈夫ですよ。これまでだって何度もそういったことがありましたもの」

今までも、フレッシュという売り文句の新人候補はいくらでもいた。そのたびに負けるのではと心配したものだが、与党で七光りの夫の地盤は驚くほどに堅固で、心配は杞憂に終わるのが常だった。いくらSNS上では新人に人気があるといっても、そもそもSNSを使っている若い人は投票に行かないから当落に関係ないのだ。

「でもね、貴子さん、時代は刻々と移り変わっているようよ」

雅美が深刻な顔をする。

「そうでしょうか、今も昔も地盤は固いようですが」

「甘いわよ。前回の選挙からまだ三年しか経ってないけど、その間にも、亡きお義父(とう)様と同世代の人たちがどんどん亡くなってるでしょう」

「それはそうですけど、子供の世代が遺志を受け継いでくれてますよ」

「それが、私にはそうは思えないのよ」と雅美は言った。「それどころか、七光りに対する反感を持つ若者が想像以上に増えた気がするの。最近は格差がうんと広がってきたからね」

　ふとそのとき、崩れそうなアパートに暮らしている一家を思い出した。ここから歩いて十分ほどの距離なのだが、前回の選挙のときには見かけなかったから、最近になって引っ越してきたのだろう。この辺りは高級住宅地だが、お屋敷の隙間を埋めるようにして狭いアパートが建っている。敷地を有効利用しようと、庭の隅にアパートを建てて家賃収入を得る人は昔からいたが、最近になって増えてきている。そういうこともあって、この辺りは格差が大きい地域となった。

「この前、知らないオジサンに面と向かって言われたのよ。『あんたら夫婦は誰よりも楽な人生を生きてる』って。冗談じゃないわ。私の人生のどこが楽だっていうのよ。サラリーマンの夫を持つ専業主婦の方がよっぽど気楽でしょう。私ほど苦労している嫁なんて滅多にいないわよ」と、雅美は息巻いた。

「雅美さんの内助の功は誰もが認めてますよ」

　雅美との会話を打ち切りたいときは、持ち上げるに限る。

「わかってくれるのは貴子さんだけよ」

　そう言うと、感情の起伏の激しい雅美は涙ぐんだ。

「でも貴子さんに比べたら私なんか楽な方かもね。だって貴子さんは、選挙区内の冠婚葬祭はもちろんのこと、工場や会社の新年会も、小中学校の運動会や卒業式までも……ああ、もう全部に参加してるんだもの。だからこそ、お義兄さんはいつもトップ当選なんだわ」

「ありがとうございます」と素直に言ったのは、早く話を切り上げたかったからだ。

「ここだけの話、有権者は、お義兄さんより貴子さんの方を信頼してるの」

「まさか。そんなこと言ってくださるの、雅美さんだけですよ。お義母さんも清彦さんも口を開けば、まだまだ貴子は甘い、努力が足りんっておっしゃるもの。気が滅入るったらないです」と、思わず本音が出てしまった。

「そんなこと言われてるの？　信じられない。お義母さんもお義兄さんも厳しいんだから」

「そういえば、太郎くんはお元気ですか？」

早く帰ってほしかったので、雅美が最も嫌がる話題を出した。

「たぶん元気だと思うけどね」と、雅美は途端にふて腐れたような顔をした。

普段は、高校生の笑里がまるで一人っ子であるかのような暮らしぶりだが、実はもう一人、太郎という息子がいる。彼は高校を卒業した後、あまりの成績の悪さに、ほぼ全入といわれている付属の大学に上がれずに、仕方なくアメリカに留学した。渡米して六年くらいになるが、大学を卒業しただとか大学院に進んだとかいうような報告は聞いていない。

「ここだけの話だけどね、そろそろ太郎を帰国させて、どこかの企業に放り込もうかと夫とも話してるの」

「どこかって、例えばどこのです？」

「お義祖父(じい)様の頃からつき合いのある大山(おおやま)建設とか。あそこのオーナーはお義祖父様とは親友だったと聞いてるし」

「あそこなら一流企業だから安心でしょうけど、入社試験が難しいでしょう？」

「試験なんて形だけよ。うちの夫みたいな間抜けでもコネで大山グループの大山製鉄に入れたんだもの」

雅美夫婦は大学時代のテニスサークルの先輩と後輩だったと聞いている。雅美は、本人の前でも、間抜けだの馬鹿だのと言って平気でこき下ろす。さすがに姑がいる前では言わないが。

そういった遠慮のない夫婦関係が羨ましかった。いわゆる友だち夫婦の気易さが雅美夫婦にはある。兄弟であっても、夫と義弟は外見も性格も似ていない。義弟は確かに間抜けかもしれないがユーモアがあり、夫と違って威圧的な雰囲気など微塵もない。

「お義兄さんもうちの夫も、大山製鉄に五年ほど勤めてから、お義父様の議員秘書になったでしょう。ああいうのって、『僕だってサラリーマン経験があるんです、庶民の生活を知っているんですよ』ってアピールするためなのよ。だからね、太郎もそういった経歴をつけてやろうって夫が言うの」

「だけど、ああいった大企業の社員の方たちは、みんな優秀なんでしょう？」

そう言ってから、すぐにしまったと思った。これではまるで、太郎は馬鹿だから、そんな秀才の中ではやっていけないと言ってるのも同然だ。

「大丈夫よ」と、雅美はあっさり言い、あっけらかんと笑った。

雅美は育ちがいいからなのか、人の言葉の裏を詮索したりしないので、つき合いやすいともいえる。

「創業者一族のコネで入ったとなれば誰も意地悪できないもの。それに、太郎は与党代議士の甥っ子よ。うちの夫だって勤めていた頃は、会社ではお客さん扱いだったって言ってたわ」

「それであれば……大丈夫ですね」

釈然としなかった。数年の腰掛け仕事だと言いきり、周りに甘やかされるのでは社会勉強にすらならないではないか。

それどころか、本人はこう思うのではないか。

――サラリーマンなんてたいしたことないな。こんなに楽ちんだったとは知らなかった。

そして庶民を見くびり、「自分以外は全部バカ」という境地に達する。夫と同じ傲(ごう)慢(まん)な人間の一丁上がりだ。問題はそこからだ。いずれ太郎は地盤看板を引き継いで国会議員となる。私たち夫婦に子供がいないから、姑から見たら太郎が唯一の男の孫だ。だからだ。雅美が私の癌克服を自分のことのように喜んだのは。もしも私が死んだら、きっと夫は若い妻を娶(めと)って子供を儲け、その子が谷村清彦の跡を継ぐと雅美は考えたのだろう。雅美にとって、私たち夫婦に子供がいないのは好都合なのだ。息子の将来に光を見出(みいだ)すには、その道しか残されていない。議員報酬は多いし、馬鹿がバレない職業となれば国会議員しかない。今の世の中、アルバイト店員にしても、様々な知識と迅速さを要求されるからだ。

早く帰ってもらいたかった。時間を有意義に使いたい。一度は死ぬことを覚悟した人間にとって、瞬間瞬間が愛(いと)おしく、つまらない話につき合っている暇はない。

だからといって、新たな人生の目標ができたわけでもなかったが。

時間は容赦なく過ぎていく。家事や選挙運動をしているうちに、あっという間に歳を取ってしまうのは明々白々だ。今までは、時間ができれば本や新聞を読んだり、録り溜めておいたBSの世界のニュースやドキュメンタリー番組などを見て、世の中の動きを知ろうとしてきた。そうやって得た知識が、後援会の人々との会話の中できっと役立つと信じていた時期が長かった。

だが、ある日、支持者に言われたのだった。

——代議士の女房が、そんな小難しいことを口にしたらダメだ。反感買うぞ。

——女房なんだから、もっと弱々しくしてろ。シャンとしてるのが気に入らん。

国会議員の妻に相応しい問題意識や教養を身につけたいと考えていたのに、そんなものは必要なかったらしい。高校中退という引け目もあったから一生懸命だったのに。

「ねえ、貴子さん、聞いてる？」

「あ、ごめんなさい。それで？」

「それでね、あろうことか夫がお義母さんに加勢したんです」

何の話だろう。うわの空で、雅美の話を途中から聞いていなかった。

「だからね、うちの夫が言ったのよ。『お袋の言う通り、確かに今日のすき焼きは甘すぎたな』って。信じられる？　冗談抜きで離婚しようかと思ったわよ」

私が入院中、姑はちょくちょく雅美夫婦の家に行き、夕飯を御馳走になったらしい。

「あら、もうこんな時間」と、雅美は壁の時計を見上げて、いきなりそわそわし始めた。

「私、ここに何しに来たんだっけ？　あ、そうだ、だからね、対立候補の人気が高いと思うと心配で夜も眠れないのよ」

「今さら心配したって仕方がないですよ。もう頑張るしかないんですから」

そう言うと、雅美の眉間から皺がすっと消えた。

「そうよね。ありがとう。貴子さんとおしゃべりすると、なんだか安心できる」

電話なら一言で済むようなことを、わざわざ言いに来る。いや、電話する必要すらない。雅美は単に誰かとしゃべって不安を払拭したかっただけだろう。今までなら「やれやれ」と溜め息をつくだけだったが、癌を克服してからは、こういった無駄な時間が惜しくてたまらなくなった。

雅美が帰って行ったあと、駅前まで出かけてみた。家にばかりいると、息が詰まりそうだった。とはいえ、街中をウロウロするのも憚られた。病み上がりのために選挙活動はあまり手伝えないと夫や姑に言ってしまったのだった。

誰かに見られているかもしれない。急に人目が気になってきたので、目の前にあったカフェに飛び込んだ。近所の年寄りたちは、この外資系のチェーン店にはほとんどいないことを以前から知っていた。

店内を素早く見渡すと、パソコンに向かう学生やサラリーマンばかりだった。長居できそうな隅っこの席に陣取り、スマホを開いて桜子にメールした。次の通院日を尋ねて、できれば同じ日に自分も行きたいと思う。

摩周湖医師に紹介されたとき、桜子の真っすぐに人を見る目に好感を持った。退院の日に桜子を迎えに来ていた青年も感じが良かったが、あれは桜子の兄だろうか。

コーヒーを飲み干して店を出ると、駅前で対立候補が演説台の代わりのビールケースを運んでいるのが見えた。幟(のぼり)には「有馬敏樹」と書かれている。

若かりし頃に片思いをしていた青年に本当に似ているのだろうか。

ふと確かめてみたくなり、素知らぬ顔で近づいていくと、向こうがハッとしたように手を止めたのが視界の隅に入った。私が谷村清彦の妻だと知っているのだろうか。敵情視察に来たとでも思ったのか。

有馬をちらりと見ると、彼はさっと片手を上げた。誰に向かって手を上げたのかと周りを見渡してみたが、辺りには自分しかいなかった。

思いきって正面から彼を見てみると……。

「もしかして、広瀬(ひろせ)くんなの?」

片思いの相手だった広瀬敏樹にそっくりだった。

広瀬は、私が銀座にあるキャバクラ「ローズの館」に勤めていたとき、バーテンをしていた大学院生だった。家庭教師よりも時給がいいので、バーテンになったのだと言っていた。あの頃の私は広瀬に恋をしていたが、不釣り合いだと思い、こちらの気持ちに気づかれないよう細心の注意を払っていた。広瀬もまた私と似たりよったりの貧乏育ちだったが、私はキャバ嬢で、片や広瀬は真面目な大学院生なのだった。貧乏から抜け出そうと必死にもがいているという共通点はあったが、彼は私とは違って真っ当な道を突き進んでいた。だから私のような卑しい者が、将来ある学生の足を引っ張ってはいけないのだと自分を戒めていた。

　ローズの館に勤めていた頃、彼から生い立ちを聞いたことがあった。信州の山深いところで、母子家庭の三人兄妹(きょうだい)の長男として育ち、いつも空腹で山に入っては山菜やアケビや柿(かき)を採り、川では夕飯のために魚を釣ったという。戦前を舞台にした映画か何かで見た覚えがある暮らしぶりだ。先進国の日本で、今どきそんな貧乏暮らしをしている人がいるとは知らなかった。自分も幼い頃は赤貧だったが、同じ貧乏でも田舎と都会とは様子がこうも違うのかと驚いたものだった。

　その一方で、お坊ちゃん育ちである夫とは、なぜか不釣り合いだとは思わなかった。夫の方から惚(ほ)れ込んで結婚を強く望んでいたから、自分の方が優位に立っていたこともある。当時の自分は若くて美しかったから、中年に差しかかった男性からすれば高い価値をつけられて当然だと思っていた。今考えれば、なんと傲慢だったのだろうと呆れてしまう。

「何年ぶりだろうね」と有馬は言った。

「やっぱり広瀬くんだよね」

「そうだよ。有馬家に養子に入ったから名字が変わったんだ」

「……そうだったの」

彼が婿養子に入って既に他所の女のものになっていることにショックを受けていた。自分自身も結婚しているというのに勝手なものだ。

「あのね、言いにくいんだけど、以前から私と知り合いだったことは誰にも言わないでほしいの」

そう言うと、有馬は悲しそうな目をしてこちらを見た。

「わかったよ。誰にも言わないから安心して」

私がキャバ嬢だったことを知っている支援者もいることはいるが、そうは言っても選挙区は広いから一般的には知られていないはずだ。週刊誌に末期癌であることが掲載されたが、そこに載った経歴は、姑と夫が捏造したお嬢様育ちを思わせる虚偽のものだった。

世の中の人の大半は、噂よりも活字になった文章の方を信じるものだ。

16　黒田摩周湖

診察室に桜子が入ってきた。

「桜子さん、その後、具合はいかがですか？」

本当は尋ねるまでもなかった。はちきれんばかりの若さと機嫌の良さそうな顔が、元気であることを証明していた。

「胸を診せてくださいね」

聴診器を当てた途端に声が聞こえてきた。

――早く母さんを見つけないとヤバい。

体調の良さを確認してホッとしたのも束の間、いきなり焦る気持ちが聴診器から伝わってきて、こちらまで落ち着かない気分になった。

――人間いつ死ぬかわかんないじゃん。実際に癌で死にそうになったんだから。

目を瞑ると、リュックを背負った桜子が、バスタ新宿の構内を歩いているのが見えた。何台も停車しているバスの中の一台に乗り込むと、座席は半分ほどしか埋まっていなかったが、すぐに出発した。

この情景は、桜子が今まさに思い出していることなのだろうか。

車窓には東京の夜景が広がっていた。どうやら深夜バスに乗ったらしい。一人でいったいどこへ行ったのだろう。スマホに何やら文字を打ち込む桜子が見えた。そのとき、私の視点がぐるりと動き、またもや小さな虫か何かになったように身軽になり、桜子の背後からスマホを覗き込むことができた。

——ぎりぎり間に合いました。いまバスが出発したところです。

宛先は由紀子と牧田だった。彼らに知らせたということは、前もって外泊許可をもらったということだろう。送信ボタンを押すと、桜子はリュックから真っ黒い大きなおにぎりを取り出し、大口を開けて食べ始めた。誰に作ってもらったのだろう。コンビニなどで売られている物の三倍くらいの大きさだ。

次の瞬間、さっと場面が切り替わり、しょんぼりしている桜子が見えた。うつむいて町をとぼとぼと歩いている。東京ではなさそうだ。深夜バスで行った町なのか。

——あーあ、なけなしの貯金を崩して熊本の病院に行ったのに、何の手掛かりも得られなかったよ。

えっ、熊本って、九州の？　そんな遠くに何しに行ったの？

——わかったことといえば、捨てられたときに私が着ていたのが、当時量販店で売られていた産着だったということだけ。その中に「桜子」と書かれた紙が一枚入ってたんだってさ。でも十七年前に、母さんが私を抱っこして、病院の裏口にあるあの細い通路を人目を忍んで歩いたことだけは確かだ。同じ通路を歩けただけでも、今回は良しとしよう。

東京へ向かうバスに乗り込んだ桜子の表情には、徒労感がありありと表れていた。

——母さんを見つけ出すには交通費も宿泊費も必要だ。そのうえ独り立ちの資金も貯めなければならない。もっとバイトに精を出さなきゃ。病み上がりなのだから、学校から帰ったらすぐに身体を休めた方がいいと、由紀子や牧田からは再三注意された。だけど、遺伝子レベルで治癒したからなのか、徐々に快方に向かっているというよりも、一気に治ったという感じがする。ただ、ずっとベッドの中にいたから身体がなまって疲れやすくはなっているけれど。

聴診器を耳から外した。

退院してから今日までの短い間に、桜子の身に様々なことがあったらしい。何か協力できることはないだろうか。桜子が困っていることは、母親捜しと資金繰りらしいが。

「異常はないようですね。このあとは血液検査です」

桜子が採血のために診察室を出て行くと、入れ替わるようにして貴子が入ってきた。

ハッと息を呑むほど貴子は美しくなっていた。もともと美人ではあるが、入院中は痩せ細って見る影もなかったのだ。

「その後、調子はいかがですか」

「はい、お蔭様で日に日に元気を取り戻しております」

貴子の胸に聴診器を当てると、途端に声が聞こえてきた。

――これまでの人生、神も仏もないと思い続けてきた。でも、神様は私のような罪深い者にまで生き直すチャンスを与えてくださった。これを無駄にしてはいけない。

貴子の、気迫の籠った前向きな声が聞こえてきた。

――このままの人生ではダメだ。納得できる生き方をしなければ。できれば夫とその一族から離れたいが、そうなると離婚後の生活のめどが立たない。だがぐずぐずしてはいられない。人間はいつ死ぬかわからないと身をもって知ったばかりだ。もしも人生をやり直せるなら、何でもいいから社会に貢献したい。できれば自分のような不幸な生い立ちの少女を救いたい。国会議員としての夫の生き方が反面教師になったとは皮肉なことだ。

診察台に横たわった貴子を見ると、目を閉じたまま、微かに眉間に皺を寄せていた。

――あの子は元気で暮らしているのだろうか。それとも、放置した直後に死んでしまっただろうか？　もしも生きているならば十七歳だ。遠くからでいいから一目見てみたい。何という罪なことをしてしまったのだろう。今さら後悔しても遅いが、あの頃はあまりに未熟だった。でも、万が一にでも足取りがわかるのならば……そうだ、思いきって熊本に行ってみようか。

「えっ？」熊本って……。

驚いて声に出してしまったので、貴子が目を開けた。

「先生、何ですか？　癌が再発してるんでしょうか」

「いえ、違います。心音が規則正しくてきれいなので、つい」

咄嗟にわけのわからない言い訳をしていた。

それにしても……熊本に？　それも十七歳？

これは単なる偶然なのか。もしかして桜子と貴子は母娘ではないのか。いや、まさか、いくらなんでも……。そもそも二人は顔も体型も似ていない。貴子はすらりと背が高いが、桜子は小柄だし、貴子は正統派の美人だが、桜子は笑うと愛嬌があるとはいうものの美人ではない。でも……桜子の父親が誰だか知らないが、娘は父親に似るという人もいる。だから、母親には似ていないということも考えられる。

二人のＤＮＡを検査して母娘かどうかを鑑定してみたくなった。だが、本人の同意なしに検査することはできない。とはいえ、この機会を逃したら、二度とチャンスは巡ってこないだろう。完治すれば、二人は病院から足が遠のき、顔を合わすこともなくなる。そして、永遠に二人を繋ぐ糸が見つからないままとなる。

万が一にも可能性があるのならば、それを知っていて見過ごすのは、医者として、人間として、どうなのか……。

17　小出桜子

久しぶりの登校だった。

最寄り駅に着くと、城南高校の生徒たちが一斉にドアから吐き出されていく。電車の中にいたときから、みんながちらちらと私を見ている気がして居心地が悪かったのだが、きっと考えすぎだろう。

校門へ向かう坂道を上っていると、後方から誰かが駆けてくる足音がした。邪魔にならないよう、道の端に寄ろうとしたとき、その足音は私のすぐ後ろで止まり、肩に手を置かれた。驚いて振り返ると、同じクラスの女子だった。確か一年生のときも同じクラスだったと思う。水泳部のエースで、最初の頃はバタフライと呼ばれていたが、だんだん省略されるようになってフライになった。

「小出さん、おはよう」

「えっ？　うん、えっと、おはよ」

突然のことで、語尾が消え入りそうになった。

「小出さんのこと、みんな心配してたんだよ」と言いながら、フライは私の顔を覗き込んだ。

「えっと、心配って、いったい何を？」

そう尋ねると、フライはいきなり噴き出した。

「マジ、ウケる。やっぱ面白いね、小出さんて。じゃあ、教室でね」

フライが走っていく後ろ姿を、呆然と見送った。

何だったんだろう、今の。

口をきくのは、たぶん初めてだ。自分は部活もやっていないし、アルバイトがあるから授業が終わるとすぐに学校を出る。だから入学以来ずっと孤立していた。それでも、同じクラスにいるというだけで、不思議とそれぞれの雰囲気や性格は伝わってくるものだ。フライは口数は少ないけれどいつもにこにこしていて、一見控えめに見えるけれども、実はスポーツ万能で腹筋が割れている……。

あっ、そういうことね。

一度も話したことのないフライのことをそこまでよく知っているということは、フライだって私が入院していたことくらい知っていてもおかしくはない。

入院生活で身体がなまったからなのか、知らない間に歩くのが遅くなっていた。後ろから来る生徒に次々と追い越されていく。追い抜きざまにわざわざ私の顔を覗いていく生徒がいやに多かった。追い抜かしてから立ち止まって振り返る生徒さえいる。

フライが私の背中に何かいたずらでもしたのかと、リュックを下ろして確認してみたが、何もなかった。

そんなこんなで、教室にやっと辿り着いたときは、始業時間ぎりぎりだった。教室のドアを開けると、みんなが一斉にこちらを見た。チャイムと同時だったから、きっと担任教師が入ってきたと勘違いしたのだろう。

私が席に着くと、「良かったね、癌が治って」と、隣の女子が話しかけてきた。

「……うん、ありがと」と返事をした途端、みんなが私の周りに集まってきた。

「治験を受けたんだってね」

「すげえな、最先端じゃん。ＤＮＡレベルの治療したってほんと？」と男子までが問いかけてくる。

担任の滝沢が入り口から入ってきたのに、みんな気づかないのか、席に着こうとしなかった。滝沢も微笑みながら教壇のところに立ってこちらを見つめているだけで注意しようともしない。今日の一時間目は英語で、滝沢の授業なのだ。

「小出さん、前に出て、ちょこっと挨拶でもしてみるか」

滝沢がいきなり言った。「ほら、ここ」と教壇を指している。

「いえ、そんなことは……」

嫌ですという言葉が、大きな拍手と「やれよ」「聞きたい」というみんなの声でかき消されてしまった。

仕方なく前に出て行った。

「えっと……私は小出桜子と申します」

そう言うと、爆笑の渦が起こった。

「そんなこと、みんな知ってるよ」と男子の声が飛んでくる。

名前くらい知っていて当然というのが不思議でたまらなかった。だって私は、クラスの子の名前なんてほとんど覚えていないのだ。

「それで、いったい何を話せばいいのか……」とつぶやくと、「治験のこと話して」と女子の声が飛んできた。

「でも、それは話せば長いし……」

「よし、わかった。じゃあ今日は特別に僕の授業を潰(つぶ)して小出さんの話を聞こう」

あちこちから歓声が上がった。

この学校に来て最初に驚いたのは、自由裁量の余地が大きいことだった。制服もなければ髪型も自由だ。パーマをかけている生徒もいれば茶髪も珍しくないし、ピアスをしている生徒もいる。卒業した中学校が異様なほど校則が厳しかったこともあり、高校生になって拍子抜けする思いだった。同じ公立でも中学と高校ではこうも違うのか。中学のときは、教師が憲兵に見えたものだが、この学校の教師は、まるで友だちのようなのだ。

「それでは……治験のことを、少し話してみますけど」

まさかみんなの前で話すとは思っていなかったので、心の準備ができていなかった。だが誰に似たのか、生来の気の強さのようなものが自分には備わっていて、緊張しながらも落ち着いて話すことができた。

入院したときの体調、ＤＮＡ検査をして治験薬と型が合ったので治験者に選ばれたこと、その後の回復の様子などを時系列順に話した。

「ありがとう。勉強になったよ。なにせこのクラスには、医学部志望が十人近くいるからな」と滝沢が言った。

なるほど、そういうことだったのか。みんないやに熱心で、質問の手が次々に挙がったのだった。

「家の人も喜んだでしょ」と誰かが言った。

そのとき、滝沢が慌てたように、「いや、小出は、その……」と口を挟んだ。滝沢の焦った顔を見たとき、私は妙に自虐的な気持ちになった。

「私は孤児だから家族はいません」と、知らない間に口をついて出ていた。

みんなぽかんとした顔でこちらを見ている。

「私は児童養護施設で暮らしています」

教室内が静まり返った。笑顔が消え、みんなの表情が深刻なものに変わっていく。ねえ、みんな、私のことを可哀想だと思ってるんでしょ。更に自分をイジメたくなって口が止まらなくなった。

「施設は四人部屋なので、入院して初めて個室を経験して快適でした。お金がないので高校を卒業したら就職します。卒業したら施設を出て行かなくてはならないので、アパートの敷金と礼金を貯めるために、授業が終わったら即アルバイトに行きます」

これだけ言っておけば、もう誰も話しかけてこなくなるだろう。そしたら受験の話題を振られることもなくなるし、なぜ部活をやらずに即行で帰るのかと聞かれることもなくなる。そして、帰りにドーナツ屋に寄ろうなどと誘われることもなくなる。

どうして今までこんな簡単なことを思いつかなかったんだろう。

その日は、六時間目が終わると、すぐにアルバイト先へ向かった。

いつまでもアルバイトを休んでいるわけにはいかなかった。だけど、校門を出て菊水堂に辿り着いたときには既に疲れ果てていて、へたりこみそうになった。それでも、店番が主婦パートと二人だけだから怠けるわけにはいかなかった。そのうえ運悪く、今日はパートさんの中でも最も頼りない芳江（よしえ）さんだった。それがわかっているのか、奥さんも奥から出てきて店先に立った。

客が途切れたときを見計らって、前から思っていたことを、思いきって言ってみることにした。

「奥さん、すみませんけど」

「どうしたの？」

こちらが病み上がりだという頭があるからか、いつにない優しい目つきだった。

「高校生のバイト代がパートさんより安いのはどうしてですか？」

そう尋ねた途端、奥さんは一気に不機嫌な顔になった。

きっとそうなるだろうと予想はしていたが、どうしても尋ねてみたかったのだ。以前からずっと不満に思っていたことだった。人間いつ死ぬかわからないという経験をしてからは、心の中で不満を燻（くすぶ）らせ続ける時間がもったいないと思うようになった。もっとすっきりした気持ちで暮らしたい。

「安いっていったって百円だけでしょ」

奥さんは馬鹿にしたように言った。

だが自分にとって、時給百円の差は大きい。パート主婦や大学生のアルバイトよりずっとてきぱきと働いているという自負があった。客の支払いひとつを取っても、最近は現金が減ってＩＣカードやクレジットカードやスマホ決済アプリや商品券などと、多岐にわたるようになった。それ以外にも、ポイントを貯めている人もいるし、宅配便での発送を依頼する人も少なくない。去年までは手書きだった領収証も、今はレジスターを操作すれば簡単に出せるようになった。だが芳江さんなどは、そのたびにパニックになり、「桜子ちゃん、助けて」と呼ぶのだった。それでも主婦の芳江さんの方が私より時給が高いとなれば、不満を抱えて当然だと思うのだ。

「パートの人たちと同じ時給にしていただけないでしょうか」

そう言うと、奥さんはすごい形相で私を睨みつけた。

「呆れてものが言えない。ほんと図々(ずうずう)しいね。施設の先生からどうしてもって頼まれたから雇ってあげてるの。本音を言えば、普通の高校生を雇いたいのよ」

えっ、普通の？

絶句していた。私は「普通」ではないらしい。

奥さんにそういう目で見られていたなんて考えたこともなかった。優しさや親切さをあまり感じない反面、あっさりしていてプライベートなことも全く尋ねてこないから働きやすい職場だと思っていた。だが、それは「あっさり」ではなくて、いつだったかユリが言っていた「関わり合いたくない種類の人間」として接していたということなのか。世の中の人みんながみんな、これほど差別的なのだろうか。

そういえば、都心の一等地に児童養護施設を建設しようとするのを、地域住民が猛反対しているというニュースを見たことがある。

「嫌ならやめてもらっていいのよ」

奥さんは強気だった。この人手不足の中、なかなかアルバイトが見つからないと聞いている。和菓子やケーキは柔らかいので、形を潰さずに箱に詰めるのは、慣れないと難しい。そのうえ種類によって値段もまちまちだから、覚えていないとレジ打ちも手間取る。スーパーやコンビニの商品のように、和菓子にはバーコードがついていない。私は全てをきちんと覚えているから、ひとりでも店番ができるが、芳江さんなら無理だ。それに、客がいないときでも自分から率先して仕事を見つけて働く人間は、自分以外には見当たらないから、かなり重宝されていると思っていた。しかし、それは自惚れだったのか。

「そうですか。わかりました。奥さんがそうおっしゃるなら、私は今日で辞めさせていただきます。今日までのバイト代を精算していただけますか?」

後悔するかもしれない。だけど屈辱に耐えられなかった。今までずっと見下されていたのだと思っただけで、身体の調子まで悪くなりそうだ。こういった鬱陶しい人間関係は、避けることができるなら避けた方がいい気がした。

だから今日の一時間目にばらしたのだ。自分は貧乏だから進学しないと。

これでもうクラスのみんなとの関係は断ち切れたはずだ。これからは、誰とも話さず、ひっそりと授業を受けて、無事卒業することだけを考えればいい。

奥さんはゾッとするような冷たい目で私を一瞥してから、今日の一時間分の給料をレジから出した。

「上着と三角巾は店の物だから置いていってね。何も持って行かないでよ」

まるで盗人に対するような言い方だった。

心の奥がシンと静まり返り、あまりのショックで声が出せなかった。何気なく芳江さんに目を移すと、芳江さんはすぐに目を逸らした。物覚えが悪い芳江さんを、今まで数え切れないくらい何度も助けてあげたのに、かばってもくれないんだね。人を助けてあげようという気持ちなど、そもそも必要なかったらしい。世の中の人は、所詮自分のことしか考えていない。

とぼとぼと歩いて施設に向かった。

菊水堂から施設までは徒歩で十分もかからないので、わざとゆっくり歩いた。施設に帰れば四人部屋だから、一人でじっくり考えたいときは、こうして歩くのがいちばんいい。

私は芳江さんがかばってくれることを期待していた。

——桜子ちゃんを辞めさせないでください。私はずっと桜子ちゃんに助けてもらってきたんです。他のパートさんは冷たいけど、桜子ちゃんは嫌な顔ひとつ見せずにいつも助けてくれます。それに、仕事ができない私の方が時給が高いのを、以前から申し訳ないと思ってました。

そんなことを芳江さんが言ってくれるとでも思っていたのか、自分。

芳江さんはね、レジに並ぶ客がどんどんさばけていくのを、まるで自分の手柄のように奥さんに報告するような人なんだよ。

世界中の人間が、みんな敵に思えた。


由紀子に呼び出されたのは、その数日後だった。

施設の玄関脇にある小さな事務室に入ると、由紀子が言った。

「菊水堂から電話があったわ。SNSにお店の悪口を書き込んだのは桜子ちゃんなの？　違うよね？」

由紀子はじっと見つめたままだ。私の表情の動きから真実を読み取ろうとしている。

それにしても、これほど早くバレてしまうとは思ってもいなかった。だって奥さんは六十代で孫もいる。そんな年代の人はSNSなど見ないだろうと高を括っていた。

「書き込んだのは私です」

正直に言うと、由紀子は溜め息をついた。

「で、ここに書かれていることは本当のことなの？」

「嘘は書いていません」

「どちらにせよ、削除した方がいいわ」

「嫌です」

貧乏で身寄りのない、痩せっぽちの女子高生ができる仕返しといえば、ネットに書き込む以外にはなかった。そうでもしなければ、この憤りをどこにぶつけていいのかわからない。

「だったら、私と一緒に菊水堂に行くのよ」

由紀子の頭ごなしの言い方に猛然と腹が立った。でも……あと一年以上もこの施設で世話になる。それを考えると、指導員に睨まれていいことなどひとつもない。居づらくなっても逃げ場がないし、プライベートな空間さえない。由紀子と一緒に菊水堂に行けば、きっと無理やり頭を下げさせられる。その場面を想像しただけで屈辱感でいっぱいになった。何も悪いことをしていないのに、どうして謝らなければならないのか。後に続く施設の子供たちのアルバイト先を確保しておくためだと、由紀子は言いたいのだろうけれど。

生きていくためには、この悔しさに耐えなければならないのか。

「わかりました」

仕方なく、由紀子に連れられて菊水堂へ行った。

店に着くと、レジの前に行列ができていた。今日は特別セールでもやっているのかと思ったら、芳江さんがひとりで店番をしていて、顔を真っ赤にしてレジと格闘していた。

「ああ、わからない、どうしよう」

芳江さんは大きな声で独り言をいうと、レジを放り出して店の奥へ助けを求めに駆け込んでいった。すると、すぐに奥さんが出てきて、大行列を見て驚いたように目を見開いた。そして私たちにも気づき、一瞬にして厳しい顔つきに変わった。

「お待たせしてすみません」

奥さんは精いっぱいの愛想笑いを浮かべてレジをこなしていく。その様子を、店の隅で由紀子と並んで立って眺めた。

最後の客が店を出て行くと、由紀子は硬い表情のまま「こんにちは」と低い声で挨拶した。奥さんは鋭い目つきでこちらを見てから冷たく言い放った。

「今さら謝られたって、二度とその子を雇うつもりはありませんからね」

「謝りにきたのではありません」と、由紀子はきっぱりと言い放った。

え？　どういうこと？

驚いて由紀子を見るが、由紀子は毅然とした態度で前を向いている。奥さんも訝し気な目つきで由紀子を見ていた。

そのとき、奥から玉暖簾（たまのれん）をかき分けて角刈りの店主が顔を覗かせた。清潔な白衣を着ている。

「これはこれは。由紀子先生でしたか」

謙虚さを全身で表そうとしているかのように、店主は白い和帽子を取り、何度も頭を下げた。

「ところで、あのＳＮＳとかいうものは消していただけたんでしょうか」

そう問う店主を無視して、由紀子は奥さんに向き直った。

「その前に奥さん、うちの子に謝ってください」

そのとき自動ドアが開いて中年の女性客が入ってきた。そのあとすぐに二人連れが続く。

「奥さん、この子に差別的なことをおっしゃったそうですね。どれだけ傷ついたかわかりますか？」

客たちは、ガラスケースの中を覗いて和菓子を選ぶふりをしているが、聞き耳を立てているのは一目瞭然（いちもくりょうぜん）だった。

「いやあ、本当にすみません。うちの女房も悪気があって言ったんじゃないんですよ。どうか許してやってください。桜子ちゃんにもアルバイトを続けてもらいたいと、昨夜も話していたところなんですよ。アハハ」

ご主人の口角は上がっていたが、目が笑っていなかった。そのことに由紀子も気づいたのだろうか。

「ですから、その前に奥さん、謝ってください」

由紀子が尚もそう畳みかけると、奥さんだけでなくご主人も真顔になった。

「しつこいねえ。あんた、誰に向かって言ってるんだ？　最近の若い女はどうしようもねえな。親の躾がなってないよ。もしかして先生もみなしごだったのかい？」

そのとき、三人の客がショーケースから同時に顔を上げて店主を見た。

「今後、こちらの店にはうちの子供たちをアルバイトに来させることは金輪際ありません。桜子ちゃん、帰りましょう」

「ちょっと待ってよ」と奥さんが口を開いた。「ともかく、SNSとやらに書いたことを消してちょうだい」

「お断わりします。誹謗中傷ならともかく、事実を書いただけのようですから」

そう言うと、由紀子はくるりと踵を返して出口に向かったので、私は慌ててその後を追った。心底びっくりしていた。由紀子が味方してくれて嬉しいというよりも、由紀子がこれほどまでに大人げないヤツだったなんて思いもしなかった。かなり頭にきたらしい。その後ろ姿だけで、ぷりぷり怒っているのがわかる。

由紀子がまるで自分のことのように怒ってくれて、じんとしていた。自分の憤りがそのまま由紀子の身体に乗り移ったかのように、自分の腹立ちが薄まっていく。だが腹立ちは収まっても、傷心と絶望感は残ったままだった。今後も、ことあるごとに世間の人々に色眼鏡で見られるのだろうか。

いつまで？　もしかして一生涯？

人を差別したがるのは教養のない人間だと、いつだったか牧田が言っていたことがある。そして教養と学歴とは正比例しないのだとも。牧田は言わなかったが、その教養のない人間とやらが世の中の大勢を占めているのを私は知っている。牧田はその事実をきっと知らないだろう。

今後の長い人生を思うと、暗澹とした気持ちになった。

18　谷村貴子

選挙戦が始まった。

一族の行く末を左右するという共通の思いがあるからか、家の中は異様な緊張感に包まれていた。今日から選挙カーでの呼びかけや街頭演説、個人演説会などを行うことになっている。家族と後援会が一致団結しなければならない。病み上がりだから無理はしなくていいなどと、夫にしては珍しく優しい口ぶりだったが、その顔つきから本心とは思えなかった。

——家で休養していればいいと夫は言ってくれたのですが。

などと、行く先々で妻が口にすることを期待してのことだろう。

結婚以来、自分に託されてきた主な役割は個別訪問だ。法律では「戸別」の訪問は禁止されているが、「個別」の訪問は許可されている。結婚したばかりの頃、真っ先に姑から教えられたのがそのことだった。「戸別」訪問というのは、不特定の相手の自宅や職場などを次々に訪問して、「谷村清彦をよろしくお願いいたします」などと言って投票を依頼して回ることで、その行為は選挙違反に当たる。だが「個別」訪問というのは、支持者の自宅などを訪問して、「政治に関して何か言いたいことはありますか？」だとか、「何か困っていることはありませんか？」などと尋ねることをいい、つまり御用聞きみたいなものだから、投票を依頼したことにはならないらしい。

肩を揉んだりトイレの介助をしたり囲碁の相手をしたりしているうち、一度しかない私の人生は刻々と過ぎていく。そして、ふと立ち止まってみれば、自分はいったい何を目指して生きてきたのかがわからなくなる。

純粋な親切心で人々の手助けをするのならば、心が洗われたり、自分がこの世に生を受けた意味を——錯覚や自惚れに過ぎないとしても——実感できるのだろうが、実際には一票を入れてもらうために必死に愛想笑いしているのだから虚しいだけだ。

病院のベッドでこれらを思い出し、恥ずかしい人生だったと後悔に苛(さいな)まれた。治験により、再び命をもらえたというのに、今また懲りずに繰り返そうとしている。そもそも夫のような軽薄な人間が、国会議員になるべきではないのだ。国の役に立っていないどころか税金泥棒に過ぎないのだから。

それにしても、あと何年くらいこんな生活が続くのだろう。

十年か、二十年か……。

きっと夫は死ぬまで議員を続けるに違いない。これほどの報酬や社会的地位を得られる職業を、誰があっさり捨てたりするだろう。

物音ひとつしない家の中に一人でいると、ああでもないこうでもないと悶々とした気分から脱することができなかった。鬱々として病気になりそうだ。

リハビリを兼ねて、ともかく外へ出てみよう。

自分を取り戻すには、たぶん離婚するしかないのだろう。だが、この家を出て、どうやって食べていくのか。それを考えると途方に暮れてしまう。いつか離婚するにせよ、今はこの家の方針に従うのが筋だ。なんといっても、家業である政治屋の女房として暮らしが成り立っている。議員報酬という名の国民の税金を夫が受け取り、そのおこぼれで自分は暮らしている。そんな情けない身分のくせして、偉そうに理想論ばかり言い募っていても仕方がない。

ふうっと大きく息を吐き、ソファから立ち上がった。

身支度を整えなきゃ。

クローゼットから淡い色のスーツを取り出した。議員の妻というのは、常にきちんとした服装でなければならない。襟の開きが大きい服や、ノースリーブなどはご法度だ。真夏でも長袖が基本である。

家を出て、一丁目から順に回ってみることにした。

「あら、谷村さんの若奥さんじゃないの。もう大丈夫なの？」

「聞いたわよ。癌を克服されたんですってね。おめでとう」

近所だからか、こちらの病気のことを知っている人が多かった。中には治験のことを詳しく知りたがる老人もいたので、そのたびに説明し、「ご心配をおかけしました」と頭を下げて回った。

ふと気づくと、いつの間にか一生懸命になっていた。

いつもの悪い癖だ。高校中退後のアルバイト先でも、その後のキャバクラ勤めでも、必死になって真面目に働いた。たまには立ち止まって自分が今何をしているのか、この道で本当に大丈夫なのかを自問すればいいものを、その余裕さえなくしてしまうのが常だった。そして今、リハビリを兼ねての個別訪問などとお気楽なことを言いながら、いつの間にか夫に一票を入れてもらうために懸命に駆け回っている。

見上げると、夕焼けが空いっぱいに広がっていた。

溜め息をつきながら、信号のない四辻を曲がると、前方にカトレア荘が見えてきた。外階段のある二階建てのモルタル造りのアパートで、家主である東条雅行は夫の同級生だ。弁護士でもある彼は、駅ビルの中に事務所を構えていて、表通りに面した窓に、夫の大きなポスターを年がら年中貼ってくれている。

カトレア荘は、高級住宅街の中にあっては目立つほど安普請のアパートだった。きっと上下階や隣室の物音は筒抜けだろう。二階を見上げると、錆ついた鉄柵に和柄の煎餅蒲団が二つ並べて干してあった。以前は、新婚夫婦が数年だけ住み、子供が生まれると広いマンションに越していくというのがパターンだったが、昨今では貧困な老夫婦が長年住み続けることが多くなった。

一階の奥から順に訪問しよう。そう決めて奥へと進み、伸び放題のヤツデの陰になって日の当たらないドアをノックすると、しばらくして音もなくすっと開いた。

だが、目の前には誰もいなかった。

次の瞬間、低い位置から息遣いが聞こえてきたので驚いて見下ろすと、ちいさな女の子が上目遣いでこちらを見つめていた。小学校低学年くらいだろうか。色褪せたTシャツに、つんつるてんのズボンを穿いていて、ひどく痩せている。

「こんにちは。お父さんかお母さんはいらっしゃる？」

そう尋ねると、怯えたように後ずさりしながら、首を左右に振った。

「驚かせちゃったかしら。ごめんなさいね」

怖がらせないよう、とっておきの笑顔を添えた。それは、キャバクラ勤めの頃に身につけた、男心を容易につかむ聖母のような表情でもあった。

「お母さんは何時頃お戻りかしら」

「八時……くらい」と、消え入りそうな声で答える。

腕時計を見ると、まだ四時を回ったところだった。

「お嬢ちゃん、お名前は何ていうの？」

そう尋ねると、女の子は黙ったままじっと私を見上げた。警戒心が強いらしい。

表札を見てみようと、一歩下がって玄関ドアの周りを見回してみたが、見当たらなかった。

「自分のお名前、言える？」

もう一度尋ねると、馬鹿にされたとでも思ったのか、打って変わって「唐沢七海（からさわななみ）っ」と、はっきり答えて睨みつけてきた。

「七海ちゃんか、素敵なお名前ね。いま何年生なの？」

「学校は行ってない」

「どうして？」

「悪い人に見つかると怖い目に遭うから」

どういう意味かわからなかったが、小さな子供が自分で考えたのではないことは確かだろう。常日頃から、親に聞かされていることに違いない。

「七海ちゃんは何歳ですか？」

「八歳」

「七海ちゃんは何人家族ですか？」

矢継ぎ早に質問ばかりすると、警戒されるかと思ったが、そうでもなかった。

「お母さんと二人だよ。ここに引っ越してくる前はモコというお名前の猫もいたけどね、今はいない」

悲しそうな目だった。モコが唯一の友だちだったのだろうか。

「モコちゃんがいなくて寂しいわね。可愛い猫ちゃんだったんでしょうね」

そう言うと、七海はこくんとうなずいた。

「また今度、お母さんがいらっしゃるときに来るわね。おばさんはもう帰るけど、ドアを閉めたらきちんと鍵をかけるのよ」

「そんなことわかってる」

「まあ賢いのね」

帰る道すがら、気分がどんどん沈んでくるのを止められなかった。

薄幸を絵に描いたような子供を見ると胸が締めつけられる。いつ頃からか、テレビで難民のニュースが流れ、ひもじい思いをしている幼子が映ると、耐えきれず目を逸らすようになった。

捨てた我が子を思い出すからなのか、それとも自分の幼少期を彷彿とさせるからなのか、それとも単に歳を取ったせいなのか。

飽食の時代といわれてずいぶん経つ。今や、ときめかない洋服は捨てましょうというご時世だ。それなのに、七海のTシャツは肩のところの生地が薄くなっていて、肌が透けて見えた。何回洗濯すれば、あそこまで薄くなるのだろう。

栄養のあるものをお腹いっぱい食べさせてやりたい。可愛いTシャツだってスカートだって何枚でも買ってやりたい……そんな衝動が突き上げてくる。

買ってやったところで、自分にとっては取るに足らない金額だ。

もどかしくて切なくて、胸が痛くなった。

家に帰ると、姑が注文したらしい鰻重が三人前届いていた。

見慣れた重箱は駅前の老舗のものだ。七海は鰻を食べたことがあるだろうか。将来、私のようにキャバクラに勤めれば食べることはできるだろうけれども。

「貴子さん、今日は一丁目を回ってくれたんだって？　手応えはどうだった？」

姑と夫の三人で食卓を囲むと、話題は選挙のことに集中した。

「みなさん温かく迎えてくださいました」

「そう、それは良かったわ」

「それで、帰りに東条さんのカトレア荘にも寄ってみたんですが……」

ふと七海のことを話してみたくなった。自分一人の胸に納めておくのが苦しかった。

「あの母子家庭のことなら東条から聞いて知ってるよ」と夫が言った。

「ああ、例のね」と姑がうなずいている。

夫と姑は、選挙区内の情報なら何でも共有していて、二人の間には阿吽(あうん)の呼吸ともいうべきものがあるのだが、自分との間にはない。そんな疎外感が、結婚以来何年経ってもなくならなかった。

「あの女の子ね、学校に行ってないのよ」

姑がそこまで知っているとは思わなかった。

「戸籍がないのよ。だから義務教育が受けられないの」

「えっ？　あの子、戸籍がないんですか？」

「貴子、そんなに驚くことじゃないよ。戸籍のない人間なんて珍しくないのさ」

そんな話は聞いたことがなかった。

「えっと、それはつまり、日本人ではないってことで？」

「いいや、日本人だよ。つまりだな……」

夫の話によると、七海の母親は、結婚してすぐ夫の暴力に耐えかねて離婚を申し出たのだが、夫は絶対に離婚しないと言いはり、更に暴力がエスカレートしていったという。

「よくある話よね」と姑は言った。まるでたいしたことじゃないとでも言いたげな口ぶりだった。そういう自分も、テレビや雑誌で暴力を振るう夫の話を頻繁に見聞きするようになったからか、もう驚かなくなっている。いつの間にか、まるでありふれたことであるかのように耳を通り過ぎてしまう。慣れとは恐ろしいものだ。

「それで、戸籍がないというのはどういう事情なんですか？」

「母親は妊娠に気づいてすぐに家を出たらしい。だけど、住民票を動かせば居所が夫に知られてしまうだろ。ましてや出生届なんか出した日には、子供を産んだことがバレてしまう」

なんという不運だろう。もしも暴力亭主に親権を主張されたらと想像するだけで、背筋がゾッとする。

「ずいぶん詳しくご存じなんですね」

「東条から相談されたことがあるからね」

「その相談というのは、暴力亭主からどうやって彼女たち母娘を守ってあげたらいいかってことですか？」

そう尋ねると、夫も姑も同時に箸(はし)を止め、呆れたような顔をしてこちらを見た。

「貴子さん、それ本気で言ってる？」

「おいおい貴子、くれぐれも妙な同情心を起こしてくれるなよ」

「だったら東条さんの相談というのは何だったんです？」

「空き部屋を埋めたいのはやまやまだけど、わけありのシングルマザーに貸すのはどうだろうかって相談さ」と夫が答えた。

「やあねえ。貸そうかどうしようか迷ったのは、あの母親が若くて可愛い顔してるからに決まってるわ。東条さんたら迷ってるふりして、本当は貸したくてたまらなかったのよ。だって、普通ならそんな母娘に貸したりしないでしょ。やれやれ、男っていうのは」と、姑が心底うんざりしたように言う。

「ともかく貴子、ああいった家庭とは関わり合いになるなよ。いいことなんてひとつもないからな」

「貴子さん、君子危うきに近寄らずよ。厄介なことに巻き込まれないよう気をつけてちょうだいね」

「そんなに厄介な感じの母親なんですか？」

「母親じゃなくて亭主の方だよ。暴力を振るうくせに離婚も承諾しないで、ストーカーみたいに捜し回ってるっていうじゃないか。そいつがもしもヤクザだったら笑いごとじゃ済まない。うちだけじゃなく親戚中に迷惑がかかる。議員や芸能人は人気商売だからな、評判に傷がつくのを恐れるあまり、言いなりになると足許見てやがるんだ。ああいうヤツらにとって、俺たちはいいカモなんだよ」

「あのね、貴子さん、一度でもヤクザと関わったら、末代まで養分を吸われ続けるの。スッカラカンになるまでね」

「母さんの言う通りだよ。気をつけろよ」

夫と姑は、顔を見合わせてうなずき合っている。

痩せっぽちの七海に会ったとき、美味しいものをお腹いっぱい食べさせてやりたいと思った。古びたTシャツを見たとき、新しいのを買ってやりたいと思った。だが、その背後にいるタチの悪い父親に目をつけられたら？

七海や母親を助けてやりたいのはやまやまだが、自分がどんな目に遭っても構わないかと問われたら、答えは否だった。自分の気持ちは安っぽい同情心に過ぎないらしい。

「あんなボロアパート、潰しちまえばいいんだよ。東条も何考えてんだか、金なら親父の代から有り余るほど持っているくせに、家賃収入まで稼ごうとするんだから、ほんと守銭奴みたいなやつだよ」

そのとき玄関のチャイムが鳴った。

「誰かしら、こんな時間に」と姑が壁の時計を見上げた。

時計の針は、七時半を少し回ったところだった。

「私が出ます」

そう言って立ち上がり、インターフォンを覗くと、東条が立っているのが見えた。これまでにも、ふらりと家に立ち寄ることがあった。

「あら偶然。悪口が聞こえたのかしら」と、姑が首をすくめてみせた。

玄関まで出迎えると、東条は「奥さん、退院おめでとう。癌を克服するなんて、やっぱりただものじゃなかったな」と言って、豪快に笑った。

「どうぞ、お上がりください」とこちらが言い終わらないうちに、東条はさっさと靴を脱いで廊下を進んでいく。国会議員の家は、一般家庭と違って客の出入りが多く、家庭というより事務所のような感覚があるせいか、みんな遠慮がない。

「おっ、饅重とは豪勢だね。こんな光景を有権者に見られたら、誰も清き一票を入れてくれないぞ」

リビングに入ってくるなり、東条はそう言って、またもや豪快に笑った。

「東条、お前、いいところに来たよ。今、お前の悪口を家族みんなで言い合っていたところだ」と夫が愉快そうに言う。

「東条さん、座って、座って」と姑も立ち上がり、ソファを勧めた。

「貴子さん、ビールとおつまみ、お願いね」

「はい」と返事をして台所に引っ込み、冷蔵庫の中にあったハムとチーズ、キュウリと金山寺味噌(きんざんじみそ)で簡単な肴(さかな)を作り、よく冷えた缶ビールに添えて出した。

「悪いね、奥さん、病み上がりなのに」

そう言いながらも東条は空腹だったのか、ハムとチーズを口の中に放り込むと、ビールで飲み下した。

「カトレア荘をつぶしたらどうかって、いま話してたところなんだよ」

「アハハ、それはご親切にどうも。ああいうアパートを借りるのは、確かに最下層の人間ばかりだが、運のいいことに今まで問題は起きてないんだ。家賃を踏み倒して夜逃げするのもいないしね」

「例の、ほら、戸籍のない子供がいるだろ。貴子が今日そこに個別訪問に行ってね、貴子の同情心に火がついたらしくて困ってたところなんだ」

夫がおどけたように言う。

「いやあ、純粋で可愛い女房じゃないか。羨ましいよ」

そう言って、東条はニヤニヤ笑いながら私を見た。

「戸籍がないってことは、将来にわたって投票権がないってことだぜ。ますます俺とは無関係さ」

夫はそう言って、屈託なく笑った。

夫と東条にとって、貧困層は気の毒で心配しなければいけない対象などでは決してなく、ただただ関わり合いたくない部類の人間らしい。

小学校から秀海学園大学の付属に入学した二人の周りには、貧困家庭の子はいなかったのだろう。そういうことも影響しているのか、悲惨な暮らしをしている人々に同情を寄せることは一切なく、それどころか、自業自得だ、怠け者だからだ、努力が足りないからだと徹底的にこき下ろす。そういうとき、二人の息はぴったり合うのだった。

夫は国会議員になったことで、一票欲しさに教養も金もない下層の民にも愛想よくしなければならなくなった。そして東条は、借金に追われる人間や、貧乏ゆえの犯罪で捕まった人間の親族からの相談が多い。仮に夫が国会議員にならず、東条がアパート経営もせず弁護士にもならなかったならば、貧困世帯と接触することは一生涯なかったのではないか。

「戸籍のない人を法律で救うことはできないんですか」

「出た出た、貴子、同情なんてやめろって」と夫が嗤う。

「奥さん、戸籍のない女子供を法律で救おうなんて、お上は考えてませんよ」と東条が言う。

「どうしてですか？」

「それは離婚のペナルティだからですよ」と、東条はきっぱり言って、キュウリを齧（かじ）った。

「ペナルティって、どういう意味の？」

「ほとんどの場合、離婚を切り出すのは妻からなんです。要は、夫を捨てるわけだ。それも、妊娠しているのに離婚となれば、誰の子かわかったもんじゃないですよ。そんな生意気な尻軽女を法律で救ってやる必要がどこにあります？」

「東条の言う通りだっ」と、ほろ酔い加減の夫はテーブルをバンと叩いた。

絶句していた。

絶望といってもいい。

こちらが何も言わないのを、言い負かしたとでも思ったのか、東条と夫は上機嫌になった。

「あのね貴子さん」と、姑が口を挟んだ。「昔の人間はね、貧乏でもちゃんとしてましたよ。昼間は働いて夜学に通ったりしてね、向上心てものがあったの」

姑の言い方は、愚かな嫁を諭してやるといった風だった。

三対一だった。立派な職業を持つ大の男が二人と、八十代にしては珍しく女子大を出ている上品な姑とくれば、自分の方が間違っているような気になってくる。

「ところで谷村、お前、選挙の方はどうなんだよ。聞いた話だと、有馬とかいう新人候補は人気あるそうじゃないか」

　東条は心配そうに眉を八の字にして尋ねた。国会議員の友人を持つことが、東条に何かしらの仕事上の旨味をもたらしていると聞いたことがある。

「有馬みたいに貧乏自慢をするヤツには敵わないよ。何といっても俺はお坊ちゃん育ちだからなあ」と、夫が自嘲気味に言う。

「二世だとか三世だとか言って世間が馬鹿にしても、谷村、お前は何も恥じることはないんだぞ。その証拠に、国会議員の中でも収賄罪でつかまるのは育ちの悪い成り上がりばかりだろ」

「だよな。なんせ俺ん家はじいさんの代から資産家で、端金なんか興味ないんだよ」

「そうよ、だからクリーンなのよ」と、姑も同調する。

　三人は笑っているが、私の心の中はシンとしていた。夫がクズだということは、とっくの昔に気づいていたが、いくら何でも、ここまでとは思っていなかった。無戸籍者に同情しない人間がこの世にいるなんて、信じられないことだった。法整備をして彼らを救えるのは国会議員しかいない。その議員がこんな考え方ではどうしようもないではないか。

　夫の顔を見るだけで、虫唾が走る思いがした。

ああ、早くこの家を出て行きたい。

離婚したとしても、夫は痛くも痒くもないだろう。数ヶ月後には若い女と再婚し、何事もなかったように暮らすに違いない。離婚の原因を支持者に尋ねられたら、女房の浮気だとか借金だとか嘘八百を並べ立てて自分の身を守り、同情さえ買おうとするのは目に見えている。実はキャバ嬢だったんだ、魔性の女だよ、酷い目に遭わされたもんだ、などと言い触らし、それは災難だったわねと周りから慰められるだろう。いざとなれば、知り合いの記者に頼んで週刊誌に書かせるかもしれない。

「貴子さん、ビール、お代わり持ってきてちょうだい」

「あ、気づかなくてすみません」

立ち上がって台所へ向かった。

「東条さん、ごめんなさいね、気の利かない嫁で」と、背後で姑の声がした。

「昔はお酌のプロだったくせにな」と、夫の下卑た笑い声がした。

ジワリと得体の知れない焦りが湧いてきた。

これ以上ここにいたら、自分まで性根が腐ってしまう。

その夜、有馬にメールしてみた。

無戸籍の子供の存在を知ったことで、私が捨てた子も戸籍がないままではないかと心配になった。同じ弁護士とはいえ、東条に尋ねる気にはならなかった。

「もしかして捨て子も戸籍がないのかしら。例えば病院に捨てられた場合とか」

――捨て子の場合は大丈夫だと思うよ。警察や役所が介入して、たぶん乳児院や児童養護施設に引き取られるだろうから、戸籍も住民票も作られるはずだよ。

「そうなの？　ああ、よかった」

有馬の話によると、親が不明の場合は手続きをへて「就籍」をすることができる。具体的には自治体の長がその子に名前を付けて戸籍を作ったりするらしい。

――戦争で旧樺太と千島列島をソ連に奪われただろ。そのせいで、そこに住んでいた人たちは戸籍が消滅してしまったんだ。「就籍」というのは、その人たちを救おうとしてできた方法だよ。今では、親が不明の場合にも適用されてるんだ。

「そんな経緯があったのね」

――貴子ちゃんも自分で調べなよ。本屋に行けば法律の本がたくさん並んでるよ。

「私が自分で？　だって私が法律を勉強するなんて、まさかまさか。だって、ああいう本は、司法試験を受ける人のためのものでしょう？」

――そんなの関係ないよ。自分の身を守るためには知っておかなきゃならないことがたくさん書いてあるんだから。

高校中退の自分が法律関係の本を読むなんて、考えたこともなかった。だが、言われてみれば有馬の言う通りかもしれない。誰も七海を助けてやろうとしないのを見てもわかるように、法律だろうが何だろうができるだけ自分で調べて、自分の身は自分で守らなければならない。

明日、書店へ行ってみよう。

19　小出桜子

ユリに指定されたファミリーレストランに向かっていた。

ユリとはメールでのやり取りはあったが、会うのは久しぶりだった。

ユリは高校を卒業後、クリーニング工場に就職した。寮完備が決め手になったと聞いている。だが今は、派遣会社に登録してコールセンターでオペレーターをしているらしい。

――退院おめでとう！　お祝いに、うちの近所のファミレスでランチでもどう？

ユリからメールが届いたのは先週だった。

ユリが住む郊外のアパートの近くで食事をするということは、そのあと部屋に招き入れてくれるつもりだろう。後学のためにも、一人暮らしの生活を見てみたかった。

たぶん、飾り気のないこざっぱりした部屋だと思う。いや、意外にも、熊のぬいぐるみなんかが置いてあったりして……などと、歩きながら想像を膨らませていると、ユリの部屋に行くのがどんどん楽しみになってきた。

考えてみれば、ユリと最後に会ったのは二年以上も前のことになる。施設を出て自立した直後は、誰しも頻繁に施設を訪ねてくる。だが、そのうち足が遠のいていくのは、一人暮らしに慣れ、いつの間にか寂しさも薄れて生活の基盤ができあがるからだろう。

六歳違いだから、ユリは今二十四歳だ。施設にちょくちょく顔を見せにきた当時は、スッピンにパーカーとデニムという格好で、高校時代とちっとも変わらなかった。たぶん今も変わっていない気がする。

幼かった頃、何かと親切にしてくれた。そんなユリと同室で本当に運が良かったと思う。血は繋がっていなくても、たった一人の身内のような気さえしている。ユリもそう思ってくれていれば嬉しいのだけど。

約束の時間よりかなり早めに到着してしまい、窓際の席でユリが来るのを待っていた。

「桜子、お待たせ。久しぶりだねえ」

そう言って、近づいてきた女性がユリだとわかるまで数秒かかった。見違えるほどきれいになっていたからだ。化粧もばっちりだし、ひらひらのワンピースを着ているユリなんて、想像したこともなかった。

「桜子、すごいじゃん。癌を克服したなんてさ。本当に良かった。私も嬉しいよ」

ユリは向かいの席に座ると、笑顔を向けたが、以前の笑い方ではなかった。どこがどう違うのか、うまく説明できないが、施設の仲間に見せていた単純であっけらかんとしたものではなくなっている気がした。

とはいえ、久しぶりに会ったこともあり、話題は尽きなかった。ユリは、施設で同室だった子供たちや指導員の最近の様子などを知りたがった。調理師が桃山さんに交代してから食事や弁当が楽しみになったことを話すと、心底羨ましそうな顔をした。そして、癌や治験のことなども事細かに尋ねてくれた。小さな子供のように、病院ではおやつも出るのかと聞かれたときは思わず噴き出した。

ユリの仕事や暮らしぶりのことも教えてもらいたくて、何度か尋ねてみたのだが、「つまんないし、遣り甲斐もない」と言うばかりで、あまり話したくないようだった。

「コールセンターの仕事って難しいの？」と尋ねてみた。

仕事のことには触れてほしくなさそうだったが、菊水堂のアルバイトを辞めたので、一日も早く次のアルバイト先を見つけなければと焦っていた。ネットで調べると、コールセンターの募集ばかりが目立つほど多かったこともあり、どういった仕事なのかを詳しく知りたかった。

「実はさ、コールセンターも辞めたんだ。ああいうところは、もともとおしゃべりが好きで口がうまいヤツじゃないと務まらないよ。あと、打たれ強い人。客からのクレームでボロクソに貶(けな)されても、すみませんすみませんって謝り続けて、そのあとケロリとしていられる人。私みたいにショックで夜も眠れないようなヤワな人間には耐えられないよ」

聞けば、高校を卒業してから三回も転職したのだという。

「知らなかった。で、ユリちゃんは今どういう仕事をしてるの？」

その質問には答えず、ユリは言った。

「私は勉強はからきしダメだったけど、桜子は城南高校だもん。施設の誇りだよ」

そう言うと、大きなバッグからピンク色のビニール袋を取り出してテーブルの上に置いた。

「これ、プレゼント。退院祝いとお誕生日祝い。もうすぐ誕生日でしょ、一応の」

ユリが「一応の」と言ったのは、互いに捨て子だから本当の誕生日がわからず、推定の生年月日にすぎないからだ。

「私に？　ユリちゃん、ありがとう」

プレゼントをもらえるなんて思ってもいなかったので感激した。

「開けてみてもいい？」

包みを開くとTシャツが出てきた。好みの色を覚えていてくれたらしい。黒に近いネイビーではなく、青に近いネイビーという細かいところまで。胸の所に横文字が書かれているが、よくある白抜き文字ではなくて、ブルーグリーンなのがおしゃれ度をグンと増していて、一目見て気に入った。

「すごく素敵だよ。明日、早速学校に着ていくよ」

あ。

FREEDAMって何だ？　AじゃなくてOだろ。

胸の部分に印刷された英語をマジマジと見つめた。綴りが間違っているが、もちろんユリには言わずにおいた。

「ユリちゃんのアパートってここから近いの？」

「うん、まあね」

あとでうちに寄って行きなよという言葉を期待していたが、なかなか言ってくれない。高校卒業後は、ユリの近くに住みたいと考えていた。卒業後は施設とも縁が切れて正真正銘、天涯孤独の身となる。だからせめて近所にユリがいればと考えていたのだが、迷惑だろうか。

あ、そうだった。菊水堂でのいざこざのことも聞いてもらわなきゃ。ユリの考えを聞いてみたかった。時給をパート主婦と同じにしてもらいたいというのが、それほど無謀な要求だったかどうかを。そう思って、口を開きかけたときだった。ユリがすっと顔を上げて真正面からこちらを見た。

「桜子、悪いんだけどさ、ほんの少しでいいから用立ててくれないかな」

「えっ？」

頭の中が真っ白になった。

だからだろうか、ユリがお金を貸してとは言わずに、用立てるという言葉を使うのを、なんだか大人っぽいなあと、ぼんやりと考えていた。

「ねえ桜子、どれくらいなら貸せる？」

そう言って、ユリは顔を覗き込んできた。

「ユリちゃん、ごめん。私もギリギリで」

嘘ではない。このままだと高校卒業後の生活がマジでヤバい。そういった焦りが一瞬たりとも頭から離れず落ち着かない日々を送っていた。仮に菊水堂のアルバイトを続けていたとしても、高校卒業時の預金額が最低目標額に届くかどうか危ういところだった。そして今、次のアルバイトがまだ見つかっていない。

「だよね。桜子だって病み上がりだし、卒業後のアパート代を貯めなきゃならないもんね。私も高校時代は必死だったよ。でも結局は貯められずに、ほとんどの子が住み込みで就職するんだけどね。でもやっぱりアパート暮らしの方が自由でいいよ」

なんだ、わかってくれてるじゃないか。

ほっと胸を撫でおろしていた。

冗談にしてはきついよ、ユリちゃん。

今の自分は崖っぷちにいる。出席日数だってギリギリだから、学校をさぼってアルバイトに行くこともできない。次のアルバイトが決まれば、放課後は寄り道せずに職場に直行し、土日も朝から夕方まで働かなければならず、休日はない。ユリも同じような高校生活を送っていたのを見てきた。

「だからさ桜子、少しでいいんだってば」

縋るような目で見つめてくる。

「わざわざアパートに近い店まで来てもらったのも、実は電車賃がなかったからなんだ。少しでいいからさ」

少しって、具体的にはどれくらいなんだろう。でも、ここで金額を尋ねたりしたら、貸さざるを得ない空気ができあがるのではないか。途端に頭の中がフル回転しだした。お金を貸すときは寄付したつもりで渡せというのは、よく聞く話だ。ユリが今まさに飢え死にしそうなら、貸してもいいけれど……。

「ユリちゃん、もしかして家賃を滞納してるとか？」

尋ねた途端に後悔した。仮にそうだと言われたらどうするのか。家賃を肩代わりするのか。そんなことしたら、ただでさえ少ない預金がごっそり減ってしまう……心臓が波打ってきた。

「家賃は心配ないの。だって彼のアパートに転がり込んでるから」

「えっ、同棲してるの？」

「うん、そういうこと」

ユリちゃんに恋人がいたとは知らなかった。なぜだか想像したこともなかった。

「だったらユリちゃん、お金は彼氏に借りたらいいじゃん」

「それがさ、彼ったら仕事に行かなくなっちゃってね、毎日家でゴロゴロしてんの」

「どうして、そんな……」

どうしてそんなクズとつき合ってるの？

ユリちゃん、いったいどうしちゃったの？

口には出さなかったが、思いは伝わったようだった。

「やだ、誤解しないで。悪い人じゃないよ。すごく優しくしてくれるんだから」

「……ユリちゃん」

もっとしっかりしなよ、という言葉を呑み込んでいた。

「それに私、妊娠したみたいでさ」

「え？」

心の奥の何かがポキンと折れた。赤ん坊のとき、ユリや私がどういう経緯で親に捨てられたのかは知らない。だが想像はつく。御多分に漏れず、男に騙され捨てられたという陳腐なストーリーだ。それをユリは性懲りもなく、二世代にわたって受け継ぐのか。

「彼氏とはどこで知り合ったの？」

「職場」と、いきなりぶっきらぼうな答え方をして、ユリは目を逸らした。

「職場って、クリーニング工場？」

「違うよ」

「だったらコールセンター？」

「違う。風俗」

息を吞んだ。

「そんなに驚くことないでしょ。それ以外でどうやって稼げばいいわけ？」

ユリは脚を組むと、天井を見上げて思いきり馬鹿にしたように笑った。私を馬鹿にしたのではなく、世の中に向かって唾を吐き、開き直っているといった感じだった。

「そんな所で働いて、彼氏は怒らないの？」

「まさか。それどころかもっと頑張れって励ましてくれるの」

「励ますって……」

「桜子、あのね、和菓子屋の店員なんかしてたってお金は貯まらないよ」

「確かになかなか貯まらないけど、でも風俗って、どんな？」

　と恐る恐る尋ねてみた。

「ここで口にするのも何だかね」

「……そう。それで、彼氏はその店でどんな仕事をしてたの？」

「女の子のスケジュール管理とか掃除とか、色々」

「彼氏はどうしてそこを辞めたの？」

　それほど大変そうな仕事には思えなかった。

「どうしてって、そりゃ嫌になっちゃったからでしょ。もともと怠け者だしね」

　次の瞬間、頭の中で警報が鳴り響いた。

　――これ以上、関わり合うな。

「ユリちゃん、本当にごめん。お金は貸せないよ。私もマジでヤバいから」

　本当は、一万や二万くらいなら貸そうと思えば貸せないこともなかった。だが、一度でも貸したら、今後もずるずると搾り取られる気がした。ユリ一人ならそんなことはないかもしれないが、ユリの背後のクズ男が見え隠れして、身寄りのない自分にとっては震え上がるほど恐ろしい存在だった。

「ユリちゃん、あのね」

言ってはいけないことかもしれない。だが、自分以外に誰がユリに言ってやれるだろう。これが自分にできる最後の思いやりかもしれない。

「桜子、何が言いたいの？」

ユリは怒ったような目で、こちらを見た。金を借りられないとわかったからか、もうにこりともしない。

「ユリちゃんはさ、ユリちゃんのお母さんと同じことを繰り返そうとしてるよ」

ユリは一瞬ハッとした顔をしたが、脚を組み直して澄まし顔になった。

「桜子がそんな冷たい子だとは思わなかったよ」

施設の中で、男子が先輩に金を巻き上げられるという事件なら何度か見聞きしたことがあった。女子と違い、男子は年齢による上下関係がはっきりしている。だからか、施設を卒園した先輩に脅されることがあり、悩んだ末に指導員に相談したり、本人が黙っていても指導員が気づいたりして発覚する。だが、そのときには既に大金が先輩に渡ってしまっているのが常だった。ただでさえアルバイトでお金を貯めるのは容易でないというのに。

今日、自分は心づもりをして来たのだった。きっとユリは、「ランチ代くらい私がおごるよ」と言うだろうけれど、ユリだって楽な生活じゃないだろうから、「割り勘にして」とはっきり言おうと、電車に乗る前から決めていた。

嗤っちゃうよ。

何を寝惚けたことを考えていたんだろう。先に社会人となった先輩が給料で後輩におごってくれるなんて、夢の中の話だ。だが、ユリとは二段ベッドの上下で過ごした仲だった。施設の中で、孤児は少数派だったから、二人だけに通じる情があった。入所した当初からユリが親切にしてくれたことで、どんなに助けられてきたことか。たくさんの思い出を共有し、姉妹とはこういった感じかもしれないと、何度思ったことだろう。日曜日になると親が面会に来る子も多く、羨ましくてたまらなかった。特に年末年始ともなると、ほとんどの子供が自宅に帰り、施設内には静寂が訪れた。何日も前からみんなそわそわして落ち着かなくなり、親が顔を見せると満面の笑みになり、嬉々として親と手をつないで帰っていった。そんな後ろ姿をユリと二人で二階の窓からじっと見つめたものだ。そんなとき、ユリがギュッと肩を抱いてくれた。だが、寂しいだけじゃなくて楽しいこともあった。指導員たちは正月気分のせいか、いつもより優しくなり、ふだん滅多に経験できない外食にも連れて行ってくれた。

そういえば……。

長い間忘れていたが、小学校低学年だった頃は、施設を卒園していったOBやOGが来て居残り組にお年玉をくれたこともあった。そんな頼もしいお姉さんの名前は……そうだ、多田景子ちゃんだ。高校を卒業したばかりの若さだったのに、包容力があってお母さんみたいな雰囲気の優しい人だった。ユリは景子ちゃんのことを覚えているだろうか。尋ねてみたかったが、昔話を懐かしむ空気ではなかった。

「ユリちゃん、私そろそろ帰るね」

バッグの中から財布を取り出した。向かいからユリが財布を凝視しているのが視界に入ったので、財布をテーブルより低い位置で開いた。中身を覗かれたくなかった。ここに来る直前に銀行に行って一ヶ月分の生活費を下ろしてきたばかりで、たくさん入っていた。

財布から千円札を一枚と百円玉二枚を取り出して、テーブルの上に置いた。自分の分のランチ代だ。ユリはそれをちらりと見た。

「桜子は高校を卒業したら、どの辺にアパートを借りるの？」

お金を借りるのをあきらめたのか、ユリは話題を変えた。

「まだ考えてないけど」

「だよね。まだ一年以上あるもんね。決まったら教えてね。遊びに行くから」

咄嗟に返事ができなかった。それをユリも敏感に覚ったのか、顔色がさっと変わったので、慌てて曖昧に微笑んでみせた。

「うん、連絡する」

――こいつは要注意人物だ、もう縁を切れ。

心の中のもうひとりの自分が叫んでいる。悲しくてたまらなかった。唯一身内のように接してきたユリと縁が切れるなんて。

もしまた会うことがあるとすれば、ユリが施設に遊びに来たときだ。二人だけでは会わない方がいいように思うから。

「桜子、じゃあ、またね」

「元気でね、ユリちゃん」

ユリと別れて駅まで歩いた。

ホームで電車を待ちながら、ユリのことをぼうっと考えていた。人には親切にした方がいいとは思う。だけど、限度というものがある。自分の生活を脅かされてまで手助けするなんて馬鹿のやることだ。そうは思うが、心の底にこびりついたように居座っている罪悪感は、そう簡単には消えてくれなかった。ユリの先々の不幸が決定事項のように思えた。かといって、仮に数万円を渡したところで、焼け石に水であることもわかっている。

次の瞬間、ハッと息を呑んでいた。

――ねえ、由紀子お姉さん、今度のお休みの日に、お姉さんのおうちに遊びに行ってもいい？

幼い日、自分は無邪気だった。

――うーん、また今度ね。

あのときの由紀子は、目を合わせようとしなかった。それが大人の断わり方なのだと教えてくれた人こそユリではなかったか。由紀子も今の私と同じ気持ちだったのだろうか。親切にしてやりたいのはやまやまだが、限度があるのだと。

電車に乗ったが、そのまま施設に帰る気にはなれず、途中下車して井の頭公園に行った。ここに初めてきたのは小学生のときで、休みの日にユリが連れてきてくれたのだった。動物園もあるから遊びに行こうと誘ってくれた。

ひとりでベンチに座り、風に吹かれた。

見上げると、楓の葉先が赤くなっていた。思いのほか風が冷たくて、冬がすぐそこまで忍び寄っているのが感じられて、なんだかうら寂しい気持ちになった。ユリとの幼い日々が懐かしくて、涙が滲みそうになる。親に捨てられた薄幸な子供は、大人になっても不幸から逃れられないのだろうか。いいや、そんなことはない。だって治験に参加させてもらえて、いつ死んでもおかしくない状態から生き返らせてくれた。これより運のいいことが、この世にあるだろうか。

頑張って生きて行かなくちゃならない。

洟をかんでシャンとしようと、バッグからティッシュを出すとき、指先がスマホに触れた。そのときふと、貴子の顔が思い浮かんだ。通院したとき待合室で見かけたけれど、声はかけなかった。入院中は互いに病院のロゴ入りパジャマにガウンだったが、その日の貴子は、大粒のブルーの——宝石の名前は知らないが、ともかくすごく大きかった——指輪と、それと揃いのペンダントをつけていて、見るからにお金持ちの奥様然としていたから気後れしたのだった。

貴子の暮らしぶりを知ったきっかけはテレビ番組だった。退院してから数日は学校を休んで休養していたので、みんなが出払ったあと、調理師の桃山さんは私のためだけに昼食を作ってくれた。具沢山（ぐだくさん）の焼きそばを食べながら、桃山さんと一緒にテレビのワイドショーを見ていたとき、貴子の夫が衆議院議員だと知ったのだった。代議士夫人ともあろう人が、名もない高校生の自分なんかとメールアドレスの交換をしようと言ってくれたのは、きっと癌再発の恐れからだろう。リスクを早めに察知するために、情報交換が重要だと思ったに違いない。

——その後、体調はいかがですか？

ベンチで風に吹かれながら貴子にメールを送信すると、すぐに返事が来た。

——メールありがとう。庭の楓も真っ赤に色づき、月日の経つ早さを思う今日この頃です。体調はいいです。桜子ちゃんはどうですか？　次の通院のとき、一緒にランチでもどうかしら。病院の近くにおいしいお店があるの。

行間から豊かな生活に裏打ちされた幸福の匂（にお）いが立ち込めていた。貴子のいる世界は、どうしてこうも私やユリのいる世界とは違うのだろう。そこには高い壁があって、乗り越えるのは至難の業だ。いや、どう頑張っても不可能だとしか思えなかった。貴子の背後には国会議員の立派な夫がいる。それに比べてユリはどうだ。ユリが憐れでたまらなくなってきた。金を貸さなかった罪悪感が心の中でどんどん膨らんでくる。

だが、他人の心配をしている場合ではないのだった。将来、自分がユリのようにならないと言いきれるだろうか。もちろん、クズ男と同棲して妊娠するなんてことはあり得ないだろうけれど……いや、本当にそうか。

まさか、冗談じゃない。絶対にユリのようにはなりたくない。ならないに決まっている。ただ……ユリの生活レベルは、将来の自分にも当てはまるかもしれない。貧乏でにっちもさっちも行かなくなって、後輩の麻耶を呼び出して借金を申し込む日がくるのだろうか。

そう考えると、生きていくことが恐ろしくなってきた。

20　黒田摩周湖

診察室に入ってきた貴子の表情は、何かを思い詰めているように見えた。

「先生、よろしくお願いいたします」

両手を揃えてきちんとお辞儀をしてから、貴子は診察台に横たわった。

「胸を診ますね」

そう言って聴診器を当てた途端、目の奥がキューッと痛くなるような感覚があった。貴子の心の中は、様々なことが複雑に絡み合っていて、こちらの脳にまで混乱が伝わってくる。今まさに選挙戦真っ只中だからだろうか。選挙が終わったあとでかまわないのに、どうしてこんな忙しいときにわざわざ来院したのか。

目を閉じて聴診器に神経を集中させると、夫への軽蔑の気持ちや、若い頃に経験した淡い恋心や、若かりし日に捨てた子に対する後悔と申し訳なさなど、様々な気持ちがごちゃ混ぜになっていた。

きっと貴子なら、絡まった糸をひとつひとつほぐしながら解決の道を探っていけるだろう。何か協力できることがあるとすれば、DNA検査で桜子との母娘関係をはっきりさせることくらいだ。熊本という場所と年齢が一致している。それに何より、同じ癌に罹り同じ治験で回復したことを思えば、遺伝的な共通点があるかもしれない。

とはいえ、勝手に調べることはできないのだった。DNA検査は最もプライベートなことであり、本人から依頼がない限りは、医師といえども踏み込んではいけない領域だ。

診察を終えて医局へ戻ると、岩清水とルミ子先輩がいた。二人でプリンの奪い合いをしている。この状況は、いちゃついていると捉えていいのだろうか。というのも、たわいもないこととは思えないほど、今日もルミ子先輩の目は真剣なのだ。

「摩周湖先生、どうかしたの？　浮かない顔してるね」

　岩清水が私に気づいて話しかけてきた。

「ええ、あの……」

　貴子と桜子のことを話してみようかどうか迷った。

「何でも話してみて」と、ルミ子先輩が奪ったプリンを胸に抱きしめながら言う。

「実は癌を克服して退院した例の二人のことなんですが」

　DNA検査をして母娘であることをはっきりさせたいと話してみた。

「桜子ちゃんが児童養護施設で暮らしているのは聞いているけど、でも……」と、岩清水は首を傾げてから続けた。「あの代議士夫人が過去に子供を捨てたことがあるっていうのは、どこからの情報なの？」

「それは……」

「本人から聞いたの？」とルミ子先輩が尋ねる。

「ええ、まあ」としか、答えられなかった。そんな大きな秘密を、想像だとか噂で知ったなどと言うわけにはいかなかった。この場にルミ子先輩しかいないのならば、聴診器から聞こえてきたと言ってみてもいいのだが、隣に岩清水がいる。

「思いきって二人に話してみたら？」とルミ子先輩は言うが、岩清水は眉根を寄せた。

「本人たちはどう思うだろうね。母娘ならどんなにいいだろうって期待していたのに、検査した結果アカの他人だとわかったときの落胆は大きいよね。それとは逆で、こんなヤツと母娘だったなんてと互いに嫌悪感を抱かないとも限らないし」

岩清水が言うのも、もっともだった。だが、だからといって手をこまねいていることはできない。自分がここで提案しなければ、彼女らは母娘関係が判明するチャンスを一生涯失ってしまう。

「いい方法があるぞ」

いきなり衝立の向こうから笹田部長の声がしたのでびっくりした。だが驚いたのは自分だけで、岩清水とルミ子は、笹田がいることを知っていたようで平然としている。給湯コーナーとの間にある衝立は、取り外した方がいいのではないかと思うのだが。

その衝立から、笹田がマグカップを片手に姿を現した。

「アメリカの検査機関に、それぞれが唾液を送ってDNAを登録すればいいんだよ」

笹田の話によると、その検査機関では、登録者の中から血縁関係がある人物が見つかれば知らせてくれるという。プライバシーを守るために、互いに素性を明かすことを了承している場合にのみ、相手に連絡を取ることができるらしい。

「少し遠回りだが、その方法なら二人別々に話をすればいいし、二人が母娘でなくても、ほかに血縁が見つかるかもしれないぞ」

「なるほど、それはいいですね」と、岩清水が言った。

「登録料はいくらぐらいですか？」とルミ子先輩が尋ねた。

「二万円前後だったと思うが」と笹田が答えた。

　貴子と桜子に勧めてみよう。会いたい気持ちがあるならば、可能性のあることは何でもやってあげたい。だが、貴子に子供がいることをなぜ私が知っているのかと、貴子に問い詰められたらどうしよう。そう考えていたとき、笹田は言った。

「でも油断は禁物だぜ。仮にＤＮＡ検査で身内が判明しても、それがタチの悪い人間で強請(ゆす)ってくる可能性だってあるからな」

「そうですね。そういったリスクがあることを了承してもらったうえで、話を慎重に進めていかないとマズいですね」

　そう私が応じたとき、みんなが一斉に私を見た。

「何でしょうか」

　そう尋ねると、また一斉に全員が目を逸らした。

「上手に話を持っていけるのかな？」と、笹田部長が遠慮がちに言った。

　それは、つまり……。

――お前に、相手を気遣った話し方ができるのか？

笹田と岩清水だけがそう思うのならわかるが、ルミ子先輩までが疑わしそうな目で見るのが、どうにも納得できなかった。つい先日も、ルミ子先輩は無神経なことを言って患者の家族を怒らせたと聞いたばかりなのに。

21　小出桜子

靴を脱ぎ、診察台の上に横たわった。

「胸を診ますね」

摩周湖が聴診器を胸に当てた。その途端に、なぜか様々な思いが一気に去来するのはいつものことだ。ユリの借金申し込みのことがずっと心に引っかかっていたし、和菓子屋のアルバイトを辞めてしまったことなど、もやもやすることだらけだ。

ふと目を開けると、摩周湖がひとりうなずいていた。

「先生、もしかして心雑音が聞こえるの？」

「いえ、聞こえませんが？　それより」と言いかけて、摩周湖は聴診器を外した。

「桜子さん、前に母親を捜していると言ってましたよね」

「えっ？」

驚いて摩周湖を見た。そんなことまで摩周湖に話したっけ？　覚えはないが、入院中に高熱が出ることがよくあったから、うわごとで言ってしまったのかもしれない。

「そんなこと、先生に話してないと思うけど」

そう言うと、摩周湖はハッと目を逸らして押し黙った。だが、すぐに顔を上げ、摩周湖にしてはめずらしくキリッとした顔つきで私を見た。

「いえ、桜子さんはおっしゃいました」

怪しすぎる。

やっぱりコイツ、私のスマホを勝手に見たに違いない。スマホのメモ帳に母さんのことをいろいろと書いているし、入院中は眠っている時間が長かったから、見ようと思えば簡単に見ることができたはずだ。だけど、何のためにそこまでするのかはわからない。摩周湖を見つめ返してみるが、いつも通りのぼうっとした間抜け面に戻っていて、何を考えているのか読み取れなかった。

「桜子さん、DNAを登録してみませんか？」

摩周湖は悪びれもせずそう言った。唾液を入れたキットをアメリカの検査機関に送れば、血の繋がりのある人間がいるかどうかを調べてくれるのだという。

「それだとDNAを登録している人の中から捜すってことになるよね」

「さすが桜子さん、呑み込みが早いです」

「だったら無駄だよ。どう考えたって私の生みの親が登録してるわけないじゃん」

「どうしてですか？」

「そういうのは金も教養もある女がやることだからだよ」

そう答えると、摩周湖はうつむいて何やら考え込んでいたが、つと顔を上げた。

「ですが桜子さん、たとえ貧乏でも親や子が捜せるとなれば、なけなしのお金を出すんじゃないですか。何百万円もするというなら話は別ですが、たかが二万円です」

「だからそれが大金なんだってば。貧乏人は二万円が出せないんだよ」

「えっ？」と、今度ははっきりと驚いたような顔をした。

「必ず見つかるっていうんなら安いと思うけど、限りなく可能性が低くて、いわば気休めみたいなもんだろ。二万円をドブに捨てるようなこと、貧乏人にはできないよ」

「なるほど。でも、万が一でも可能性はあるわけで」

「そんなに言うんだったら、摩周湖先生、私にお金貸してよ」

本気で言ったのではない。誰しも口だけは優しいが、いざとなると手の平を返すし、親身になってくれる人などこの世にはいない。そのことを再確認できれば、ユリを見捨てたことを正当化できるし、あの日以来しつこくつきまとう罪悪感から解放される。そして、頼れるのは自分自身しかいないと、心に強く刻んでおける。

おい、摩周湖、黙ってないでさっさと断わりなよ。

「桜子さん、出世払いでいいですよ。私が立て替えておきます」

摩周湖はあっさり言った。あまりに驚いたので、私は自分でも気づかないうちに、横たわっていた診察台から上半身をむっくりと起こしていた。

「先生、今の冗談だよ。それくらいのお金なら持ってるよ」

「そうですか」と、またもや摩周湖はあっさり答えた。

「先生が立て替えてくれると言ったのは、病院のお金で？」

「それはできません。私のポケットマネーです」

摩周湖という人間がますますわからなくなった。そして、ユリにお金を渡さなかった自分が冷酷な人間に思えて、つらくなってきた。

「先生はいつもそうやって患者にお金を立て替えてあげるの？」

「まさか。そんなことをしたら破産してしまいます。立て替えてあげると言ったのは、今回が初めてです」

「初めて？　どうして私なんかに？」

私はそんなに信頼されているのか。少なくとも、借りたものはきちんと返す人間だと思われているとしたら嬉しいけど。

「桜子さんに、是非とも検査を受けてもらいたいからです」

「わかったよ。そこまで勧めるなら受けてみる」

診察を終えて一階の待合室に行くと、貴子がソファに座って待っていた。メールで連絡を取り合ったとき、帰りにランチしようと約束したのだった。

「桜子さん、お久しぶりね」

細身の白いパンツが、スタイルの良い貴子に似合っていた。ふんわりした薄いオレンジ色のブラウスが華やかさを引き立てている。

「さあ、行きましょう」

病院を出て肩を並べて歩いた。

「ここがお勧めのお店なの」

貴子がガラス張りのレストランの前で足を止めた。

その店に足を踏み入れたとき、一瞬ヨーロッパのお城に迷い込んだかと思った。それほど素敵な内装だった。

「今日は私に御馳走させてね。なんでも好きな物を注文してちょうだい」

「ありがとうございます」と私は素直に答えた。

自分ひとりなら決してこんな高級な店には入らない。自腹ならファストフードか病院内の食堂しか考えられない。それか空腹を我慢して急いで帰って桃山さんの作る昼ご飯を食べる。昼食の時間を過ぎていても、桃山さんならすぐに用意してくれる。

メニューを何度も見返して、オムレツのランチに決めた。

「じゃあ私もそうするわ」と貴子が言い、食後の紅茶とベイクドチーズケーキも注文してくれた。

「その後、体調はどう？」

「はい、とてもいいです。貴子さんはどうですか？」

「うん、体だけは元気だけどね」

体だけは？　ということは、精神的にはあまり良くないということか。

「あっそうか。いま選挙戦の真っ只中ですもんね。大変なんでしょうね」

そう言うと、驚いたようにこちらを見た。

「どうして知ってるの？　うちの夫が議員だってこと」

「テレビで見たんです。ご主人の隣で微笑む貴子さんが映ってました」

そのとき、オムレツが運ばれてきた。

「美味しそう。こういうふわふわでとろとろのを食べてみたかったんです」

そう言うと、貴子はフフフと愉快そうに笑った。

大きなスプーンでオムレツをすくい、大口を開けて頬張った。

「どう？　美味しい？」

「……はい、美味しいです」

桃山さんの作る素朴なオムレツの方が好きだった。こういった高級な味に自分は慣れていない。ドミグラスソースとかいう泥みたいなタレよりも、桃山さんの作るケチャップとウスターソースを半々に混ぜ合わせたものの方がいい。

「どうしてこんなにフワフワなんでしょうか」

「生クリームとメレンゲが入ってるからだと思うわ」

桃山さんが作るのは玉葱のみじん切りと挽肉が入っていて、表面が少し焦げていて、ふわふわどころかぺちゃんこだ。あれこそが自分にとっては絶品なのだった。

「貴子さん、体調は戻ったんですか？　選挙であちこち駆け回るのは体力が要るでしょう？」と、尋ねたときだった。

「あんなヤツ、落ちればいいのよ」と、いきなり貴子は鋭い声音で言った。

驚いて貴子を見ると、優雅な雰囲気が消え、怖い顔で宙を睨んでいた。

こういう顔もするのか。何不自由ない暮らしをしている奥様だと思っていたが、それなりに苦労もあるらしい。

「あんなヤツって対立候補のことですよね。そんなに嫌なヤツなんですか？」

いつだったか、アメリカの大統領選挙のニュースか何かで、自分が勝つためには手段を選ばず、対立候補の悪い噂を流すというのを見たことがある。まるで意地悪な小学生のようだと思ったものだ。

「退院の日にお迎えに来てらしたのは、桜子ちゃんのお兄様なの？」

貴子はこちらの問いには答えず、話題を変えた。貴子が兄だと思ったのは、牧田のことだろう。なんと答えればいいのか。孤児であることも施設で暮らしていることも貴子は知らないのだった。もしかして、それを知った途端に態度が激変するとか？　それは十分にあり得る。

　孤児だと知った貴子が差別的なことを口走り、それに腹を立てた私が席を立って帰る——そんな図がふと頭に浮かんだ。そうなったらオムレツがもったいない。それほど美味しくはなかったけれど、高級には違いない。だったら今は言わない方がいい。オムレツを食べ終わってからにしよう。

「貴子さんの方は、お迎えはなかったんですか？」

　退院する日、貴子が自分でスーツケースを運んでいたのを思い出して尋ねた。不躾(ぶしつけ)だと思ったが、牧田の話題をはぐらかすためだ。

「誰も来なくて助かったわ。タクシーで帰った方が気が楽だもの」

　家族構成を詳しくは知らないが、家庭はあまりうまくいっていないのかもしれない。

「ああ、美味しかった」と、オムレツに感激した様子を装いながら、ナプキンで口を拭(ぬぐ)うと、油分がいっぱいついた。サラダのドレッシングも油っこかった。

　桃山さんが作るドレッシングは、園庭の隅に生(な)っている柚子(ゆず)を絞り、塩胡椒(こしょう)と混ぜるというシンプルなものだ。ああいうのをお袋の味っていうのかな。親のいない自分はお袋の味という言葉にコンプレックスを抱き続けてきたが、桃山さんの料理がそれに当たるかもしれない。そう思いついた途端に、穏やかな気持ちになった。

「桜子ちゃんのおうちはどこなの？」

貴子がそう尋ねたとき、ケーキと紅茶が運ばれてきた。そろそろ話してもいい頃だ。

「児童養護施設で暮らしてるんです。私、捨て子なんです」

そう言いながら、チーズケーキを大きく切り分けて口に運んだ。何の返事もないので顔を上げると、貴子がただでさえ大きな目を一層見開いて、こちらを穴の開くほど凝視していた。

すみませんねえ、施設の子なんかで。はい、はい、わかっておりますですよ。こんな子とかかわるんじゃなかったって思ってることくらいはね。ご安心ください。このケーキを食べたらすぐに帰りますから。

そう心の中で言いながらケーキを口に運んだ。なんて美味しいんだろう。ケーキだけは、桃山さんの作ったのの数倍美味しかった。たぶん腕じゃなくて材料だ。こんなにふんだんにチーズやバターを使って施設の子の人数分を作ったら破産してしまう。

「高校を卒業したら、自力で生きて行かなきゃならないので大変なんです。それまでにお金を貯めなきゃならないんですけど、アルバイトの時給が安くて、どうしようかと悩んでいるところです」

開き直っていた。

どうだ、参ったか。こんなに私は貧乏なのだ。

貴子さん、あなたにはこの苦しさがわからないでしょうね。

「それは大変ね」と、貴子は静かに言った。

「そうなんです。それに、最近になって大学に進学したいと思うようになったので、もっと大変になってしまって」

これは本当のことだった。退院して久しぶりに高校に行ったとき、英語の時間を潰して治験の話をしたのがきっかけで、少しずつクラスの子たちと話をするようになった。そのときに言われたのだ。

――私は授業料の全額を奨学金で借りて大学に行くつもりだよ。

そう言ったのは、水泳部のエースのフライだ。フライの話によると、そういう生徒はたくさんいるらしい。私は、自分以外はみんな金持ちの子だと誤解していた。

――お金持ちの子は小学校か中学校から私立に行くことが多いよ。ここは都立高校だから、経済状態はピンキリだよ。

昼休みにフライと二人で話していると、他の子も口を出してきた。

――桜子ったら、頭いいのに大学行かないなんてもったいないじゃん。

――それに、高卒で就職するのは難しいらしいよ。特に普通科だと、正社員採用なんてほとんどないって聞いたよ。

そんな会話があってから、大学進学を真剣に考え始めたのだった。

「大学の授業料は鰻上りだと聞いたことがあるけど」

そう言った貴子の表情がいやに冷徹そうに見えるが、錯覚だろうか。それにしても遠慮なく言ってくれるものだ。わかっているだけに、貧乏人の心にグサリと突き刺さるんですけどね。そう言いたいのを我慢して、にっこりと笑ってみせた。

「おっしゃる通り、授業料が高くて。だから相当稼がないと無理なんですけどね」

「だったら時給の高いところで働けばいいんじゃない？」

簡単に言ってくれる。そんなうまい話はどこにも転がっていない。もしかして、貴子はアルバイトの経験さえないのか。

気づけば、笑みを消して貴子を睨むように見ていた。

「安い時給でこき使われるなんて馬鹿馬鹿しいじゃないの」

「それはそうなんですが、施設の門限が厳しいんです。深夜のコンビニなら時給が高いんですけどね」

「深夜のコンビニ？　そんなところじゃたいして稼げないわよ」

家庭教師なら時給が高いと聞いたことがある。だけど、大学生以上でないと雇ってもらえないらしい。施設では、授業についていけない小学生や中学生に勉強を教えてあげることがよくある。教え方が上手でわかりやすいと言われることも多いのに、家庭教師ができないのは残念で仕方がない。

「風俗で働けばいいのよ。昼間でも働けるところがあるわ」

「えっ？」

今、フーゾクって聞こえたような気がしたけど、まさか、あの「性風俗」のことじゃないよね。

「効率を考えれば一目瞭然じゃないの。コンビニの何倍ももらえる。馬鹿な男にちょっとサービスするだけで一日に何万円も稼げるのよ」

絶句していた。

人生で何度目かというほどのびっくりだった。目が点になるとはこういうことをいうのか。

「あのね、人生は想像以上に厳しいの。誰も助けてくれないわよ」

錯覚だろうか。貴子の表情にも声にも、今にも爆発しそうな怒りのようなものが感じられるのだが。あまりのショックで黙っていると、貴子はなおも言った。

「風俗で働くにはね、いくつかコツがあるの。もし桜子ちゃんにその気があるならメールちょうだい。コツを教えてあげるから」

えっと……いま目の前に座っている人は誰だっけ？

衆議院議員谷村清彦の奥さんだよね？

まさか、この人、ヤバい人なの？

見かけと違い、頭がイカレてるとか？

「私、そういうのだけはやりたくないんで、結構です」

「どうして？　放課後の時間帯でオッケーだから施設の夕飯にも間に合うわよ」

「そういう問題じゃなくて」

どう考えても、自分が風俗で働くなんてありえない。想像するだけで吐き気がする。

「計算してごらんなさいよ。放課後と土日に働くとして、少なく見積もっても月に五十万円は確実よ。大学の学費なんてあっという間に貯まるわ」

「五十万……」

ユリのことを思い出していた。風俗で働いているのに、男に貢いで貧乏になり、そのうえ妊娠している。最初はユリだって、しっかり稼いでお金を貯めるつもりだったんじゃないだろうか。

「桜子ちゃんは、次の通院はいつにするの？」

「次はまだ……予約してないですが」

「だったら次回も同じ日にしましょうよ。都合のいい日をあとでメールするわね」

「……はい」

貴子と別れたあと、電車に乗ってからも呆然としていた。あの人はいったいどういう人なのか、何を考えているのか想像もつかない。テレビを見ていると、贈賄や選挙違反や差別発言などで謝罪する政治家が頻繁にニュースになる。それを思うと、国会議員の妻もヤバい人たちと紙一重なのだろうか。高校生を性風俗の店に斡旋するのも普通のことなのか？　それとも、優しそうに見えて実は底意地が悪いのか。それか、施設で育った子供なら性風俗も厭わないとでも思っているほど見下しているのか。

誰かに聞いてみたかった。今までほとんど人に相談することなく生きてきた。ネットで何でも調べられることもあり、困ったことがあっても自分ひとりで解決してきた。だが、今回は久しぶりに誰かに相談してみようという考えが浮かんだ。

誰に？　摩周湖か、それとも由紀子に？　だが二人とも性風俗とは縁遠く、的確な答えが返ってくる気がしない。

頭が混乱し、電車を乗り越すところだった。

その日は、絶対に夕飯に間に合うように帰ってこいと、桃山さんから全員にお達しが出ていた。相変わらず桃山さんはにこりともせず怖い雰囲気があるからか、みんな緊張した空気の中、時間前に着席していた。

各テーブルには、大きな皿に山盛りの野菜の天ぷらが載っていた。サラダも炒飯も大皿に盛られていて、今まで見たことのない大きなスプーンが大皿ごとに添えられている。

「一般の家庭では、こういった大皿料理が食卓に出されることがよくあります」と、桃山さんがいきなり話し始めた。

「施設での食事は学校の給食と同じで、一人分ずつお皿に盛られた料理が出てきますよね。ですからみなさんは大皿料理には慣れていません」

だから何なのだ？

意味がわからず隣の麻耶を見ると、麻耶もわからないのか小首を傾げた。

「俺、友だちの家で失敗したことある」

消え入りそうな声で言ったのは、小五の憲治だった。「友だちのお母さんに、やっぱり施設の子ねって言われちゃって、二度と家に呼んでくれなくなった」

「失敗って、どんなヘマしたんだよ」と中三のアキラが尋ねた。

「イカフライが大皿で出たから、全部ひとりで食べちゃった」

「お前、イカフライ、好きだもんな」とアキラが言う。

「もっと早く言ってあげればよかったわね」と、桃山さんは悲しそうな顔をした。

「全員で食べるのだから、自分はどれくらい食べてもいいかを考えながら食べるのよ。好きな物ばかり食べないで、まんべんなく取り皿に取るの。わかったわね。さあ、練習してみましょう」

「いただきまーす」と当番の子が言うと、全員が一斉に声を揃えた。

そして、それぞれ恐る恐るといった感じで、少しずつ自分の皿に取り分けた。

「当分の間、毎週金曜日は大皿料理にしますから、そのつもりで。まっ、その方が皿洗いも楽だしね」

そう言って、桃山さんがククッと笑った。桃山さんの笑い声を初めて聞いたので、みんなびっくりして皿から目を上げた。

風俗で働くことを高校生に勧める貴子といい、桃山さんといい、人って……よくわからない。

桃山さんなら、風俗で働くことをどう言うだろう。貴子と別れてからも風俗店のことが頭を離れなかった。衝撃が大きすぎた。とんでもない提案だとは思ったが、「それ以外の方法でどうやって大金を貯めるのか」と何度自問しても、「それ以外の方法では貯まらない」という答えが毎回返ってくる。

つまり、風俗店で働かないということは、将来をあきらめるということなのだ。

22　谷村貴子

定期検診で病院に行った。

診察台に横たわって目を閉じると、桜子のメールの文言が思い出された。同じ日に通院しようと誘ったのに、桜子は都合が合わないと言って断わってきたのだった。

どうやら嫌われてしまったらしい。

風俗で働くよう勧めたあの日、桜子は目を見開いて私を凝視した。その驚愕（きょうがく）の表情の中に、軽蔑の色が含まれていたように思う。当然といえば当然かもしれない。

「体調はいかがですか？」

摩周湖の声で現実に引き戻された。

「先生、お蔭様で、体力も徐々に回復して参りました」

「それは良かったです。ところで谷村さん、アメリカの検査機関にＤＮＡ検査を依頼してみたらどうかと思うのですが」

摩周湖はそう言い、こちらの顔を覗き込んだ。探るような目つきが摩周湖には似合わなかった。もしかして……。

「それはつまり、再発したということなんでしょうか」と、恐る恐る尋ねてみた。

「いえ、違います」

言い方がきっぱりしていたので、胸を撫でおろした。

摩周湖の話によると、その検査機関に登録すれば、血の繋がった親族が見つけられるかもしれないと言う。ドキリとしていた。なぜそんなことを勧めるのだろう。まさか、私が子供を捨てたのを知っているのか。

「親族を捜すというのは何のためでしょうか？」と探りを入れてみた。

「高熱が出たときに何度もうわごとをおっしゃってたんです。会いたい、会いたい、いったいどこにいるのって」

大根役者の棒読みのようだった。まるで紙に書いて練習してきたかのようだ。

「私がうわごと、ですか？　誰に会いたいと言ってました？」

「特に誰とはおっしゃらなかったです。ご両親かご兄弟か、それともご親戚の方で行方不明の方でもいらっしゃるのかなと思いまして」

今日の摩周湖は、いつになく淀みなく話すので、何やら違和感がある。

「……いえ、そういう親戚はおりませんが」

「そうですか。どうやら余計なことを申し上げてしまったようです。私はDNA研究を専門にしているものですから興味がありまして、最近は誰にでもこの話をしているんですよ。どうかお気になさらないでください」

話はもう終わったとばかりに、摩周湖は窓の外を見た。そして聴診器を耳から外し、

「それでは、お大事に」と言いながら立ち上がった。

「摩周湖先生、ちょっと待ってください」

ドアに向かいかけていた摩周湖は素早く振り返り、いきなりニヤリとした。まるで

私が声をかけるのを知っていたかのようだった。

「摩周湖先生、やっぱり私、そのアメリカの検査機関とやらに登録してみようと思います。両親も亡くしておりますし、兄弟姉妹もおりませんので、遠い親戚でも見つかれば何かと心強いですから」

言い訳がましく聞こえただろうか。だが、万が一にでも我が子が見つかる可能性があるのなら賭けてみたかった。

「わかりました。それでは早速アメリカから検査キットを取り寄せますね」

摩周湖は満足そうに何度も頷くと、診察室を出て行った。


その日の帰り、カトレア荘に足を向けた。

七海の母親が帰宅するのは夜の八時頃だと言っていたから、七海は今頃ひとりぼっちで家にいるはずだ。大人の一日はあっという間に過ぎ去るが、子供時代の一日はとてつもなく長い。来る日も来る日も続く七海の耐え難いほどの退屈を想像すると、胸が潰れる思いがした。七海は、このまま無邪気な子供時代を経験せずに大人になるのだろうか。同年代の子供と遊ぶこともせず、それどころか母親以外の大人と話すこともない。

昨今は町内にもシングルマザーが増えた。どこの家の子供も昼間は学校に行き、放課後は学童クラブや塾やお稽古ごとに通っている。大人の目の届かない時間帯を極力短くするよう母親たちは工夫している。

　一方で、老夫婦だけの世帯や老人の一人暮らしも増えた。近所の老人たちの中には、七海が日がな一日ひとりで家に籠っていることに気づいている人もいるのではないか。七海の隣室の老妻は話し好きで、こちらが「もうそろそろ」と腰を上げかけても、「まあ、そう言わずに。お茶を淹れかえるから」と何度も引き留め、なかなか帰してくれないことが多かった。そんな中でも、七海に関する話題は一度も出たことがない。見て見ぬふりをするご時世だ。七海は誰からも声をかけられることなく、家に籠っているのか。太陽の光に当たったり、運動したりすることも成長のためには大切なのに。

　アパートの植え込みに足を踏み入れ、七海の部屋の方へ目をやると、伸び放題のヤツデの葉の隙間から中年女性がドアの前に立っているのが見えた。横顔が七海に似ている。母親だろうか。ひどく若い女性を想像していたが、三十代後半くらいに見える。

　女性はこちらに気づくと、いきなり眉根を寄せた。不審者を見るような目つきに思えたので、慌てて駆け寄って満面の笑みでお辞儀をした。

「初めまして。衆議院議員に立候補しております谷村清彦の家内でございます」

　そう挨拶をすると、表情からいっぺんに緊張が消え、いかにも興味なさそうな顔になった。

「先日、お留守のときにお邪魔したんですが」

「ええ、娘から聞いてますよ」

落ち着いた声音だった。十代のときに若気の至りで妊娠したのだろうと勝手に想像していたが、どうやらそうではないらしい。それに、七海は昼間あったことをきちんと母親に報告している。会話のある母娘であることがわかって、少しホッとしていた。

昼間は一人で過ごし、帰宅後の母親とも話さないとなれば、あまりに哀れだ。

「日常生活で何かお困りのことはありませんか？」

これは決まり文句だった。選挙違反にならないよう、言葉遣いには常に気をつけねばならない。

「困っていること？　そりゃあたくさんありますよ」

母親は、そう言って呆れたような顔をして薄く笑い、話は終わったとばかりにドアの中に入ろうとした。

「待ってください。何かお役に立てることがあるかもしれません。どうぞ何でも話してみてください」

「他人に話しても仕方がないことばかりですから」

そう言ってドアを閉めようとしたとき、私は反射的に片足をドアに入れていた。

次の瞬間、母親の顔が驚愕の色を帯びた。

「あなた、本当は誰なの？」

「誤解しないでください。違うんです」

「何が違うの？」

「ですから、衆議院議員に立候補しております谷村清彦の家内です」

「嘘言わないで。あの人に頼まれて来たんでしょ」

あの人とは誰なのか。ストーカーと化した夫なのか。

母親は恐怖に怯えたような顔をして、道路の向こう側を素早く見渡した。

「何かひとつでもお役に立てることがあればと思って……」

そのとき、隣のドアが開いて話し好きの例の老妻が顔を出した。

「まったくうるさいねえ。この人は正真正銘、谷村代議士の奥さんだよ」

そう言って、老妻は七海の母親を胡散臭そうに見た。いつも私と話すときの、人の好さそうな顔ではなかった。

「本当に代議士の奥さん？　本当にそうなのね？」

母親はやっと信じてくれたようだった。

「で、結局、何の用なんですか？」と、今度はつっけんどんに尋ねてくる。

隣室の老妻は、二人の会話を聞く権利があるとばかりに、なかなか家に引っ込もうとしないので、「お口添え、ありがとうございました。助かりました。昨日はたくさんお話を伺えて嬉しかったです」と言ってお辞儀をすると、やっとドアの中に消えてくれた。とはいえ、ドアのすぐそばで聞き耳を立てているに違いない。七海の母親も同じことを思ったのか、聞き取れるかどうかというほどの小さな声で言った。

「私はこの町に住民票を移してないのよ。だから、お宅のご主人に投票することはできないの。すみませんね。それじゃ」

そう言って、再びドアを閉めようとした。

「ちょっと待ってください。選挙なんてどうだっていいんです」

母親はきょとんとした顔でこちらを見たが、次の瞬間、ふうっと息を吐くと、いきなりフフッと笑った。

「変な人。だったら何の用なの？」

「ですから、何かお困りのことがあるんじゃないかと思いまして」

「あらそう。なんだか怪しいけど、まっ、いいわ。お茶でも淹れるから入って」

そう溜め息まじりに言うと、ドアを開け放したまま部屋の奥へと入っていった。

「え？　いいんですか？　そうですか。それではお邪魔させていただきます」

いきなり母親の態度が軟化したので戸惑った。

ドアを入ってすぐの所に流し台があり、その奥に襖（ふすま）を隔てて和室があった。昔ながらの１ＤＫだ。若い頃、同じような部屋に住んでいたことがあった。西日の当たる部屋で質素な暮らしをしていた光景がまざまざと蘇り、懐かしさよりも当時の惨めさが胸に迫ってきた。

「失礼いたします」

靴を脱いで板の間を進むと、和室の真ん中に小さなテーブルが置かれていて、部屋の隅に七海がいた。膝を立てた体育座りをして、警戒心と嬉しさが入り混じったような表情でこちらを見ている。

「七海ちゃん、こんにちは」

そう声をかけると、七海は小さくうなずいた。

「どうぞ、そこに座って」と、母親が座布団を勧めてくれた。

「部屋に他人を入れたのは初めてよ」

「それは光栄です。でも、どうして私を入れてくださったんですか？」

「だって身元がしっかりしているもの。国会議員の奥様なんだし、立派なお屋敷も通りがかりに何度か見たことがある。それに……」

「それに？」

母親はそれには答えず、台所へ行った。急須(きゅうす)に湯を注ぐ後ろ姿が見える。

「七海も熱いお茶、飲む？」と母親は振り返って尋ねた。

「うん、飲む」

お盆に湯呑を三つ載せて、母親が戻ってきた。

「粗茶ですが」

「ありがとうございます。いただきます」と一口飲んだ。

「将来のことを考えるとね、どうしようもなく不安になることがあるの。特に今日みたいに天気が悪い日は、朝から気持ちが不安定でね、だから誰かと話して楽になりたかったのよ。だから、あなたを部屋に入れたの」

「そうでしたか。ところで、お名前を伺っていいですか？」

「名前？　そんなの聞いてどうするの？　さっきも言ったけど、住民票を移してないから選挙の役には立てないのよ」

「ですから、私は選挙なんてどうだっていいんですっ」

つい大きな声を出してしまった。

次の瞬間、母親は耐えかねたように噴き出した。

「ほんとに変わった人ね。議員の奥さんなのに選挙がどうでもいいなんて。まっ、どうせ嘘なんでしょうけど」

「立ち入ったことをお尋ねしますが、七海ちゃんに戸籍がないというのは本当ですか？」

そう尋ねると、母親は笑みを消し、目を見開いてこちらをじっと見つめた。そして、大きな溜め息をついた。

「ここの大家さんは、なんて口が軽いんだろう。絶対に誰にも言わないでくださいってあれほど頼んだのに。守秘義務という観念がないのかしら。回りまわって、あの人の耳に入ったらどうしてくれるのよ」

母親はこれ以上ないというほど暗い顔をして宙を見つめた。

「力になりたいんです」

私がそう言うと、母親は両手で湯呑を包み込むようにして持ったまま、卓袱台（ちゃぶだい）の一点を見つめて黙り込んだ。しばらく石になったように動かなかったが、決心したかのようにツイと顔を上げた。

「だったら聞いてもらうわ」

壁にもたれていた七海が、背筋を伸ばして座り直すのが視界の隅に入った。

「私は唐沢奈緒子（なおこ）っていうの。ご存じの通り、七海には戸籍がない。住民票もないから、役所から就学通知も届かない。もちろん健康保険証もないわ」

「七海ちゃんが病気になったときはどうしてるんです？　全額自己負担でしょう？」

「市販の薬でなんとか済ませてきた」

「予防接種は？」

「一度も受けさせたことがないわ」

「そんな……」

「聞いた話だと、無戸籍のままじゃ大人になっても銀行口座も作れないし、携帯電話の契約もできないらしいの。身分証明書の類が一切ないから、どこも雇ってくれないんだって。パスポートも作れないから海外旅行もできない。どっちにしろ貧乏だから旅行なんて国内でもできないけど」

「そんな……」

これじゃあ将来を悲観するなという方が無理だ。

「まともに就職もできないから、ほとんどが水商売に流れるの。男の子はホスト、女の子は性風俗。それ以外ならラブホテルの清掃かパチンコ店。そういう所でも、身分証を持っていないことで足許見られて安く買い叩かれるそうよ」

さっきからずっと気になっていた。こんな話を子供に聞かせていいものかと。

七海は部屋の隅で漫画雑誌を読んでいるふりをしているが、話は筒抜けだ。それが気になって、何度も七海の方を見たからか、奈緒子は言った。

「七海の前でも大丈夫。だって、なんでも知っておいた方がいいもの。二人きりだから、もしも私に何かあったら……」

奈緒子が死んだら七海はどうなってしまうのだろう。役所が父親を捜し出すのだろうか。そうなったら七海は児童養護施設ではなく、父親に引き取られることになる。

とんでもない父親ならば、七海はどうなってしまうのか。

「何かあったときに奥さんのような知り合いがいたら心強いと思ったの。だから話を聞いてもらうことにしたのよ。奥さんはご迷惑でしょうけどね」

「迷惑なんかじゃありません。万が一そんなことになったら、真っ先にここに駆けつけます」

そう言うと、奈緒子は驚いたように私を見つめたあと、フフッと薄く笑って言った。

「それが本当なら、どれだけありがたいことか」

全く信用していないようだった。

「私はもともと選挙なんて行かないのよ。誰が議員になろうが関係ないもの」

とっくの昔に政治に絶望しているらしい。

「妊娠がばれないうちに家を出られたと聞いています。住民票を動かせば居所が知られてしまうし、ましてや出生届を出せば腹いせに子供を奪いにくるかもしれないからと。ご主人からは今もメールか何かで連絡があるんですか？」

「今の話、全然違う。離婚は成立してるの」

事実を確かめたくて尋ねると、奈緒子は首を左右に振った。

「えっ、そうなんですか？　だったら、どうして……」

「全く呆れちゃう。大家の東条さんは人の話をちゃんと聞いてるのかしら。そんなのでよく弁護士やってられるわね」

奈緒子の話によると、七海は元夫の子供ではないという。

「あの人の暴力から逃れて転々としながら住み込みで働いていた頃、高校時代の先輩にばったり会ったの」

サッカー部のキャプテンだった彼は、明朗快活で勉強もできて、女生徒の憧れの的だったという。

「住み込みで働いていた頃、私は不安でたまらなくて、ひどく情緒不安定だった。だから誰かに縋りたかったんだと思う」

「七海ちゃんはその人の子供だということですか？」

「ええ、そうよ」

彼の子供を妊娠しているのがわかったので、何としてでも夫と離婚しなければと、意を決して夫を喫茶店に呼び出したのだという。

「お酒が入ってないときは日本で三番目くらいに気が弱い男なのよ。私と一対一で話すのが怖いのか、喫茶店に友だちまで連れてきたの。そのくせプライドが高くてカッコ悪いことが大嫌い。そんな性格が幸いしたわ。友だちの手前、『俺を捨てないでくれ』なんてカッコ悪いことが言えるわけなくて、『頼まれなくてもこっちから離婚してやるよ』って言ったの。私はすかさず離婚届をテーブルの上に出した。そしてその場でサインしてもらったわ」

夫を通して聞いた東条の話とはかなり違っていた。貧困な母娘の事情など聞いたところで、右の耳から左の耳に通り抜けてしまうのだろう。というのも……。

——僕は、儲からない弁護は引き受けないよ。

日頃から東条は悪びれもせず、そう言っているから、他人の身の上話など興味がないに違いない。

「離婚が成立しているのなら逃げる必要はないんじゃないですか？」

そう問うと、首を左右に大きく振りながら顔を顰めた。

「あの人は離婚したのを後悔しているみたいで、知り合いに相談したらしいの。そしたら『まだ遅くはない、今からでもヨリを戻せるはずだ』って焚きつけられて、それがきっかけでストーカーに変貌したのよ」

離婚が成立しているのにストーカーになるとは、なんとしつこいのだろう。一度でもこのテの男と関わりを持つと、一生逃れられないのか。

「あの人が七海の存在を知ったら、きっと俺の子だって騒ぐに決まってる」

「それは困りますね。離婚後三百日以内に生まれた子は自動的に前夫の子になると定められていますからね」

調べたばかりの法律の知識だった。三百日ルールが百日ルールに改定されたと、どこかで聞いたような気がしたが、それは離婚時に妊娠していなかった場合、百日以内でも再婚可能と民法が改正されただけのことで、子供の戸籍とは無関係だった。

「役所に行って事情を話してみたらどうですか？　そしたら七海ちゃんの戸籍も作れるんじゃないでしょうか」

いざとなればDNA検査がある。自分もまさに、DNAレベルの治療で癌を克服したのだ。

そのことを言うと、奈緒子はこちらをじっと見つめたまま、何度目かの深い溜め息をつき、うっすらと微笑んだ。悲しそうな笑いだった。

「もちろん役所には真っ先に行って、父親の欄が空白の出生届を出したわ」

「そうだったんですか。それで、どうなりました？」

思わず膝を乗り出していた。役所に行けば、一挙に解決できる方法を教えてもらえたのではないか。

「役所の職員は、離婚後三百日以内だから父親が空欄の戸籍なんか作れるはずがないの一点張りで、それ以上話を聞こうともしなかった。それどころか、私のことを非常識で頭のオカシイ母親だと思ったようだったわ。それに、私のしつこさに嫌気が差したみたいで、とうとう職員はこう言ったの。『これ以上自分勝手なことを言い続けるなら、子供の身分の安定のために、こちらの職権で前夫を父とする戸籍を作ります』

って。これはまずいと思って、慌てて東京へ逃げてきたの」

「そんな、ばかな」

どうして法律にＤＮＡ検査を取り入れようとしないのか。どうして法律はこれほどまでに頑固に古いのか。東条がきっぱり言ったように、これも「生意気な女」や「尻軽女」に対するペナルティなのか。

「サッカー部のキャプテンだった彼には連絡したんですか？」

「カフェに呼び出したら、ほいほい出てきた。また私とホテルに行けると思ったみたい。でも、妊娠のことを告げたら顔色がサッと変わったわ。挙句に『俺には関係ない』って捨て台詞を残してコーヒーも飲まずに店を出て行った」

こんな会話まで七海に聞かせていいのだろうか。

だが、奈緒子が言ったように、奈緒子に万一のことがあれば、わからずじまいになる。厳しい現実を知らせるのは可哀想だった。だが、そうであっても真実を知っておいた方がいい。子供には知る権利がある。何もわからないと、桜子のように心の底に不安定な部分が残り続けることになるのだから。

家に帰ると、誰もいなかった。

選挙期間中は、夫も姑も選挙事務所で店屋物を食べることがほとんどで、帰宅は遅い。夫と姑の不在が嬉しかった。誰にも邪魔されず、七海母娘のことを思う存分考えることができる。彼女らを何とかして救ってやりたい。そう思うと、居ても立ってもいられない気分になる。

どうして自分は、他人のことに一生懸命になってしまうのだろう。そして、夫や姑や東条は、なぜ我関せずと、平然と他人の不幸を無視することができるのか。

私は誰かを救いたくてたまらないのかもしれない。そうでもしないと、心の安定が得られないのだ。年齢とともに子供の可愛さにやっと目覚めたからなのか、それとも子供を捨てた罪の意識に苛まれ、自分の罪をどこかで相殺したいと思っているからなのか。たぶん両方だろう。

本当なら、我が子と再会してこの腕に抱きしめたいのだ。だが、どこにいるのかわからない。となれば、代わりに桜子や七海のような、身近にいる不幸な子を救うことで、少しは楽になれる気がしていた。何をどうしたところで自分の罪が消えるわけはないのだが。

その日も玄関脇の小さな部屋に籠り、夜遅くまで法律を調べた。この家のいいところは、部屋がたくさんあることだ。寝室は二階にあり、姑の部屋は庭に面した一階奥の和室だ。玄関脇の小部屋は、どちらからも遠い。

法律を調べていくと、七海が前夫の子ではないとして戸籍を作るには二つの方法があることがわかった。一つは、前夫が七海を自分の子ではないと訴える「嫡出否認の訴え」をすることだ。もう一つは、七海母娘か、またはサッカー部のキャプテンだった男から、前夫に対して「この子はあなたの子ではありませんね」という「親子関係不存在確認の訴え」を行うというものだ。

ああ、なんということだろう。どう考えても二つとも無理ではないか。どちらの方法も、前夫や実父とかかわりを持たなければ成立しない。つまり、前夫が常識のある協力的な人物でなければ成立しない仕組みだ。そんな善人であるならば、そもそも女は離婚しないのではないか。

DNA検査をすれば、親子関係など簡単に判明する時代なのだ。いったい誰のための、何のための法律なのだろう。

奈緒子の前夫は、プライドの高さから離婚に同意してくれたというが、いまだにメールを寄こすという。それを語ったときの奈緒子の顔つきは絶望的だった。

——おい奈緒子、お前の住所を教えろ。

偉そうな物言いのメールのときもあれば、下手に出るときもあるという。

——奈緒ピー、元気でやってるのか？　心配だから都合のいい日を教えてくれ。

何日も返信しないでいると、今度は懇願のメールが届くらしい。

——頼む、奈緒子、三万円でいいから貸してくれないか。本当に困ってるんだ。ダメなら三千円でもいい。

何度無視してもメールは届く。アドレスを替えようかとも考えたらしいが、そうすれば相手の動向がわからなくなり不気味さが増す。とにもかくにも、子供がいることを知られてはならない。前夫だけでなく、行政にも知られたくない。行政が介入してきたら、母娘が離れ離れにさせられるかもしれない。

奈緒子の心労はいかばかりだろうか。有馬ならどういったアドバイスをくれるだろう。そう思ってメールしてみると、すぐに返事が来た。

――無戸籍の子供のことは、ずっと以前から問題になっているんだ。国会議員になったら真っ先に取り組みたいと思っていたところだよ。

――有馬さん、どうかお願いします。議員になったら、早急に法律の改正に取り組んでください。

そうメールを返した途端、有馬から電話がかかってきた。

「今、話しても大丈夫?」と、遠慮がちな声で有馬は尋ねた。

「大丈夫よ。家には私一人だけだから」

「さっきのメールのことだけど、貴子ちゃん、何を寝惚けたこと言ってんの? 法律改正を僕に頼むなんておかしいだろ。君は谷村清彦の奥さんだろ。僕が議員になるってことは、君のご主人が落選するってことだぜ」

そんなことは言われなくてもわかっている。だが我が夫は下衆野郎で、あんなヤツは国会議員になるべきではない。国民の代表には値しない人間だ。落選すべきなのだ。だが、それは同時に、自分の生活が成り立たなくなるということでもあった。自分は議員報酬のおこぼれで、つまり国民の税金で食べている。だから夫に落選してもらっては困る。

矛盾だらけだとわかっているが、どうすればいいのかわからない。

「ご主人のこと、もう愛していないのか？」

返事ができなかった。もはや愛など欠片もないが、それ以前に愛するとはいったいどういうことなのかがわからなくなっていた。

答えられないでいると、有馬はハハハと軽快に笑った。

「愛なんてどうでもいいよな。愛じゃ食えないもんな」

痛烈な皮肉だった。

若かった頃、こちらの恋心を感じ取っていたのだろう。有馬の好意も、実は痛いほど感じていて相思相愛なのはわかっていた。だが自分は、苦学生の有馬ではなく、金持ちの二世議員の夫を選んだ。金に目が眩んだと有馬は誤解しているようだが、事実はそうではない。こんなことを言ったところで信じてもらえないだろうが、自分のような堕ちぶれた女が、有馬のように正義感の強い清廉潔白な青年の輝かしい人生の邪魔をしてはいけないと思って身を引いたのだ。

「貴子ちゃん、僕に期待するばかりじゃなくて、君自身も何か行動を起こせよ」

「私が？　私なんかにできることが何かあるのかしら」

「その子の様子をちょくちょく見に行ってやるとかさ」

一介の主婦である自分には、確かにその程度のことしかできない。

「そういえば、有馬さんには子供はいるの？」

「いないに決まってんだろ。独身なんだし」

「独身？　どうして？　名字が変わったのは婿養子に入ったからでしょう？」

「僕は婿養子に入ったんじゃないよ。子供のいない大学教授夫妻の養子になったんだ。家もコネも財産もない僕に同情して手を差し伸べてくれたんだと思うよ」

「なんだ、そういうことだったの。知らなかった。それで、結婚の予定は？」

自分が結婚しているくせに、有馬には独身でいてほしかった。なんと自分勝手なのだろうと自分でも呆れてしまう。

「僕は結婚はしないよ」と、きっぱり言った。「一生独身を通すつもりだ」

「どうして？」

「結婚したら失うものが多いからさ」

「何を失うというの？」

「正義感だよ」

「ちょっと待ってよ。既婚者には正義感がないって聞こえるけど」

「僕に限っていえばそうなんだ。結婚したらきっと守りに入る。家族を優先するのが目に見えている」

「そんなことないわよ。現に私がそうじゃないもの」

「貴子ちゃんの場合は特別だろ。子供もいないしダンナを愛していないからね」

否定できなかった。経済的なことを除けば、一人で生きているも同然だった。常に孤独感がつきまとっている。

「僕は結婚したら、きっと家族のために蓄財に走ると思う。自分の悲惨な子供時代を思い出して、自分の子供には惨めな思いをさせないよう何でも買ってやる。私立の学校にだって入れてやりたい。だけど、そういった生活を維持するにはたくさんの金が要るから、今みたいに手弁当で人々に貢献しようなんて青臭い気持ちは雲散霧消するさ」

「なるほどね。自分でそう思うのならそうかもしれないわね」

「年配の支援者たちは、僕の顔を見るたびに早く結婚しろって言う。結婚したら人間の幅が広がるだとか、子供ができて初めて親の気持ちがわかるだとか言ってね。確かに家庭を持ったら、それまで見えなかった色々な物が見えるのかもしれない。だけど、色々な物を失ってしまうのも確実だと僕は見ている。特に、僕の生い立ちや性格を考えても、その傾向が強いと思うんだ」

「そうね。それは一理あるわね」

「嬉しいなあ。同意してくれたの、貴子ちゃんが初めてだよ」

正義感の強い、こういった男性が好きなのだと改めて感じていた。

だが、若い頃の気持ちとは次元が違っていた。

恋心ではなく、同志愛のようなものだった。

23　黒田摩周湖

桜子の胸に聴診器を当てたときだった。

目を瞑ると、二段ベッドが見えてきた。

たぶん児童養護施設の部屋だろう。桜子はベッドの上段に腹ばいになり、何やら難しい顔をしてスマホを睨むように見ていて、下段では小学生くらいの女の子が漫画を読んでいる。向かいの二段ベッドは上下とも空っぽだが、窓辺に並んだ勉強机には女の子が二人並んで勉強していた。

桜子が忙しなくスマホに何か打ち込み始めた。誰かとメールのやり取りをしているのだろうか。そう思った瞬間、自分の身体が小さな虫か何かになったかのようにふわりと浮いて、桜子の背後からスマホを覗き込むことができた。

メールの文字が見えてきた。

――この前会ったとき、性風俗で働けばいいと言ったのは本心ですか？

えっ？

びっくりして声を上げそうになった。性風俗だなんて、まさか……。

桜子が送信ボタンを押したのが見えた。メールの相手は誰なのか。どこかの悪い大人に繁華街などで声をかけられたに違いない。そのとき、以前テレビドラマか何かで見た、サングラスをかけた猫背のチンピラ風の男が思い浮かんだ。桜子が悪の道に引きずり込まれようとしている。心配でたまらずやきもきしていると、メールの返信が届いた。

――性風俗のことは、もちろん本心ですよ。だって桜子ちゃんは進学したいんでしょう？　入学金や四年間の授業料、それにアパート代なんかの生活費、交通費に教科書代ｅｔｃ．全部足すといくらになるか計算してごらんなさい。あまりの高額にきっと驚くわよ。そんな大金を、性風俗以外で稼げる方法が他にあると思いますか？　あったら教えてほしいくらいです。将来のためを思うなら、手段を選んでいる場合ではないと私は思いますが。

目を凝らして送信者欄の小さな文字を見ると、「谷村貴子」と出ていたので、更に驚いてしまった。目が点になるとはこういうことか。まさか貴子が、性風俗で働けと桜子に勧めるなんて……正気の沙汰とは思えなかった。

スマホの画面が計算機に切り替わった。

「えぇっと、文系で授業料の安い大学に入学するとして……」

桜子は口の中でブツブツとつぶやき始めた。

「利息なしの第一種奨学金と利息ありの第二種奨学金を合わせて十七万円前後かあ。それで、家賃は郊外のオンボロアパートなら四万円くらいとして、でもそうすると大学までの定期代が高くつくから、だったらいっそ郊外の大学に通うと仮定すると」

桜子はスマホの計算機に金額を打ち込んでいく。

どんどん数字が大きくなり、最後には八百八十三万円にもなった。

「少なく見積もってもこんなにかかるのか。理系ならもっとかかるだろうなあ。医学部なんて逆立ちしても無理だし。あっ、その前に入学金もいるんだった。奨学金を借りる前に納入しなくちゃいけないから、銀行の教育ローンを借りなきゃなんないってことか。なんだかんだで一千万円近くなるかも」

どんどん膨らむ金額を見て、こちらまで不安になってきた。正社員で就職できたとしても、自宅通いでない場合は返済が厳しいと何かで読んだことがある。だがもっとびっくりしたのは、桜子があまり驚いていないことだった。

「それで結局、一千万円ていうのは……要は、どれくらいのお金なんだろうね」と、つぶやいたのを聞いて、私は啞然とした。金額が大きすぎて、桜子はピンとこないらしい。

そのとき、再び桜子のスマホに着信音が響いた。またもや貴子からで、今度は長文だった。

――風俗で働くときのコツについて。

・客に写真を撮られないこと。

・身元を知られないこと。

・経営者に舐められないこと。弱みを見せたらつけ込まれる。

・常に冷静で、気をしっかり持っていること。そのためには、酒は一滴も飲まず、疲れすぎておらず、気分が落ち込んでいないこと。

・常習性のある物は生活からすべて排除すること。例として、酒、たばこ。できればコーヒーも。（覚せい剤や麻薬はもちろんのこと）

・客と恋愛をしないこと。十代の女の子には男を見る目はないと、肝に銘じること。

・周りに流されず、人がどうであろうと自分だけは徹底的に節約し、短期間で大金を貯め、目標額に達したらスパッと足を洗うこと。

メールを読む桜子の横顔は真剣そのものだった。もしかして、桜子は風俗で働くつもりなのだろうか。

まさか、本気で？

そのときふと、大学時代の同級生である明日美（あすみ）の怒りに満ちた表情を思い出した。

あのときは、まだ大学一年生だった。明日美とは気が合い、学内ではいつも一緒に行動していた。そんなある日、こちらの生い立ちを思いきって話してみたことがあった。両親ともに多忙で、物心ついたときから孤独の中で生きてきたことや、ネットとテレビだけが友だちで、空想の世界に浸っているしかなく、誰にも頼れず手探りで生きてきたことなどを。

そしたら明日美がいきなり怒り出したのだった。

——は？　何を言ってるの？　摩周湖のお父さんは大学教授で、お母さんはお医者さんなんでしょう？　あなたは、お金持ちのエリート家庭で育った苦労知らずのお嬢じゃないの。私なんか教育ローン借りまくって夜も土日もバイトしてるのよ。

あのとき明日美は、卒業時には教育ローンが数千万円になると言った。それらはれっきとした奨学金で、闇金融からの借金などではないが、卒業した半年後から返済が始まり、滞ると取り立ては厳しく、延滞金も高いという話だった。

そんな会話のあった翌日から明日美は急によそよそしくなった。同じ教室にいるのに、再び親しく話す機会はやってこなかった。その後、明日美は留年したので教室で会うこともなくなり、更に疎遠になった。

あれから彼女は大学を卒業できたのだろうか。そして医師になれたのだろうか。久しぶりに連絡してみようかな。

あの頃の明日美は、家庭教師を何件も掛け持ちしていて常に疲れていた。医学生は一般の大学生に比べて家庭教師の時給が高いから、将来の桜子とは事情が異なるかもしれないが、それでも経済的に親に頼れない彼女の生き方ならば、桜子の参考になるかもしれない。今夜あたりメールしてみよう。メールアドレスが変わっていなければいいのだけれど。

「先生、摩周湖先生ってば」

桜子の声で現実に引き戻された。診察台に横たわった桜子が不安げな目でこちらを見上げている。

「先生、さっきから怖い顔して黙ってるけど、私もしかして癌が再発したの？」

「違います。そもそも癌の再発は聴診器ではわかりません」

「あ、そりゃそうか」

「桜子さん、最近、調子はどうですか？」

「体調はいいよ。退院したばかりの頃は学校に行くだけで疲れたけど、今は体力も回復したし」

「それは良かったです。で、アルバイトは始めたんですか？」

「うん、それがね……」

まさか、既に風俗店で働いているのだろうか。

「和菓子屋は辞めたんでしたよね？」

「えっ、なんでそんなこと知ってるの？」

あっ、しまった。

桜子が訝し気な目を向けるが、聴診器を通じて知ったとは言えない。

「えっと……この前、桜子さんが話してくれたじゃないですか」

なんとかごまかそうと口から出まかせを言ってしまった。心臓がドキドキする。

「私そんなことまで話したっけ？　まあいいや。今はお蕎麦屋さんで働いてるの。放課後と土日と目いっぱい働いても、お金が貯まるスピードが遅くてさ、お小遣いとしてなら十分だけど、自立のための資金となると厳しいよ」

最後は溜め息まじりだった。

「自立とおっしゃるのは、アパートを借りる敷金とか礼金とか？」

「うん、それもあるけどね」

「進学を考えているんですか？」と敢えて探りを入れるふりをしてみた。

桜子は天井を見つめたまま黙ってしまった。

24　谷村貴子

桜子のことが心配だった。

十七歳といえども、女というものは既に雰囲気が出来上がっていて、将来の姿が透けて見えるものだ。桜子は年齢の割には堂々としていて堅実そうで、性風俗とは程遠い空気を身にまとっている。

桜子が性風俗で働く姿を想像するだけで胸が苦しくなってくる。不似合いで、かなりの無理をしなければ働けないだろう。きっとストレスが溜まりに溜まって叫び出したくなる。過去の自分がそうだったからわかる。できれば、そんな所に足を踏み入れないでほしい。だが現実は厳しく、大金を稼ぐ方法が他には見当たらない。

誰にも言っていないが、キャバクラで働く前、短い期間だったがファッションヘルスで働いたことがあった。家賃が払えずアパートを追い出されそうになったからだ。それまでは大型スーパーの寝具売り場のアルバイトでなんとかぎりぎり生計を立てていた。だが、真冬にエアコンが壊れたことがきっかけで、人生が狂いだした。エアコンを買い替える金がなく、隙間風が入る部屋で凍えながら暮らしたせいで風邪をこじらせ、肺炎で入院してしまった。国民保険に加入していなかったので、全額自費だった。医療費の請求書を見て息を呑んだ。頼る人もおらず、サラ金から借りる以外に方法を知らなかった。

考えてみれば、時給数百円のアルバイトだけで食べていけるのは、心身共に健康で、そのうえ家電製品が未来永劫壊れない場合だけだ。今思えば綱渡りのような生活だった。ほんの少し風が吹けば、足を滑らせて綱の隙間から奈落の底に堕ちてしまう。

サラ金から借りた金は利子が高く、そう簡単には返せなかった。そのうち取り立てが厳しくなり、恐怖に追い立てられ、一日も早く返すために性風俗で働くことにしたのだった。

その判断は今でも間違っていなかったと思う。そうでもしなければ更に利子が膨れ上がって悲惨なことになっていた。性風俗で働き始めると、あっという間にお金が貯まり、一ヶ月もしないうちに耳を揃えて返すことができたのだった。そしてその翌日、足を洗った。

自分の経験をもとに、風俗店で働くコツを桜子にメールした。だが、あれを最後までやりとげるには強靱な精神力が必要だ。たいていの場合、家庭に恵まれない少女はひどく寂しがり屋で、優しいことを囁く男に簡単に騙される。

だが桜子は自分と同じで恋愛体質には見えないし、寂しさに打ち勝つ強さも持ち合わせているように思う。私が桜子と頻繁に連絡を取り合うことで、なんとか守ってやれる気がするのだが、そんな考えは甘いだろうか。

桜子のことを考えていると、連鎖的に七海のことが気になってくるのはいつものことだ。母親の奈緒子はどんな仕事をしているのだろう。夜の八時に帰ってくると言っていたから、一日十時間くらい働いている計算になる。1DKのあの貧しい暮らしぶりを見ても、時給の低いパートだろう。

午後になり、郵便局と銀行で用事を済ませたあと、カトレア荘へ足を向けた。

今日は仕事が休みだったのか、奈緒子は家にいた。

「おめでとうございます」と、奈緒子はドアを開けるなり言った。

「おめでとうって？　えっと、何が、ですか？」

そう尋ねると、奈緒子は噴き出した。

「何がって、ご主人がぶっちぎりのトップ当選だったことに決まってるじゃないの」

「ああ、そのこと……でしたか」

当選確実とわかった瞬間、ひどく落胆したのだった。どうやら自分は夫が落選することを本気で望んでいたらしい。議員報酬が途絶えれば生活に困るのは自分も同じなのに、後先考えずに現状の生活に変化だけを切望していた。なんと浅はかだろう。

テレビの選挙速報で当確マークが出た途端、姑はまるで若い娘のように大はしゃぎして、それ以来ずっと笑いが止まらないといった上機嫌の日々が続いている。

――今までの中で得票率が最高だったのよ。貴子さんのお蔭だわ。

――私のお蔭、といいますと？

こちらの怪訝な顔を見た姑は言った。

――同情票が集まったのよ。退院してきたばかりの妻を優しく労わる夫って構図よ。週刊誌までが取り上げてくれたんだもの。

この私が、いつも以上に選挙に貢献してしまったとは皮肉なことだ。

玄関先まで七海が出てきた。

「七海ちゃん、こんにちは」

声をかけると、七海ははにかんだような笑顔を見せた。

「これ、お土産よ」と、チョコレートを渡すと、七海は何も言わずに受け取り、包みを胸に抱きしめた。

ありがとうの一言がなかった。前回も確か挨拶を返さなかった。最低限の礼儀が身についていないのかと思うと不憫でたまらない。母親以外と話すことがない日常なら無理もない。

「七海、良かったね。奥さん、すみません。気を遣わせちゃって。さっ、どうぞ中に入って。コーヒーでも淹れるから」

「どうかおかまいなく」

靴を脱いでいると、奈緒子は台所でやかんを火にかけながら言った。「奥さんが羨ましいよ。私も奥さんみたいに立派な男と結婚したかった。とはいっても、いい家のお嬢様じゃないと議員さんとは結婚できないんだろうけど」

「いえ、私は、あの……」

「やっぱり女は男次第よね」

奈緒子は心底羨ましそうな目をして、ガスレンジの前に立ったままこちらを見た。

「私みたいに外れくじを引くと悲惨だよ。午前中は工場で働いて、午後はビルの清掃で、もうくたくた。七海も可哀想でね」

朝早くから午後八時までもの長い間、家にひとり七海を残していくのは忍びないが、食べていくためには仕方がないのだという。

「お仕事を二つもかけもちなさってるなんて、すごいバイタリティですね」

「違うわよ。工場も清掃会社も年金や健康保険を負担したくないのよ。だから年に百六万円を超えないように働いてくれって、両方の会社から言われてるの」

「そんな……」

「ここまで世知辛い世の中になるとは思わなかった。本当ならどちらか一ヶ所で午前午後と続けて働いて、夕方五時にはスパッと上がりたいんだけどね」

奈緒子は、湯気の立つコーヒーカップをテーブルに置いてから続けた。

「子供がいることは職場の人にも話してないのよ。だって学校に行ってないことがばれて、お節介な人が通報するかもしれないからね」

そう言う奈緒子の表情は暗い。

「誰も信用できない」

心臓にズシンと響く言葉だった。

「できればもっと楽に稼ぎたいけど、そんな仕事ないし、風俗で働くには年イってるし、そもそもガラじゃないし」

東条が気に入って部屋を貸したというだけあって、顔は可愛らしいのだが、どうやら性格は男っぽいようだ。

「それに、そういった店の経営者は男に決まってるし」

どういう意味だろうと首を傾げると、奈緒子は続けた。「女を働かせてガッポリ儲けるのはいつだって男だってことよ。女を食い物にしようと手ぐすね引いて待ってる。知り合いがそういう所で働いているけど、修羅場をたくさん見るって言ってたわ。AVポルノ出演を強要する悪徳業者なんかもいるらしくてね」

そう言って、奈緒子はコーヒーを一口飲んだ。「女の子はみんな性感染症や性暴力のリスクにさらされてる。まっ、奥さんには縁のない世界の話だろうけど」

「え？　ええ、まあ。でも、ＪＫビジネスというのもありますよね。あれはどうなんですか？　おじさんと散歩するだけでいいとか、カフェでおしゃべりするだけでいいとか聞きますけど」

実はそこに望みをかけていたのだった。そういったアルバイトなら安全なのではないか。そして色気の片鱗もない桜子でもやっていけるのではないかと。

「甘い、甘い。結局は身体を売る羽目になるのよ」

「どうしてそうなるんです？」

「世間知らずの女の子を騙すのなんか簡単だからよ。宥めたり脅したりして稼がせるのよ。何も知らない真面目な女の子が、それまでの価値観で無事に切り抜けられるような世界じゃないわよ」

「確かに……そうでしょうけど」

次の瞬間、二人同時に深い溜め息を漏らしていた。

その様子を、部屋の隅から七海が暗い目でじっと見つめていた。

25　黒田摩周湖

明日美に宛てて、会いたい旨のメールを送信した。

――飯田橋駅前のカフェ・ブルーで一時間だけならOK。

返信はたったの一行だった。事務的というより冷たい感じを受けた。あれから十年経つのに、まだ嫌われているのだろうか。そう考えると、自分の方から連絡したのに、気が重くなってきた。

奥の席で待っていると、明日美がドアから颯爽と入ってきた。隙のない黒のパンツスーツ姿で、学生時代よりも更に痩せたように見えた。明日美はこちらに気づくと小さくうなずき、店員とすれ違いざまに「ホットコーヒーひとつお願いね」と早口で言った。一分一秒たりとも無駄にしない普段の厳しい生活が透けて見えるようだった。

「お久しぶり。摩周湖、お元気そうで何より」

向かいに座った明日美はそう言った。はきはきしているからか冷たく聞こえる。

「ありがとう。明日美も元気そうね」と、私まで釣られて早口になった。

尋ねたいことが山ほどあった。大学を卒業できたのか、医者になれたのか、そうでないとしたら、あれからどうしていたのか。一時間しかないと思うと気が急くが、だからといって質問攻めにするのも不躾だ。

「明日美、いきなりメールしてごめんね。それというのも……」と言いかけると、

「あのさ、摩周湖」と、明日美が遮った。「一時間しかないから手っ取り早く、まずは互いに近況報告から始めようよ」

「あ、それがいいね、賛成」

「じゃあ私から言うね。留年したのは摩周湖も知ってると思うけど、私は摩周湖より二年遅れて医者になった。今は、すぐそこの東都総合病院の眼科に勤めてる。今日はこのあと緑内障の手術が入ってるの」

「忙しいのにごめんね」

「ううん、いいの。摩周湖に会って、あの頃のこと謝りたいと思ってたし」

「あの頃のことって？」

「学生時代は金欠が原因で精神的にも参ってたから、摩周湖みたいなお金持ちのお嬢さんが全員敵に見えた。今考えると、思考回路が単純すぎて呆れちゃうけどね」

　そう言って、明日美はフフッと笑って続けた。「摩周湖の近況はだいたい知ってるよ。百葉から聞いてるから」

　清水百葉というのも大学の同期だ。明日美は留年したことで同学年でなくなったのに、その後も百葉とは交流があったらしい。私には連絡をくれなかったと思うと、寂しい気がした。

「なぜ留年したのか、聞いてもいい？」

　ずっと気になっていたことだった。

「単純なことだよ。アルバイトが忙しくて大学に通う時間がなくなったから。学費を稼ぐために働いてるのに大学に行けないなんて、これぞ本末転倒だよね」

「どうしてそんなにアルバイトに精を出してたの？　奨学金で学費は足りてると言ってたよね？」

本当は聞きづらかった。学生時代の自分はアルバイトはせずに、親から十分な小遣いをもらっていた。それでも授業の復習やレポート提出で、かなりの忙しさだった。

「あの頃の私、すごく焦ってた。医学部だから教育ローンの額が半端じゃなかったのよ。卒業時に奨学金と教育ローンを合わせて何千万にも膨れ上がると思ったら空恐ろしくなって、卒業を待たずに少しずつでも返していこうと思ったのが、そもそもの間違いだった」

「知らなかった。大変だったんだね」

「でも結局は、家庭教師を何件掛け持ちしても追いつかなくてね」

そこで、明日美はすっと顔を上げてこちらを真正面から見て、声を落として言った。

「私が風俗で働いてたのは知ってるよね？」

絶句して、見つめ返していた。

「あれ？　知らなかった？　へえ、案外と噂って広まらないもんだね。学内で有名人になってしまったかと思ってたんだけど」

「私は知らなかった。他のみんなは知ってたの？　でもどうしてバレたの？　誰かがバラしたの？」

「バレたも何も、別に隠してなかったもん。何のアルバイトかと聞かれたら、性風俗よって平気で答えてた」

驚いて明日美を見つめた。

「クラスに何人か貧乏な男の子がいてね、私のこと羨ましがってたよ」

明日美が楽しそうに続ける。「俺も女に生まれたかったよ、そしたら楽に稼げたのにって。バカみたい。いくら本番なしといっても決して楽なんかじゃないのにね」

どう返事していいかわからなかった。

「でも仕方がないよね。あのおぞましさは男に説明したところで理解してもらえないだろうからさ」

性風俗で働いた経験はなくても、想像しただけでわかる気がした。

それよりも何よりも、明日美が恥じ入ることなく堂々としている姿に圧倒されていた。性風俗も仕事の一つに過ぎないのだと割り切っているようだった。明日美が老成して見え、自分が子供に思えた。

「摩周湖は恵まれてるよ」

「……うん、そうだね」

反論の余地はなかった。

明日美と話しているうちに、貴子を非難する気持ちが少しずつ薄らいでいくのは予想外だった。今日ここに来るまでは、高校生の桜子に性風俗で働くことを勧めるなんて言語道断だと腹を立て、貴子の人格まで疑うようになっていた。だが、やはり自分は世間知らずのお嬢さんだったらしい。頭でわかってはいても、お金のない苦しさを肌で感じたことなど一度もないのだ。

「摩周湖、そんな目で見ないでよ」

「そんな目って、どんな目？」

「軽蔑の目だよ」

「違うってば明日美、誤解しないで。軽蔑なんかしてない。学費のために性風俗で働くべきかどうかって、今まさに悩んでいる高校生の患者がいてね、あまりの偶然にびっくりしちゃっただけだよ。ほんと、軽蔑なんかするわけないんだからね」

必死で言い訳をしていた。以前なら黙ってしまい、相手に誤解を与えたまま別れることが多かった。そうなってしまうのは、自分の性格が悪いからだとずっと思ってきた。だが、あの聴診器を使うようになって考えが変わったのだった。話すのが苦手なだけで、自分の考えは決して非常識ではない。それどころか、常識人だと自他ともに認めている看護師のマリ江よりも、ずっと相手の気持ちがわかっている場合が少なくないと知ったのだ。だから、今後は思ったことをそのまま口に出そうと決めていた。

それに、明日美に再び絶交されるのは嫌だった。

「ねえ明日美、高校生の患者のことなんだけどね」

桜子の事情を話してみることにした。一時間しかないと思うと早口になり、要領を得ない話し方になってしまったが、明日美は真剣な表情で聞いてくれた。

「なるほどね」

明日美は持ち前の頭の良さで、桜子の状況を理解してくれたようだった。

「最近は文系の学費も高いらしいね。私みたいに地方出身者だとアパート代や生活費も必要だったけど、養護施設出身となれば私のとき以上に初期費用がかかるんだろうね。私が上京するときは、蒲団から食器から机からスプーン一本まで実家から持ってきたけど、その桜子っていう子は一から買い揃えなきゃならないってことだよね」

「そうか、そういうことか」

私はそこまで具体的に想像できていなかった。

「私は医者になれたからいいようなものの、その桜子っていう子、文系の学部を出て就職できなかったらどうなる？　授業料の大半を親が出してくれて足りない分だけちょこっと奨学金を借りたっていう程度ならいいけど、まるまる一千万円となると返済は無理じゃないかな」

「やっぱりそうか。卒業後に正社員で就職できればいいんだろうけど」

昨今は派遣社員が急激に増えた。いくら働けど貧乏生活から脱することができない人が多いと聞いている。それが社会問題となって既に何年も経つが、改善される兆しは未だにない。

格差が広がりつつあるのは、診察するときにも感じていた。無保険の患者が増えたし、服装や持ち物などでも暮らし向きが見て取れた。シャネルのバッグから診察券を出すご婦人もいれば、スーパーのレジ袋から出すホームレスかと思うような人もいる。だが、桜子であれば聡明だし、贅沢を言わなければどこかしらに就職できるのではないかとも思うのだった。

「正社員になりさえすればいいってもんでもないしね」と明日美は言った。

「そうだよね、正社員でもブラック企業じゃね」

そう返すと、明日美はなぜかこちらを上目遣いでちらりと見ただけで何も言わず、コーヒーをごくりと飲んだ。

聞こえなかったのかと思い、「就職する前にブラック企業かどうかを調べないとね」とつけ加えると、明日美はぴしゃりと言った。

「そんなレベルの問題じゃないよ」

「というと？」

「ブラックじゃなきゃどこでもいいって話じゃないよ。一流企業に就職できないと返済は難しいよ」と明日美は言った。

「一流？　そんな……」

「だって給料の少ない会社じゃ自分ひとりが食べていくだけでギリギリだよ。自宅通いならともかく、アパート代払ってどうやって一千万円も返していくのよ」

「え……うん、だよね」

そう答えるのが精一杯で、自分の甘さを再び思い知らされていた。

「本当に怖いことだよ」と明日美は続けた。「一千万円の借金を抱えるってことがどういうことなのか、高校生は全然理解してないと思う」

明日美はグラスの水を飲み、脚を組み替えた。

「未成年に多額の借金を背負わせるのは残酷だよ。常識を逸脱してる。その桜子とかいう女の子は進学しない方がいいと私は思うよ」

「でも高卒で働くとなると、それこそ正社員採用はないみたいだし」

「仮にそうだとしても、返す当てのない借金を抱えるよりはマシでしょ」

「そうかな？」

「要はさ、マイナスよりゼロの方がいいってこと。ゼロの方が自由が利く。そんなの常識でしょ。その子の夢を潰したくないとか何とか、苦労知らずの摩周湖みたいなお嬢様育ちがセンチメンタルに浸ってアドバイスするなんて、そもそもおこがましいんだよ。責任取れるの？」

胸にぐさりと突き刺さった。ずばずば言いたいことをいうのは相変わらずだった。

いきなり帰りたくなってきた。

「私だって危ういところだったよ。留年を繰り返してあのまま退学してたら、借金苦で自殺してたかも」

「明日美……」

「要は無理するなってことよ」

「だけど、明日美は乗り越えたじゃない」

「だから私は医学部だってば。元が取れる職業に就けるかどうか考えてみなよ。卒業後に二十年かかって返済しなきゃならないんだよ。その二十年もの間、生活が制約される。ブラック企業でも辞められずに人生に絶望する人もいるよ」

「それは、そうかもしれないけど」

「父がいつも言ってた。最近の若者は甘えてる。俺は苦学生だったって。冗談じゃないよ。父は国立大学だから、月に数日アルバイトすれば授業料が払えた時代だよ」

「そうだね。うちの母も医学部でも授業料は安かったと言ってた」

「うちの親は金は出さないけど口は出すタイプでね。奨学金を借りることも医学部に進学することも親が決めたのよ」

「そうなの？」

うちの両親とは正反対だ。忙しさにかまけて口は出さないが、お金はいくらでも出してくれた。だが、そんなこと明日美には言えない。

「うちの親は本当に最低だよ。私の名前で奨学金を借りておいて、その一部を自分たちの生活費として使ってたんだもん」

びっくりして返す言葉がなかった。

「訴えてやるって泣き喚いたら、やっと通帳とカードを渡してくれた。だけど、その時点で既に家賃を滞納してたからアパートを解約して、そのまま伊藤の部屋に転がり込んだんだよ」

「イトーって？」

「ほら、クラスにいたじゃん。広島から出てきてアパート暮らししてた男の子が」

「ああ、あの伊藤くんね」

クラスで一番カッコよくて女の子にも人気があった。医学部は一クラスしかなかったから伊藤とは六年間ずっと同じクラスだった。それなのに、明日美と同棲していたなんて全く知らなかった。自分以外のみんなは知っていたのだろうか。自分だけがいつも噂に疎いのだった。

「あの伊藤くんと同棲してたとは……」

羨ましかった。自分には青春と呼べるようなものは何もなかった。

「ところで摩周湖は結婚してるんだっけ？」

「ううん、してないけど？」

そう答えると、明日美はなぜかホッとしたような顔つきになった。

「私ね、奨学金のせいで破談になっちゃった」

明日美の話によると、恋人にもうそろそろ結婚したいと仄めかしたら、借金を抱えている女とは結婚できないと断わられたという。

「嫌だねえ。借金ていったって奨学金なんですけどね」

「誰がそんなこと言ったの？　伊藤くん？」

「ヤツとはとっくに別れたよ。伊藤の次の次につきあってた銀行員だよ」

銀行員だけにお金にはシビアなのだろうか。

「まっ、結婚できたところで、出産は思い留まっちゃうよね。奨学金を返済するのに、まだ何年もあるもんね」

「奨学金を借りたこと、後悔してる？」

「なんとも言えない。今は結構な給料をもらってるから少しずつ繰上げ返済できてるけど、でもやっぱりこれまでの人生はつらすぎたかも」

テーブルに置いたスマホを横目で見て時刻を確かめた。あと数分で一時間が経つところだった。

「明日美、今日はありがとね。色々教えてもらえて助かった。ここは私に払わせて」

伝票を手に取って立ち上がりかけたとき、明日美が言った。

「言っとくけど摩周湖、私は性風俗で働いたことは後悔してないよ」

「えっ？」

明日美の目を見ながら、もう一度腰をおろした。

「だって、お金を稼ぐにはあれしか方法がなかったし、正直言って助かった」

「……うん」

「その桜子とかいう子が進学することには私は反対だけど、もしもどうしても進学したいっていうんなら、つべこべ言わずに風俗で働いた方がいいと思う」

「そうか、それしかないのかな」

「だって時給千円のアルバイトで、年間の授業料百万円と生活費百万円の計二百万円を稼げるわけがないじゃん」

「うん、だから奨学金を借りようとしてるわけで」

「あのね、奨学金という言葉に騙されないでよね。まるで返す必要のない支援や給付を想像させて聞こえはいいけどね、要は低所得者世帯をターゲットにした貧困ビジネスだよ」

「そんなこと……」

「だって高い利子を取って利益を上げてるんだから」

明日美が借りた関東奨学金協会は、公的機関であるはずなのに民間資金を導入したのがきっかけで変貌したらしい。奨学金制度を金融ビジネスに転換させたという。

八方塞がりで、桜子の将来に希望が見えない気がした。桜子のような境遇の子は、いったいどうやって生きていけばいいのだろう。

「会えてよかった。明日美が医者になったことがわかっただけでも」

「だって中退なんて絶対にできなかったもん」

「どうして？」

「多額の奨学金を借りてたからだよ。それを返済するには医者になるしかないでしょ。奨学金は地獄への入り口って言う人もいるぐらいだよ。あ、ごめん。時間だ。そろそろ行かなきゃ」

明日美は立ち上がり、来たときと同じように颯爽と店を出て行った。

26　小出桜子

多田景子ちゃんは、今どこで何をしているのだろうか。

高校を卒業したあとも、ちょくちょく施設に遊びにきて、お年玉をくれたこともあった。たぶんその印象が幼な心にも強かったのだろう。施設を出たお兄さんやお姉さんたちは、みんな立派な大人になってお金もたくさん稼いでいると勝手に思い込んでいた。カツアゲに来る先輩もいたのに、自分とは無関係な「不良仲間」という括りの中に都合よく葬り去っていたらしい。

事務室に行くと由紀子がいた。

「今もこの住所でいいのかしら」

そう言って、由紀子は景子から届いた年賀状を探し出してくれた。

年賀状は写真入りだった。ベビーカーにちょこんと座った赤ちゃんを中心に、両脇に幼い女の子と中学生くらいの女の子が立ってカメラに向かってピースサインをしている。玄関前で撮った写真で、背後は立派な枝ぶりの松が塀から覗く大きな日本家屋だった。

「景子さんて素敵な人よね」と、由紀子が書類整理をしながら言った。

「えっ？　由紀子さんは景子ちゃんのことを知ってるんですか？」

「残念ながら会ったことはないの。でも、ここを出て何年も経つのに、未だに毎年ランドセルや文房具を贈ってくれてるでしょう」

そんなことは初耳だった。

「桜子ちゃん、何を驚いてるの？　寄付してくれた人のことは、その都度ミーティングのときに発表してるはずよ」

もう一度年賀状に目を落としてみると、差出人は長尾景子となっていた。

「あ、長尾さんていうのは……」

長尾という名の女性が毎年何かしら贈ってきてくれるのは聞いていた。だが、それが景子ちゃんのことだとは知らなかった。結婚して名字が変わっていたのだ。

「その人、お金持ちの奥様になったのよ」

由紀子の話によると、景子ちゃんは高校を卒業すると住み込みで料亭に就職した。店主の妻は幼い女の子を残して病死したばかりだった。早くに母親を亡くした女の子が、過去の自分の姿と重なり、可哀想に思った景子ちゃんは、仲居として働きながら、暇を見つけては女の子と遊んでやった。そのうち女の子はすっかり景子ちゃんになついてしまった。その様子を見た店主は、景子ちゃんの深い情に感激し、結婚を申し込んだという。二十もの歳の差があったが、父親の愛を知らない景子ちゃんは、迷いなく結婚に応じた。日頃から従業員に分け隔てなく接する店主を見ていて、以前から慕っていたのだという。

「そのあと景子さんも子供を二人産んで、今は三人の女の子のお母さんなのよ」

高校生だった当時から包容力に溢れた景子ちゃんが母親になり、そのうえ経済的に余裕のある暮らしをしている。そして、売り上げの中から施設に寄付することを許す理解のある夫がいて、施設の出身であることを隠そうとしない堂々とした景子ちゃん。それらを思い浮かべると、なんともいえない幸せな気分になった。

事務室を出て、部屋に戻ろうと薄暗くなった廊下を歩いていると、誰かとぶつかりそうになった。

「桜子ちゃん、どうしたんだい。ぼうっとしちゃって」

桃山さんだった。突き当たりの壁時計を見ると、既に七時を過ぎている。

「桃山さん、まだいたんですか。おうちの方は大丈夫なんですか？」

「帰っても誰もいやしないよ。早くに亭主が亡くなって独り暮らしだからね」

「そうだったんですか。お子さんは？」

そう尋ねたとき、薄暗がりの中で沈黙が流れた。

「娘がひとりいたんだけどね」と、桃山さんはぽつんと言った。

ひとりいたって、その言い方、過去形じゃないか。

「あの、もしかして……死んじゃったの？」と、遠慮がちに尋ねた。

「いや、生きてる。元気すぎて爆発寸前だ」

そう言って、桃山さんは苦笑いした。

「トンビが鷹(たか)を産んだってよく言われたもんだよ。勉強もスポーツもよくできてね。

桜子ちゃんになんとなく感じが似てる」

　で、娘さんは今どこで何をしているの？　そう尋ねたかったが、これ以上は聞いてくれるなと横顔が語っているように見えた。

「それより桜子ちゃん、最近は悩みが深そうだね」と、桃山さんは話題を変えた。

「はい、まあ、いろいろと」

「大変だよねえ。今日もバイトだったんだろ？　毎日じゃあ身体を壊すよ。土日も朝から晩までとなったら、休む暇もないじゃないか」

「それは、そうなんですけど」

「由紀子先生から聞いてるよ。進学したいんだって？」

「いえ、もう諦めようかと。進学どころか、ひとり立ちさえ難しい気がしてきたんで。でも……進学する方法がないこともないんですが」

「そうなの？　どういう方法？」

「誰にも言わないでくれますか？　由紀子さんにも言わないって約束してください」

「いいよ、言ってみな」

「実は風俗で働こうかと思ってるんです」

　桃山さんが息を呑んだ気配がした。

「ちょっとこっちにおいで」

桃山さんに腕をつかまれ、引きずられるようにして真っ暗な厨房へ連れて行かれた。どうやら性風俗の話が桃山さんの怒りに触れたらしい。隅っこのオレンジ色の電球だけを灯し、丸椅子に座らされた。きっとこっぴどく叱られる。

まさか、引っ叩かれるってことはないだろうけど。

でも、すぐ目の前に仁王立ちしているから怖かった。

「あのさ、桜子ちゃん」

桃山さんの声が低くて妙に落ち着いていたので、恐ろしさが増した。

思わず身構えたときだった。

「あんこ舐めるかい？」

「は？　あんこ、ですか？　それは、えっと……」

返事をする間もなく、桃山さんは冷蔵庫から大きな密閉容器を取り出すと、アイスクリームディッシャーを使って、こしあんを器用にまん丸にすくってガラスの小鉢に入れ、その上に泡立てた生クリームをチューブから絞り出して添えてくれた。

「食べな。あんた疲れてるんだよ。そういうときは甘いもんがいいんだ」

「あ、はい。すみません。では遠慮なく」

スプーンで一口すくって口に入れると、優しい甘味が口いっぱいに広がった。

次の瞬間、鼻の奥がツンとしたと思ったら、いきなり涙が滲んできて、自分でもびっくりした。

「桜子ちゃんの心はもういっぱいいっぱいだ。まだほんの子供なのに苦労するね」

そう言って、桃山さんは私の腕をそっとさすってくれた。

「さっきの風俗のことだけどね、やめときな。絶対にダメだよ」

「でも、将来のことを考えると……」

桃山さんが差し出してくれたティッシュの箱から何枚か引き抜いて涙を拭いた。

「悪いことは言わない。やめた方がいい」

「でも」

「もうお先真っ暗でございますみたいな顔するんじゃないよ。まだ十代なのに人生が終わったような顔してどうするんだよ」

「だけど」

「どうするのがいいか、私も考えてみる。何かいい知恵が浮かぶかもしれない」

何か思うところでもあるのか、桃山さんはひとりうなずいた。

「今度、うちに遊びに来な。ここから近いんだ」

「えっ、桃山さんの自宅に、ですか？　本当にいいんですか？」

「何をそんなに驚いてるんだよ。言っとくけど安普請の小さな古家だからね」

家に遊びに来いと誘ってくれた人は初めてだった。

「アルバイトを休める日はあるかい？」

そう問いながら、桃山さんはスマホのスケジュール管理アプリを開き、忙しなく人差し指で画面を滑らせている。

「行きます。絶対に」

桃山さんの家に遊びに行けるなら、アルバイトを休もうと決めた。


土曜日になり、桃山さんの家を訪ねた。

二駅離れたところにある下町は、こぢんまりした家が密集していた。どの家も、玄関前に植木鉢がたくさん並べられていて狭い路地まではみ出している。

チャイムを鳴らすと、桃山さんがすぐに出てきた。

「よく来てくれたね。さっ、上がって上がって」

玄関には大きなキルトのタペストリーが飾ってあった。聞けば料理だけじゃなくて手芸も好きだと言う。奥に行くと、古いが手入れの行き届いた和室があった。床の間がついていて、一輪挿しに赤い椿が活けてある。窓の向こうには小さな庭があり、物干し竿に洗濯物が揺れていた。他人の家の中を見る機会は滅多になかった。小学生のときでも、クラスの女子の間では持ち回りのお誕生日会などがあったが、自分はどの子の家にも招かれなかった。

「他人の家をそんなにじろじろ見ちゃだめだ」

「あ、すみません」

「もっとさりげなく見るんだよ。こうやって」

桃山さんが見本を見せてくれた途端、噴き出していた。

「桃山さん、それ全然さりげなくないです。怪しい人みたいです」

「あれ？　そうかい？」

桃山さんの慈愛に満ちた眼差しが大好きだった。可哀想な小動物を見るような目ではない。どこがどう違うのかと問われてもうまく答えられないが、同情が混じっていないことははっきりとわかる。

言いにくいことでもはっきり言ってくれる。大皿料理の取り分け方と同じで、言われなければ気づかないことがある。言ってくれる人がいることを本当に有難いと思うようになった。

桃山さんが入れてくれたココアは、心がなごむようなほっとする味だった。小さなテーブルを挟んで座ると、「これなんだけどね」と言いながら、桃山さんは書類をどさりと置いた。

「児童養護施設の子供を支援する大学が十校ほどあるんだ。入学金も授業料も免除してくれるうえに、月に十万円の生活費を給付してくれる」

それなら以前から知っている。だが……。

「桜子ちゃん、これはね、施設長の推薦書と本人の志望理由書、それに学修計画書なんかの書類審査と面接で決まるんだよ」

「桃山さん、それ知ってます。ものすごく狭き門なんです」

どの大学も募集は一人か二人で、周りでも受かったという話を聞いたことがない。

「確かに狭き門だ。だけど、挑戦する価値はあるだろ」

「宝くじみたいなもんですよ。確率を考えたら溜め息が出ます」

「だったらその確率を上げるために十校全部を受けなよ」

「え？」

桃山さんは、末期癌で入院しているときに数学と生物と家庭科の課題をパパッとやってくれたのだった。数学の得意な桃山さんの口から確率という言葉が出ると、希望があるような気がしてきた。

「……わかりました。それじゃあ、一応、全部受けてみますけど」

でも、やっぱり全滅だろうと思う。

「それがダメなら給費生試験ってのがあるよ。ほら、三十三ページも」

桃山さんが手渡してくれたA４用紙の束を開いてみると、びっしりと大学名が書かれていた。

「給費生や特待生や奨学生入試を実施している一覧表だよ。私立大学は関東と甲信越地域だけでも三十三ページもあるんだよ」

それについても以前から知っていたが、学費の何割かを免除してくれるだけでは生活が厳しいのだった。自分の場合は生活費もまるまるかかるから、授業料は全額免除の大学でないと厳しい。もしこの三十三ページの中にそういった大学があるなら、日程が重ならない限り片っ端から受けてみたいが、そこもびっくりするほど高倍率に違いないのだ。

「桜子ちゃん、大学に入ったら何か国家資格を取りなよ」

「そうですね。考えてみます」

「そうとなれば、実力よりずっと偏差値の低い大学でもいいんじゃないかな。その方がたぶん受かりやすいと思う。例えば三流大学から難関の国家試験に受かったとなれば卒業後も何かと重宝されるよ」

桃山さんの言う通りかもしれない。資格を取るのが目的なら、どこの大学でもいい。資格が取れなくても、高卒で住み込みで働くよりは、今後の人生を考える猶予を四年間も与えられる。それは本当にありがたいことだと思う。

「学校の先生は何て言ってる？」

「相談してません」

「どうして？」と、桃山さんは驚いたように大きな声を出した。

「だって高校には、私以外に施設から通っている子はいないし、私ほど貧乏な生徒もいないから、そういう種類の奨学金のことは詳しくないみたいで」

「そんなことないだろ。学校の先生は親身になってくれるはず……だよ」

語尾が小さくなり、桃山さんは途中から宙を睨んだ。

「いま私が言ったのは大昔の話かもしれないね。私が高校生だった頃の、のんびりした時代の話だね、きっと、うん」

桃山さんは、ふうっと溜め息をついた。

27　谷村貴子

駅前を通り過ぎようとしたときだった。

「この度は私の努力が至りませんで落選いたしました。ご支援くださった方々、誠に申し訳ございませんでした」

有馬が駅前に立ち、落選の報告をしているところだった。

有馬はこちらに気づき、歩み寄ってきた。

「おめでとう。ご主人、圧勝だったね。さすがだ」

「それって皮肉?」

「もちろん皮肉だよ。君が末期癌だったことで同情を引こうとする戦略がすごい。利用できるものは何でも利用する。真似(まね)できないと思った」

二人が立ち話をしているのを、ちらちらと興味深そうに見ていく人もいた。圧勝した谷村清彦の妻と、落選した有馬が立ち話をしているとなれば無理もない。

変な噂が立つかもしれない。そう思った次の瞬間、得体の知れない激情が腹の底から突き上げてきた。

噂が立ってもかまうもんか。一度は死んだも同然なんだから。これからは思ったように生きると、病院のベッドの上で誓ったはずだった。後悔しない生き方をすればよかったと、死の床であれほど落ち込んだのに、日常生活に紛れて忘れてしまっている。

「有馬さん、どこかでお茶でも飲まない?」

有馬は目を見開いた。「僕はいいけど、でも、そっちは大丈夫なの? みんな噂好きだよ」

タクシーを拾い、有名な結婚式場の中にあるカフェに行った。

「コーヒー一杯飲むのに、ここまで来るとは。さすがお金持ちの奥様だね」

「誰にも話を聞かれない場所がここしか思いつかなかったのよ」

「僕の家に来るわけにもいかないしね。そういう仲だと疑われたら、離婚に不利になるだろうから」

「離婚だなんて、私は別に……」

　こちらの驚きなど意に介さないように、有馬は続けた。

「慰謝料をたっぷり取れる方法をいくつか見繕って提案してやろうか。今回の相談料は無料にしとくよ。これは恩返しだから」

「恩返しって？」

「僕が大学院生のとき窮地を救ってくれただろ。忘れたのか？」

　そういえば、授業料が払えないというので、金を貸したことがあった。そのまま踏み倒されたのなら覚えていたかもしれないが、きちんと返してくれたから、すっかり忘れていた。

「とはいえ、ご主人とは離婚しない方がいいと僕は思うけどね」

　離婚したら振出しに戻ってしまう。十代の頃のような生活に。

　つまり、いま奈緒子が住んでいるようなオンボロアパートに住み、時給いくらかの仕事で、将来の見えないギリギリの生活をすることになる。

「離婚したら生活レベルがガクンと落ちるぜ。それでも決意は固いのか？」

「さっきから離婚、離婚って何なのよ。私の話はそんなことじゃないわ」

「あれ？　そうなのか。旦那さんに嫌気が差しているように見えたもんだから。だったら何の話？」

「あなたの意見を聞いてみたかったの」

桜子の置かれた状況を、一般論として話してみた。

「女子高生が性風俗で働く？　冗談だろ」と、有馬は一蹴した。

「そういった仕事は、反社会的勢力と裏で結びついていることが多いよ。どんなにしっかりした女の子でもどん底に落ちていくに決まってる」

そう言うと、有馬は腕を組んでソファに沈み込んだ。

「そうとも言いきれないと思うのよ」

自分自身が証人だ。節約して貯蓄に励み、目標額が貯まった翌日には借金を全額返して足を洗ったのだ。

「風俗以外で、女の子が大金を稼ぐ方法があると思う？」

「ないよ。女の子だろうが男だろうが、大金を稼げる仕事なんかない。ただ稀に……」

「何なの？　何か方法を知ってるなら教えてちょうだい」

「例えば、地下アイドルだとかブログを毎日書くとか、コミックマーケットに漫画を出品するとか」

「あんなの趣味か遊びでしょ」

「そうとも言えないよ。芸能プロダクションや出版社から声をかけられるのを待ってる子も少なくないよ。みんな貧困から脱するきっかけを作ろうと必死なんだ」

「そうだとしても、そんなの運任せに近いじゃない。やっぱり確実に稼ぐ方法となると風俗しか……」

「そうだ、いい方法がある」

有馬は、もたれていたソファから身体を起こした。

「いっそのこと貴子ちゃんが経営者になればいいじゃないか」

「は？」

冗談かと思ったら、有馬は笑っていなかった。

「貴子ちゃんがちゃんとした風俗店を経営しなよ」

「ちゃんとした店って、どういう店よ」

「オランダの飾り窓を知ってるだろ。あそこで働く売春婦はみんなれっきとした労働者として扱われている。健康で安全に働ける環境を貴子ちゃんが作ってやれよ。貴子ちゃんもキャバクラで働いていたとき色々と不満があっただろ？」

「不満だらけだったわよ」

給料計算の方法にも不信感が募っていたし、高級な店だったから客には大金を払わせていたが、いったいその中の何パーセントがキャバ嬢に入るのかと、店で働く仲間たちは常に不公平感や屈辱感を抱えていた。ぼろ儲けしているのは常にオーナーだけだねと言い合い、弱い立場を嘆いたものだ。無理に酒を飲まされるのも嫌だった。自分は酒に強いから助かったものの、酒に弱い女は常に危うさを抱えていた。

「貴子ちゃんなら、店で働く女の子に多くを還元してやれるだろ。労働環境も守ってやれるし」

「それ、本気で言ってる？」

学歴もコネもない女が稼ぐのは困難だ。和菓子屋や蕎麦屋で放課後と土日にアルバイトしたところで、小遣い銭にしかならない。進学どころか、アパート暮らしをスタートさせることさえ遠い夢で終わるだろう。

お金の問題だけではない。親がいないとなれば、保証人だって立てられないし、将来は結婚に反対されることもあるだろう。人生の要所要所でつまずくことは想像に難くない。このままいけば、桜子は高卒後きっと住み込みで働くことになる。低賃金の上に長時間労働で残業代も出ず、セクハラが横行している可能性が高い。

——風俗で働くのはロクでもない女よ。真面目にコツコツ努力することを放棄した怠け者よ。

姑なら、きっとそう言うだろう。だが、そんなきれいごとを言えるのは恵まれた人間だけだ。

あの当時、有馬以外にもう一人いた男子学生アルバイトは、女衒まがいのことをやっていた。貧困な女子学生を風俗に紹介することによってマージンを得ていたのだ。そうでもしなければ彼も大学院には進めなかったのだろう。

「経営か……そうね、考えてみるわ」

そう言うと、有馬はびっくりしたように目を見開いた。

「貴子ちゃん、本気で言ってるのか？　国会議員の奥さんが性風俗の店を営業するなんて前代未聞だよ」

「何なのよ。そっちが勧めたんでしょう？　いい加減にしてよ」

「ごめん。まさか貴子ちゃんがヤル気になるとは思わなかったから。でも、本気なら、僕が顧問弁護士になって協力するよ」

澄んだ目でじっと見つめてくる。

「それはありがたいわ」

「すごい挑戦だよな。武者震いするよ。手弁当と言いたいところだけど……」と有馬は言い淀んだ。

「相談料はきちんとお支払いするわよ。だって選挙ですごくお金を使ったでしょ」

「実はそうなんだ。それに比べて谷村家は資金力もあるし、何といっても選挙のプロだもんなあ。僕なんかが勝てるわけないよ」

代々受け継いだ二世三世のノウハウも持たず、資金力も乏しい。そんな人間が国会議員に立候補すると、貯金が底をついてしまう。

「貴子ちゃん、風営法にはもちろん違反せずに、きちんと営業許可の届け出もして、堂々と経営しろよ」

「もちろんよ」

「問題は、その道のやつらに因縁をつけられないようにすることだな」

「交番のお巡りさんと仲良くなって、ときどき見回りに来てもらうのはどうかしら」

「それはいい考えだな」

本当にやれるのだろうか。

不安でいっぱいだった。

28　黒田摩周湖

アメリカの検査機関からDNA検査の結果が届いた。

貴子と桜子にそれぞれ一通ずつだ。封書を目の前にすると、心臓が高鳴った。早く結果を知りたかったので、早めに取りにくるよう二人にメールした。

彼女たちは、通院日を合わせて診察のあとランチに行くこともあると聞いた。仲は良さそうだが、まさか自分たちが母娘だとは想像もしていないだろう。

もしも母娘だと判明したら、あの二人はどう思うだろうか。たぶん貴子は嬉しさでいっぱいになるだろう。我が子が逆境にめげずに真面目で努力家に育っていることを知れば、神に感謝したい気持ちになって当然だ。だが、桜子の方はどうだろうか。

貴子が母親だとわかれば、捨てられた憎しみや恨みが湧いてくるに違いない。代議士の妻として何不自由ない優雅な暮らしをしているとなれば尚更だ。だがその一方で、あんなに美しく上品な女性が母親だと知ったら、誇らしい気持ちにもなるのではないか。そんな相反する気持ちが胸中に渦巻くとしても、母娘関係がはっきりすれば、少なくとも桜子のアイデンティティの確立には役立つはずだ。それまで不安定だった胸の奥に、しっかりとした一本の柱が立つことは間違いない。

貴子が来院したのは、その日の午後だった。

DNA検査の結果を一刻も早く知りたかったのだろう。メールを見てすぐに飛んできたといった感じで、髪が乱れていていつもの優雅さがなかった。

「お手数おかけしまして、ありがとうございました」

貴子はそう言って封書を受けとると、すぐにその場で封を切った。目の前に私がいることも眼中にないようだった。

貴子は封筒から一枚の紙を取り出した。口を真一文字にして紙を見つめたが、すぐに大きな溜め息をついた。明らかにがっかりした表情だった。

そこでやっとこちらの視線に気づいたのか、寂しそうに笑った。

「どうぞ、ごらんになって」

そう言い、紙をこちらに渡してくれた。

――残念ながら、DNA検査で結びついた親族は見つかりませんでした。

英語で書かれた短い文章は残酷だった。貴子と桜子は母娘ではなかったのだ。残念でならなかった。

「摩周湖先生までそんな顔しないでください。私はあきらめません。いつか見つかると信じています」

「そうですね。世の中がもっと進んで安価に、そして気軽にDNAを登録する時代がくるでしょうから。そのときこそ親族が見つかりますよ」

「私もそう思います。わざわざアメリカの検査機関に登録しなきゃいけないなんてハードルが高すぎますもの。そのうち国内で気軽に検査できるようになる日を期待して待ってます」

貴子はそう言って、封筒をバッグにしまった。

「谷村さん、ひとつお聞きしたいことがあるんですが、桜子ちゃんに風俗で働くよう勧めたんですか?」

「確かに風俗で働くよう勧めましたけど、それが何か？」

貴子は涼しい顔で言ってのけた。

「どうして勧めたんですか？」

貴子はパイプ椅子にきちんと座り直し、真正面からこちらを見つめた。

「高校を卒業すると児童養護施設を出て行かなければならないからです」

「そのことなら私も知ってます」

「住み込みで働く子が多いのですが、長く続かないことがほとんどです。仕事の内容にも給料にも納得できないからだと思います」

「そうかもしれませんけど」

「桜子ちゃんは進学したいと思っています。問題はお金です。摩周湖先生なら桜子ちゃんにどうアドバイスされますか？」

「心配なんです。身を持ち崩すという言葉があるように、人生が滅茶苦茶に壊れてしまうこともあるだろうし、そういう世界は裏社会と繋がっていて危険ではないかと」

「その通りです」と貴子はまたもや平然と答えた。

「それをわかっているのなら、どうして桜子ちゃんに勧めたんですか？」

「私が経営する風俗店なら大丈夫だからです」

「経営って、まさか……」

「そんなに驚くことですか。銀座のクラブでは女性の経営者もいるんですよ」

「それはそうかもしれませんが、クラブと性風俗とでは違うんじゃないですか？」

「ご想像なさっているようなキワドい店にはいたしません。いまやＪＫビジネスといって、女子高生とお茶を飲むとか散歩するだけでも儲かる妙な時代なんです」

「ですが、そこをきっかけに堕ちていくのではないですか？」

「そこのところは私の教育の力にかかっています」

貴子には強い意志があるようだった。貴子には何か考えるところがあるのだろう。

とはいえ……。

「摩周湖先生、きれいごとを言っていても始まりません。昨今のニュースをご覧になればわかるでしょう。この世の中の事件のほとんどは、貧しさが原因なんです。不幸な少女たちがそこから脱して幸せになるのを私は手助けしてやりたいんです」

貴子の毅然とした態度に気圧(けお)されていた。

その厳しい目つきに信念が見えた気がした。

だが、このまま黙って見過ごして大丈夫なのだろうか。

明日美ならどう言うだろう。

29　谷村貴子

風俗店を開業することを決心したのはいいが、実際は雲をつかむような話だった。摩周湖に向かって啖呵を切ってしまったが、考えてみれば手本にしたい店もオーナーも知らない。風俗業界には、女性の経営者が極端に少ない。自分が若い頃に勤めていたキャバクラの店長は女性だったが、実は雇われ店長で、オーナーの愛人にすぎなかった。

今回のことは有馬と摩周湖以外には打ち明けていなかった。夫や姑に言おうものなら、きっと大反対され、今まで管理を任せてくれていた銀行通帳も取り上げられて計画倒れに終わってしまうのが目に見えている。そのうえ、それがきっかけで離婚騒ぎに発展すれば、財産分与という名の、形ばかりの少ない金品を握らされて追い出されるだろう。なんといっても夫の背後には、東条という手強い弁護士がついていることを思えば、開業資金に足りるほど財産を分けてもらえる望みは薄いのではないか。

内密に準備を進めよう。開業の決心をしてからは、有馬の助言通りに、度重なる夫の浮気の証拠集めをし、いざというときのために万端整えてきた。浮気をネタに慰謝料をふんだくるか、それとも離婚せずに風俗店を経営することを、夫や姑に納得させせるかのどちらかだ。

それを汚いやり方だ、卑怯だと非難する人もいるだろう。だが、そんなことはどうでもよかった。結婚する前は食べていくことに一生懸命で、何が正義かなどと真剣に考えたこともなかったが、結婚後に夫の生活を見ているうちに、頭の中が疑問符だらけになり、いったい誰が正しくて誰が悪いのか、根本からわからなくなっていた。

ただひとつ言えるのは、自分には大それたことはできないだろうから、目の前にいる一人か二人を救うので精一杯ということだ。そして、それがいいとか悪いとかはどうでもよくて、それを成し遂げなければ自分がまともな神経では生きていけないような気がしていた。それは理屈では説明できない、腹の底から湧き出る衝動としか言いようがなかった。

預金はいつでも自由に引き出せた。谷村家の財産はすべて普通預金に入れてあるからだ。いつの日か閣僚に選ばれるかもしれない。そうなったら、テレビや新聞で保有資産が公開される。だが、普通預金や当座預金は公開しなくても良いとする摩訶不思議な規則があるため、国会議員は定期預金をしないのだった。株も購入せず、賃貸マンションに住み続けて持ち家のない議員も多い。財産を少なく見せることで、庶民的で質素な生活をしていると有権者にアピールするのだ。

そのために、数億円が普通預金に入っていた。それ以外にも、出所のはっきりしないタンス預金があった。それらは文字通り、寝室の整理ダンスの中に入っている。紙幣が湿ってカビが生えないよう、ときどき抽斗（ひきだし）を目いっぱい開き、窓を開けて通風をよくして一日置いておく習慣だった。

不思議なことに、家計の管理は私に一任されていた。キャッシュカードも通帳も私ひとりが管理している。私のことを育ちが悪いからと結婚に反対した割には、なぜか姑は金銭に関しては嫁の私を信用していた。姑と夫の三人家族の中で、豪遊もしなければ贅沢品にも興味を示さず質素に暮らしているのが私だけだからかもしれない。そのうえ身寄りがない嫁というのは、言い換えれば怪しげな親戚がいないということでもあり、姑に安心感をもたらすのだろう。

姑も夫も金に苦労したことがないせいか、驚くほど金には無頓着だった。風俗店の開業資金のために、ごっそり預金を下ろしたとしても、気づかれないだろう。もしも総理大臣が解散総選挙を宣言すれば、選挙資金は潤沢かと私に尋ねるだろうけれども。

さて、どうするか。

風俗店と一口に言っても色々ある。どういったサービスを提供する店にすべきか。ここのところ、明けても暮れてもそのことばかり考えていた。女の子のトラウマにならないよう、なるべくソフト路線の店にしたかった。例えば、客との間を不透明なアクリル板で仕切り、顔から上は見えない仕組みにする。そして店内を薄暗くし、制服姿で股を開いて下着を見せる。そういう方式であれば、四十代の女性でもバレないのではないか。若い女の子だけでなく、できれば奈緒子のような中年女性の極貧生活も救ってやりたかった。

ＪＫビジネスとはいえ、十八歳未満を働かせるのは法律違反だということは、ほとんどの人が知っているだろう。だから、女子高生と銘打ってはいても、実はもっと年上であることは、客もわかっているはずだ。客は嘘を信じて想像の世界に浸りたいだけなのだ。

問題は、ソフトな路線で儲けを多く出すにはどうするかということだった。不運な女の子たちに短期間で大金を稼がせ、目標額が貯まったらスパッと足を洗わせる。それが目的なのだから。

ソフト路線以上のサービス内容は考えられなかった。いつか結婚して子供を産んで幸せな家庭を築けたとしても、ことあるごとに当時の日々を思い出しては鳥肌が立ち、そのうち鬱状態に陥る女性もいるだろう。ファッションヘルスで働いた日々を思い出すたび、未だに吐き気を催して、ズンと落ち込んで苦しくなることがある。

そういう店で働いたことのない女でも、職場でセクハラに耐え、または家庭で夫に媚びへつらった経験は数えきれないはずだ。その屈辱と悔しさは、女から天真爛漫な笑顔を奪う。

だが、今の日本で、この方法以外にどうやって少女たちは金を稼ぐのか。低賃金の派遣社員が多くなったことが今更のように社会問題になっているが、女はずっと昔から低賃金だった。現在でも正社員は少なく、女性の派遣社員は男性の派遣社員の何倍もいる。同一労働同一賃金などと耳に心地いい言葉を政府が掲げて十年近く経つ。北欧の方では実行されているらしいが、日本では未だに絵に描いた餅にすぎない。

ともかく動き出そう。何ごともやってみなければわからない。ダメならすぐに引き返せばいい。有馬にも協力を求めて、客として色々な風俗店に潜入してもらってアドバイスをもらうのもいい。

その翌週から歓楽街に出かけて店舗を物色した。

新宿の歌舞伎町を訪れたのは久しぶりだった。今も昔も変な町だ。私が若かった頃から道路の両側にいかがわしい店がびっしりと立ち並び、客引きの男たちがたくさんいた。だが面白いのは、そこを通り抜けた先に、健全なボウリング場と映画館があり、そして新宿区役所があることだ。以前は新宿コマ劇場もあったから、地方から団体旅行で上京した婦人会の女性たちも、真面目な学生たちも、性風俗の店が両脇に立ち並ぶ通りを歩いたものだ。客引きが条例で禁止され、店や建物が変わったことを除けば、その光景は今も当時と変わらない。

どのあたりなら健全か。風俗店を始めるというのに、健全も何もあったものじゃないが、なるべくなら路地裏や奥まった場所は避けたかった。

歩き回り、だいたいの場所に目星をつけたあと、不動産屋に寄って相談に乗ってもらうことにした。女の経営者が相談に来ることがそれほど珍しくなくなったのか、不動産屋の男性は特に怪しむ様子もなく、様々な物件の間取り図を淡々とプリントアウトしてくれた。だが、なかなかぴったりくる物件が見つからなかったので、希望条件に合う物件が出たら連絡をもらうことを約束して辞した。

その後、毎週のように連絡があったが、金額的に折り合わなかったり、狭すぎたり広すぎたりと気に入らず、結局これだと決めたときには数ヶ月が経過していた。築浅のビルの七階にあるその物件は、道路に面していて、交番が近くにあるのが決め手となった。表通りに出れば警察署もある。挨拶に行って、婦人警官にちょくちょく見回りに来てもらうよう頼んでおこう。

店が決まると、簡単な設計図を我流で描き、内装業者に見積もってもらった。そして、女子高生の制服を何種類か選んで注文した。男性客がそれを性の対象として見ることを想像するだけで、ぞっとした。そのたびに、いったい自分は何をやっているのだろう、こんなことは絶対やってはいけないのではないかと激しい後悔が押し寄せてきた。だが、いつものように……。

――これ以外でどうやって少女に大金を稼がせることができるのか。

立ち戻るのは、いつもそこだった。

桜子から和菓子屋での時給について聞いたことがあった。同じ仕事でも、高校生というだけで、ただでさえ安い主婦パートよりも更に安い時給だったという。

やはり自分は間違っていない。これこそ貧困な女の子を救う唯一の方法なのだ。

内装も終わり、ネット上でアルバイトの募集をかけると、二人、三人と女の子が応募してきた。面接をすると、ひと目見て問題を抱えていると思われる女の子が多かった。共通しているのは自己肯定感の低さだった。向かい合って真正面から見つめると、すぐに目を逸らす。気弱な笑みを始終浮かべている女の子も少なくなかった。大切な感覚――自分は親から愛されている、だから私は自分に自信がある――を、育つ過程で得ることができなかったのだろう。この子たちを守ってやらなければならない。しかし、そんな大それたことを果たして私ごときができるのだろうか。

桜子とは、もう長いこと会っていなかった。

――お金が欲しいのはやまやまなんですが、どう考えても、そういった店で働く気にはなりません。すみませんがお断わりします。

桜子からのメールを読み返すたび、気分が落ち込んだ。

もとはといえば、桜子の困窮を知ったことがきっかけで店を経営しようと思ったのだった。だが桜子の気持ちは痛いほどわかる。

私だって、あまりに品のないキャバクラ店では働けなかった。銀座のクラブのように、金持ちのエリート客しか相手にしないような店を選んだ。

自分は十代のときから既に大人の女の雰囲気があったから、そういった店で雇ってもらえたが、桜子のように子供っぽくて、女の子というよりも少年のような雰囲気の子はキャバクラでは雇ってもらえない。そのうえ男に媚を売ることを知らないとなれば話にならない。だから風俗店しかないと思ったのだ。

自分が桜子に送ったメールも読み返してみた。

――非常に残念ですが、無理強いすることもできません。ただ、あなたはもう進学はできないだろうし、就職するにしても、たぶん住み込みで雇ってくれるところしか無理でしょう。将来の選択肢が一気に狭まったことを覚悟した方がいいと思います。ですが、もしも気が変わったら連絡してください。また病院でもお会いしましょう。

何日経っても返事は来なかった。

こんな商売を始めた私を軽蔑しているのか。十代の女の子にしてみれば、当然の反応かもしれない。想像するだけで反吐が出そうなのだろう。十代だから潔癖というものではない。三十代後半の今になっても、その感覚は変わらないし、終生変わらないだろうと思う。

せめて清潔感のある店にしよう。入り口をカフェのような雰囲気にすれば、ガラの悪い男や酔っ払いの不潔な中高年男は寄りつかないはずだ。狙いとする客層は、純朴な男子学生と若いサラリーマンだ。

キャバクラで働いていた経験から、店構えは客を選り分けるものだと知っていた。

30　小出桜子

あっという間に高三の十二月になってしまった。

希望の光はちっとも見えてこなかった。

桃山さんに言われた通り、児童養護施設出身者を対象とした奨学金審査と、一般的な給費生試験のどちらにも申し込んだが、落選通知が続々と届き、今日は最後の一通が届いた。ドキドキしながら封書を開けると、やはり落選だった。

高校の担任教師は、施設の子を対象とした試験があること自体を知らなかった。それまで施設から通う生徒が一人もいなかったらしい。

「小出、残念だったな」と、担任教師は慰めるように言ってくれた。

「まっ、仕方ないよ。どの大学も一人か二人しか募集してないんだもんな。大学側にすれば一人一千万円はかかるから、たくさんの生徒は無理なんだ」

「私なら大丈夫ですよ。受かるなんて最初から思っていませんでしたし」

そう言ってハハハと笑って見せたが、職員室前のがらんとした廊下に虚しく響いた。

「それにしても、私立大学六百校が児童養護施設出身者を一人ずつ入学させてくれれば、六百人が救われるのにな」

「何が悪かったんでしょうか。面接かな、私、愛想ないからなあ」

志望理由書や学修計画書などは完璧なはずだった。成績も抜群だ。となると、面接で落ちたとしか考えられなかった。それも、申し込んだ大学すべてに嫌われたのかと思うと、ショックは大きかった。

「大学に勤めている知り合いに聞いてみたんだが、応募者のほとんどが成績抜群で、そのうえ応募書類はどれもこれも熱心に書かれているから点数なんてつけられなくて、心苦しいと言ってたよ」

「……そうですか」

みんな必死なのだろう。貧乏から脱する数少ない手段なのだ。

「だけど小出、まだ終わったわけじゃないぞ。国の奨学金も申し込んだだろ。その結果を待とうじゃないか」

「……はい」

低所得世帯を対象とした大学の無償化制度は始まったばかりだった。授業料の大幅な減免があり、生活費は返済不要の給付型奨学金で賄うことができ、入学後の学業成績が悪いと支援は打ち切られるという。

担任教師はこの制度についても詳しくは知らなかった。所得制限がかなり低く抑えられているからだ。公立高校とはいえ、そこまで貧乏な家の生徒は滅多にいないのだろう。

その日、学校帰りに貴子の店に足を向けた。

風俗店で働くことに関しては桃山さんに大反対されていたし、自分もやりたくなかった。だが、たまには気軽な気持ちで事務所に顔を見せにきてと、貴子に言われたことがきっかけで、ときどき行くようになっていた。

裏口のドアを開けると、すぐそこが事務室だ。

「いらっしゃい」と、貴子が笑顔で迎えてくれた。

いつもきちんとしたスーツ姿だ。濃紺か地味なグレーのときがほとんどで、これは特殊な仕事ではなくて、単なるビジネスなのだと主張しているようにも見えた。

店は軌道に乗っているらしい。ソフト路線の割には時給がいいと評判を呼び、女の子がたくさん応募してきたと聞いている。普通なら経営者が利益をがっぽり得るところだが、利益から経費を差し引いた残りの大半を、女の子たちに分配している。国会議員の妻で、夫に議員報酬があるから、ここでは赤字が出ない程度にほんの少し儲かれば満足ということなのか。

女の子たちはみんな店に出払っているらしく、事務室では貴子と二人きりだった。

「貴子さんは偉いですね」

しみじみと言うと、貴子はいきなり噴き出した。「急になんなのよ。そんな子供を褒めるような言葉、そもそも年上に向かって失礼よ」

「だって偉いとしか言いようがないです。自分の危険を顧みずに、どこまでも他人にかかわろうとしているじゃないですか」

そういうことは自分にはできない。私はユリを見捨てた。あれからメールも来ないし、こちらからも連絡していない。

私は指導員の由紀子と同類だ。人には親切にしたいとは思っているが、あくまでも自分に危険が及ばない範囲でのことだ。ユリの背後にいる男に会ったこともないから過剰防衛かもしれないとも思う。でもやっぱり今後もかかわるつもりはない。

「私が人に親切にするのには訳があるのよ。過去に懺悔(ざんげ)したいことがあってね」

貴子はそう言いながら背を向けて、香りのいい鉄観音茶(てつかんのんちゃ)を淹れてくれた。

「懺悔とはまた大げさですね」

「私ね、子供を産んですぐに捨てたことがあるの」

この貴子という人には驚かされっぱなしだ。上品な微笑みから、そんな過去があることなど誰が想像するだろう。

「捨てた、というのはどうしてですか？」

「育てられそうになかった。私と一緒にいたら不幸になると思ったからよ」

誰一人相談できる人もなく、貧困に苦しんでいたのだという。

「本当は赤ん坊を殺して自分も死のうと思ったの。でもできなかった。熊本の病院の玄関前に捨てたの」

「えっ、熊本ですか？」

もしかしたら、貴子は自分の母親なのだろうか。こんなに若くてきれいな女性を想像していなかった。

「元気で生きていれば十八歳。もしも高校に通えているのなら、桜子ちゃんと同じ高校三年生になるの」

もしもこの人が母親だとしたら、果たして自分はこの人を許せるだろうか。絶対に許してやるもんかと思おうとするが、心の底では許してしまうのを感じていた。当時の苦労が想像できた。もしも私が妊娠したら、同じ手段に出るかもしれない。

ユリは大丈夫だろうか。今頃どうしているのだろう。さっき関わり合いたくないと思ったばかりなのに、気になってきた。

「摩周湖先生に勧められてＤＮＡ検査をしたんだけどね、残念ながら息子は見つからなかった」

「あ、男の子だったんですね」

「そうよ。私に似てすごくハンサムだった」

「実は私も摩周湖先生に勧められてDNAをアメリカの検査機関に登録したんです。でも親族らしき人は一人も見つかりませんでした」

「桜子ちゃんも検査したの？　知らなかった。でも諦めるのはまだ早いわ。私はいつか息子がDNA登録をする日が来ると信じて待ってるの。息子はヤクザ者になっているかもしれない。でも自分が他人を救えば、私の息子も誰かに救われるかもしれないと考えて……そんなことあり得ないのにね。ただ、そう考えると心が安らぐの」

そう言って貴子は寂しそうに笑った。

「これ、見てみる？」と言いながら貴子が指さした先には、ノートが何冊も積み重ねられていた。

「女の子ひとりひとりのノートを作ったのよ」

手に取ってめくってみると、預金目標額がでかでかと書かれていた。

「平均額はだいたい一千万円。日頃から無駄遣いしないでコツコツお金を貯めて、目標額に達したら店を辞めてもらうことになってるの」

休憩時間の様子を何度か見たことがあるが、同じ目的に向かって働いているからか、女の子たちは仲が良かった。互いに情報交換をして、一致団結していた。

「身を削って稼いだ大切なお金だもの。決して無駄遣いはしないようにって、口うるさく言ってるの」

その話なら前回来たときも聞いた。

――まるで一種の洗脳だな。

そう言って笑ったのは有馬という弁護士だった。初対面だったのに、何を思ったのか、私に弁護士になるよう勧めたのだった。

「お疲れ様です」

ドアが開いて、事務員の奈緒子が入ってきた。両手に提げたスーパーの袋が重そうだ。奈緒子は商業高校を出ていて簿記ができるらしく、貴子に重宝されている。だがそれ以外にも、事務室の奥にある小さなキッチンで簡単な食事を作ってスタッフに提供する役割も担っていた。お腹が空いたらいつでも自由に食べられるようになっていて、家庭的な雰囲気を醸し出している。

「あら、桜子ちゃんじゃないの。こんにちは。今日はクリームシチューよ。美味しいパンも買ったの。食べていってね」

「ありがとうございます。でも施設で食事が出るので遠慮しときます」

桃山さんの料理を逃すわけにはいかなかった。

「七海ちゃんはどうですか？　元気で学校に通っていますか？」と尋ねてみた。

奈緒子は最近まで子連れで出勤していた。

幼い七海にとって、ここが良い環境とは思えなかったが、アパートの一室にぽつんと一人でいるよりは百倍マシだと貴子は言った。七海はここに来ると、お絵描きをしたり漫画を読んだりしていたが、とっくに学校に通う年齢になっているように見えたので不思議に思って尋ねてみると、戸籍がないというからびっくりした。だが、その後、有馬弁護士から戸籍はなくとも住民票は取れると聞いて、奈緒子はすぐに手続きをしたらしい。元夫に追跡されたら厄介なことになるからと、用心のために住民票を二度移した。役所の窓口に行くとき、弁護士の有馬に付き添ってもらったからか、職員の対応は親切だったという。

「七海は学校が楽しいみたい。桜子ちゃんのお蔭よ。本当にありがとう」

七海の勉強を見てやったのだった。初めて会ったとき、七海はひらがなをやっと書けるというレベルだった。その程度の学力でいきなり二年生になったら劣等感の塊になって不登校になってしまうのではないか。そう思って入学前の猛特訓を請け負ったのだった。

「それで、あれから戸籍はどうなったんですか？」

住民票は取れても戸籍を取得するのは容易ではないと聞いていた。

「有馬さんとも相談したんだけどね」と、貴子が話し始めた。

やはりDNA検査しかないという結論に達したという。サッカー部の元キャプテンだった男の髪の毛を採取して、検査結果を突き付けるのがいいと有馬は言ったらしい。

「でも法律では、離婚後三百日以内に生まれた子は、自動的に前夫の子になると定められているって言っていませんでした？」と尋ねてみた。

「その通りよ。だけど、いくらあの人でも、検査結果を前にしてまで俺の子だとは言い張れないと思うの」と、奈緒子は言った。

「元キャプテンが認知さえしてくれれば見通しは一気に明るくなるわね」

貴子はそう言って、ひとり大きくうなずいた。

「でも、どうやってその男の人のDNAを採取するんですか？」

そう尋ねると、「既に毛髪を採取済みなの」と貴子は言った。

聞けば、有馬弁護士が彼の妻に事情を話して協力してもらったのだという。妻は大層ショックを受けていたが、無戸籍の子供の存在を知り、同情してくれたという。

「奥さんは正義感の強い人みたいでね、だから私、余計に申し訳なくて」

奈緒子はそう言ってうつむいた。

「もう気にするのやめましょう」と、貴子は無理やり明るい声を出して続けた。「奥さんには申し訳ないけど、亭主に浮気される人生より、戸籍のない人生の方がずっと不幸だもの」

「本当に科学の発達って有難いわ」と、奈緒子はしみじみと言った。

長い間、血液型で判断するしかない時代が続いた。それ以前は、血液型さえも発見されていなかったのだ。何年か先には、血縁関係が一瞬で判明する検査薬が発明されるかもしれない。きっと想像もつかない世界が広がっているに違いない。

「さあ、シチューを作らなきゃ」

奈緒子が奥にある小さなキッチンに入っていったので、再び貴子と二人きりになった。

「あのう、貴子さん」

ドキドキしていた。

「なあに？」

「すみませんが、一回だけお試しでここで働かせてくれませんか」

「それ本気で言ってるの？　心境の変化でもあったの？」

「実は……」

給費生試験にことごとく落ちたことを話した。まだ国の奨学金制度に申し込んだ結果は出ていないが、始まったばかりの制度だから合否の判断基準がわからないし、絶望的な予感がしていた。

「いいわよ。やってごらんなさい」

貴子は、女子高生の制服と下着を貸してくれた。やり方は知っていた。女の子たちが休憩時間に話しているのを聞いていたからだ。

通路を通って店に入り、空いているブースを選んで丸椅子に座って待機していると、アクリル板の向こうのドアから、男が入室してくる影がぼんやりと見えた。胸部より上は不透明になっているので互いに顔は見えない。だが万が一、相手が床に寝そべってこちらの顔を見ようとしたときのために、大きなマスクと真っ黒いゴーグルをしていた。

「いらっしゃいませ」

極度に緊張していたので、蚊の鳴くような声しか出せなかった。向こう側にいるのが、いやらしい中年オヤジだと思うと、鳥肌が立つ思いがしたが、もう引き返せない。

男が無言のまま椅子に座るのが、アクリル板を通してぼんやり見えた。気味が悪かった。でも……どう考えても、この仕事は楽ちんだ。ここに座ってパンツを見せるだけで大金がもらえるのだ。もう蕎麦屋のバイトには戻りたくない気がした。それというのも、バイト先の蕎麦屋がテレビで紹介されてからというもの、店の前に行列ができるようになった。常に店内を走り回るような忙しさで、店員はみんな疲れ果ててしまっているというのに、店主は従業員を増やす気はないと言ったのだ。

スカートを腿までたくし上げ、股を大きく開きかけたときだった。

「その指、どうしたの？」

アクリル板の向こうから、遠慮がちな声が聞こえてきた。

「指って？」

「右手の中指だよ。怪我してるでしょ」

「ああ、これですね。学校でクラス対抗の球技大会があって、バスケで突き指したんです」

保健室の先生が湿布をした上に包帯を巻いてくれたので、まるで大怪我をしたように見える。

「球技大会で突き指したのは、今日のことなの？」

「はい、今日ですけど」

正直に答えたのは、今の話で本物の高校生だと信じてくれるのではないかと思ったからだ。ここで働く女性の全員が女子高生の制服を着ているが、三十代の女性も何人かいる。それを見破ったのか、本当に高校生なのかと受付で尋ねる男もいると聞いていた。

「お前、もしかして……」と、男は言いかけて黙った。

「何でしょうか」

「だからさ、お前は……」

「はい？　すみません。私、今日が初めてなものですから、えっと、何か……」

何か手順を間違えてしまったのかもしれない。そう思って慌てていた。

「ほんと、すみません。あのう、何かご不満があれば、おっしゃってください」

「お前、もしかして小出桜子じゃねえの？」

絶句していた。

あまりの衝撃でどうしていいかわからなかった。両手で椅子の端をつかんで身体を支えているのがやっとだった。

あ、マズい。

急に黙ってしまったら、私は小出桜子ですと白状しているのも同然じゃないか。心臓が破裂しそうだった。アクリル板の向こうにいる男はいったい誰なのか。どうして私だとわかったのだ。もしかして、この突き指？　でも、どうしてそれだけでわかるのか。

「あのう……違います。っていうか、そのコイデなんとかって誰ですか？」

冷や汗が噴き出してきた。冷や汗というものを経験したのは生まれて初めてだった。比喩でなく、本物の汗が流れるとは知らなかった。

「俺、夏野だよ。今日のバスケのとき、お前にパスした夏野です」

夏野琢磨(たくま)がパスしたボールで突き指をしたのだった。なんと答えればいいのか。シラを切り通すべきなのか。パニック状態だった。

「その突き指、大丈夫か？　帰りのホームルームのとき、包帯ぐるぐる巻きだったから心配だったんだ」

自分の心臓の音がはっきりと聞こえる。

神様、時間を巻き戻してください、お願いします。

「俺の声、聞こえてる？」

「……うん」

「あのさ、俺がここに来たこと、誰にも言わないでくれる？　担任の耳に入ったら内申書に響くからさ」

「わかった。誰にも言わない。それと、ありがとう。夏野くん、名乗ってくれて」

名乗らないまま、この場を去ることもできたはずだ。それなのに、夏野は正々堂々と名乗った。もしもアクリル板の向こうにいるのが誰だかわからずじまいなら、気になって夜も眠れない毎日が続くところだった。それに、相手が誰だかわからないまま匿名で脅されでもしたら、私はどうなっていただろう。

「私のことも言わないでほしい」

「約束する。死んでも言わねえよ」

私立女子高の美園学園に行かなくて良かった。あそこなら、バレたら即刻退学となるだろう。都立なら、万が一バレても口頭注意か停学くらいで済む。

夏野は校内では有名人だった。陸上部のハードル選手として活躍する傍ら、科学部にも籍を置いていて、去年の夏休みに糸トンボの研究で総理大臣賞を取った。

「お前さ、こんな仕事やめろよ」

「だって私、お金が要るんだよ。退院してきたとき、英語の時間に話したでしょ。児童養護施設から通ってること」

「それは知ってるけどさ。しかしお前も若いのに苦労するなあ」

まるで中年オヤジみたいな言い方なので、おかしくなって思わずクスッと笑った。すると、夏野もフフッと笑ったので、急にリラックスした雰囲気になった。

「うちの親父さ、IT関連の社長やってんだ。でさ、アルバイト募集してんだけど、お前どう？　パソコン得意じゃん。ほら、最近はさ、パソコンを買ったはいいけど、使い方がわからないジーサンバーサンが増えてんだよ。使い方を教えるだけなんだけど、それよりお前、股、閉じろよ」

「あ」

急いで脚を揃えてスカートを下ろし、上着もきちんと整えた。

「私がパソコンが得意だってこと、なんで知ってるの？」

「みんな知ってるよ。コンピューターの授業でお前を見てたら誰だってわかるだろ」

「へえ、そういうものか」

「そういうもんだよ」

学校のクラスというのは不思議なものだ。一クラスに四十人もいて、それも男子とはほとんど話したこともないのに、互いの存在だけでなく、特徴も知らず知らずのうちにわかっている。現に、私だって夏野の活躍のことだけでなく、ふざけてはいても根は真面目という性格まで把握しているのだから。

「そのパソコンのバイト、いくらもらえるの？」

「月申庵(げっしんあん)よりはずっといいよ」

バイト先の蕎麦屋の店名まで知っているとは……。

「確か時給千三百円くらいだったと思うけど」

千三百円は、バイトにしては破格の値段かもしれないが、でもその程度では進学は無理だ。

そのときブザーが鳴った。入店後、三十分経ったことを知らせるものだった。

「夏野くん、延長する？」

「いや、もう小遣いギリギリだから帰る。俺のメアド教えとく」

夏野はメールアドレスを口頭で言ってから、部屋を出て行った。

31　黒田摩周湖

貴子が定期検査に訪れた。

それまで見たこともないような厳しい顔つきだった。相変わらず礼儀正しいが、いつもの柔らかな笑顔が見られない。

貴子が診察台に横たわり、目を閉じた。

「胸を診させてくださいね」

聴診器を当てて目を瞑ると、いきなり耳をつんざくような金切り声が聞こえてきた。誰の声だろうと思った次の瞬間、貴子の自宅のリビングが見えてきた。

「貴子さん、何とか言いなさいよっ」

貴子を睨みつけているのは姑だった。遠目でも身体がわなわなと震えているのがわかる。八十代とは思えぬ背筋の伸びた細身の身体に、ピンクベージュのスーツが似合っている。それにしても、こんなに上品そうな人が、こんな声を出すなんて……。

異様なのは、責められている貴子が悪びれた様子も見せず堂々と顔を上げていることだった。

「貴子さん、あなた何を企(たくら)んでるの？　谷村家を潰そうとしてるの？」

「だったらどうして代議士の妻が風俗店を経営したりするのよ。頭がオカシイとしか思えないわ」

「そうでしょうか」

「誰が考えたって狂気の沙汰よ。そもそも店の資金の出どころはどこなの？　まさか、清彦の議員報酬じゃないでしょうね」

「もちろん清彦さんの議員報酬ですが」

「許せないわ。もとをただせば国民が汗水垂らして働いた血税なのよ。いかがわしい商売に使っていいと思ってるの？」

「お義母さん、お言葉を返すようですが、その血税とやらをご近所の冠婚葬祭や選挙活動に使うよりは、底辺の女の子を救うことに使った方が有意義だと思いますけどね」

「何をふざけたこと言ってるの。人を馬鹿にするのもいい加減にしなさいっ」

「馬鹿になんかしていません。私は真剣なんです」

貴子が平然と言い返すと、姑の顔から一瞬にして怒りが消え、気味の悪いものを見るような目つきに変わった。

「私はその血税とやらを、清彦さんがキャバクラで大盤振る舞いするのが正しい使い方だとは思いませんけど」

「話をすり替えないでちょうだい。あなたって人はいったい……」

そう言うと、姑の目は憎しみを帯びたものになった。

「そんな商売して恥ずかしいとは思わないの？」

「思いません。それどころか、さすが議員の妻だと褒められてもいいくらいだと思っています」

「やっぱりイカレてる。本当なら離婚してもらいたいところだけど、末期癌から生還したばかりの妻を放り出したとなったら次の選挙は絶望的だし……。ともかく、すぐに店を閉じなさい。まだそれほど噂は広まっていないようだから、今なら誤魔化せるわ」

「お義母さんも一度、店を見学にいらしてみませんか」

「それ本気で言ってるの？　あなたたちの結婚には大反対だったけど、清彦がどうしても結婚したいって言うから仕方なく折れたのよ。あなたは育ちが悪いけど、見方を変えれば苦労人で頼りになる。そう思って我慢したのよ。それなのに何なの、このザマは」

貴子は相変わらず平然と顔を上げている。言いたいことはそれだけか、とでも言いたげだ。

「この家は、あなただけが頼りだったのよ」

「は？　私だけ、とは？」

「だって清彦は馬鹿だもの。そんなこと、あなたがいちばんよくわかってるでしょう。でもあなたは大胆すぎる。ある意味、非常識なほど正義感が強い」

「ありがとうございます」

「褒めたんじゃないわよっ」

また金切り声になった。

「お義母さん、貧乏のどん底にいる人間はどうやって生きていけばいいんでしょうか」

「風俗なんて言語道断よ。プライドのない女がやることよ。誰だって一生懸命働けば、パートでも月に三十万円くらいは稼げるはずよ」

「どういう計算をすれば、そんなに多くなるんです？」

私はあなたに呆れていますと、はっきり態度で表すためなのか、貴子は姑を馬鹿にしたように鼻で嗤った。

「そういえば総理がお義母さんと似たようなことを言っているのをテレビで見ましたよ。でも、その映像は二度と放映されませんでした。マスコミの忖度を思うと情けなくて涙が出そうでしたよ。お義母さんは、お嬢さん育ちで世間知らずですす」

「なんですって。図に乗るのもいい加減にしなさいっ」

「お義母さん、一度カトレア荘に住んでみられたらいかがですか？　庶民とはどういうものかを体験なさってください」

「カトレア荘に私が住む？　何を訳の分からないことを言ってるの？　どちらにせよ、近いうちに離婚してもらうわ。そして損害賠償を請求します。勝手にうちのお金を風俗店の開業資金にするなんて許さない」

そう言うと、姑はバタンとドアを閉めて出て行った。

どうやら家庭内が大変なことになっているらしい。

目を開けると、貴子が身じろぎもせず天井を睨んでいた。


医局に戻ると誰もおらず、しんと静まり返っていた。

デスクの間を通り抜けて、衝立の向こう側にある給湯コーナーへ行き、自分のマグカップにインスタントコーヒーを入れた。

そのとき、背後でドアが開く音がした。衝立で区切られていて見えないが、あの大きな足音は笹田部長だ。そのすぐあとに、再びドアが開く音がした。

「あ、部長、いたの？　お疲れ」

香織先輩の声だった。ハスキーなのもあるが、部長に敬語を使わないのは彼女だけだからすぐわかる。

「お疲れ様です」と優し気な声の主も入ってきた。きっと岩清水だ。

「またアイツ、厄介なことしでかしたよ」

笹田部長は、でっぷりした腹部が共鳴しているのかと思うほど声が大きい。

いきなり心臓がドキドキしだした。アイツというのはきっと私のことだ。またしても私が何かをしでかしたらしいが、何をしたのか考えても見当がつかなかった。やっぱり私は人格的にどこかオカシイのか。そう思うと絶望的な気持ちになる。

「厄介なことって何なの？　どうせまた摩周湖でしょう？　なんといっても、日本で一番透明度が高い湖だからね」

香織先輩がはっきりと皮肉った。彼女の辞書に「遠慮」という言葉はない。

「違うよ。もう一人の方だよ」

「えっ、ルミ子ですか？」と岩清水の声がした。

「ルミ子かあ。今度は何をしでかしたの？」と、香織先輩の楽しそうな声が聞こえてくる。

ルミ子先輩は宿直明けで、午前中に帰ってしまっていた。

息を殺して耳を澄ませた。盗み聞きをするのは後ろめたかったが、ルミ子先輩が窮地に陥っているのならば救いたかった。あれからずっと、ルミ子先輩は聴診器のことについて何も言わないが、自分を助けようとしてくれたことは間違いないと思う。

ポットからマグカップに湯を注ぐと音がするから、ここにいるのがバレてしまう。だけど、ぐずぐずしていると貴重な昼休みが終わってしまう。

どうしたらいいだろう。

「問題は、先週入院したばかりの大河内庄次郎だよ」

笹田部長は溜め息まじりの声で続けた。「主治医をルミ子から別の医者に替えてくれって、さっき奥さんが言いに来たんだ」

「ルミ子の何が気に入らないって言ってるの？」と香織先輩が尋ねた。

「例のアレだよ。患者や家族の神経を逆撫でするようなことを平気で言うって」

「なんだ、またそれですか。彼女、悪気はないんだけどなあ」と、岩清水が庇(かば)う。

「どちらにしろ主治医を交代させるつもりはないよ。前例を作ったら、頼みさえすれば替えてくれるという噂が広がるからな」

そのとき、ふと自分のような下っ端が聞き耳を立てているのは、やはり失礼ではないかと思い、ポットのお湯を勢いよくマグカップに注いだ。

「あ、誰かいる」と香織先輩の声がした。

「すみません。聞こえてしまいました」

そう言いながら衝立から出て行くと、三人ともこちらを見たが、特に気にする風もなかった。

「困ったことになったな。ルミ子が患者を怒らせるのはよくあることだが、大河内庄次郎となるとまずいぞ」

大河内庄次郎なら、貴子に聴診器を当てたときに出てきた人物だ。政界のドンと呼ばれている大物政治家である。

ここのところ患者のクレームは、私よりルミ子先輩に対するものの方が多くなっていた。私へのクレームがめっきり減ったことを思うと、例の聴診器は私よりルミ子先輩が持っている方が良いのではないか。そうは思うが、失礼でない方法で返すにはどうすればいいのだろう。

さっきから気になっているのは、笹田部長が私をチラチラと盗み見するような視線を寄越してくることだった。目を凝らしてみると、彼の視線の先は、私自身ではなく、私が首から下げている聴診器ではないかと思うのだが、錯覚だろうか。

「大河内のジーサンときたら、看護師を家政婦か何かと勘違いしてるみたいで、マリ江くんに洗濯の指示までするんだよ。そのうえ若い看護師には肩を揉めだとか新聞を音読しろとか命令するんだ。みんな愛想笑いしながらうまくかわすけど、ルミ子だけは真正面からぶつかっちゃうんだな」と笹田部長が顔を顰めた。

「ルミ子らしいな」と、岩清水が笑った。

「何なの、そのジーサン、頭にくる。いっそのこと大部屋に移しちゃおうよ」と、香織先輩が言う。

自分も宿直のとき、大河内に何度も呼び出されたことがあった。口では偉そうにあれこれ言うが、情緒不安定になっているのが見て取れた。不摂生が祟り、高血圧症と糖尿病という典型的な生活習慣病の悪化で、それまでの暴飲暴食を深く後悔して落ち込んでいるようだった。

「あのう……もしかして大河内さんは怖いのではないでしょうか」

知らない間に口を挟んでいた。三人が一斉に私を見る。

「怖い？　何が怖いの？」と、岩清水が尋ねた。

「剛毅なふりをなさっていますが、本当は不安でたまらなくて、弱気になっておられるように私には思えるんですが」

「だからといって、看護師やルミ子に意地悪するのってどうなのよ」

「意地悪じゃなくて甘えているのではないですか？　奥様が一度も見舞いに来ないのを気にして寂しがっておられたようですし」

「そう言われればそんな気がしてきた」と笹田部長が言う。

「へえ、摩周湖って洞察力あるじゃん」と、香織先輩が私を見た。

「意外だな」と、岩清水も私に目を向ける。

この聴診器のお蔭で、自分が鈍感でないことを知ったのだった。そして、今のように、思ったままを話すよう努力することで、最近は誤解されることが減っていた。

「君は大河内庄次郎にも聴診器を当てたのか？」と、笹田部長が聞いてきた。

「えっ？」

どういう意味だろう。

「聴診器、といいますと？」と、私はドキドキしながら尋ね返した。

香織先輩と岩清水は意味がわからなかったらしく、笹田部長を黙って見つめている。

「いや、他意はないんだ。当直のときにでも診察したのかと思ってね」と、なぜか笹田部長は慌てたように早口になった。

「診察はしていません。小間使いのように何度も呼び出されただけです」

「……そうか」と笹田部長はつぶやくように言い、私から目を逸らした。

まさか……。

笹田部長は、この聴診器の秘密を知っているのだろうか。

サンドイッチを食べ終えたあと、ロッカールームへ向かった。

肌寒かったので、カーディガンを取りに行った。袖を通してからロッカーの扉を勢いよく閉めると、その反動で隣のルミ子先輩の扉が数センチ開いてしまった。どうやら彼女は鍵をかけ忘れたらしい。

隙間から覗いてみると、ルミ子先輩の白衣と聴診器がぶら下がっているのが見えた。

次の瞬間、動きを止めて息も止めた。そして、ロッカールームに近づいてくる足音がしないかどうか、耳を澄ませた。

今がチャンスだ。

ルミ子先輩のロッカーを大きく開け放した。そしてルミ子先輩の聴診器を素早く取り出し、私の首にかかっていた聴診器と取り替えて扉を閉めた。

ルミ子先輩、あなたにはまだこの聴診器が必要なようですよ。

そう心の中で話しかけた。

32　谷村貴子

風俗店をオープンしてから、はや一年近くが経った。

今年は梅雨らしい梅雨だ。毎日のように雨が降る。リビングの窓辺に立って雨粒で光る紫陽花(あじさい)を眺めていたら、背後でドアが開く音がした。

「貴子さん、朝食はもう済んだの？」

「いいえ、まだです。すぐに用意します」

「たまにはモーニングを食べに行きましょうよ。駅ナカに新しいお店ができたのよ」

「あれはチェーン店で、セルフサービスですよ。お義母さまのお口に合うかどうか」

「何を言ってるの。私は庶民と同じように生活するって決めたのよ」

「ああ、そうでしたね」

いつだったか、あの激しい言い争いのあと、姑はカトレア荘で一ヶ月間暮らしたのだった。世間知らずだと嫁の私に言われたのが相当カチンときたらしく、売り言葉に買い言葉で、カトレア荘で暮らしてみせると姑は言いきった。言ったそばから後悔が顔に表れていたが、かまわず私はその場で家主である東条に電話した。幸運にも空き部屋が出たばかりで、すかさず借りる手筈を整えたのだった。


入居してすぐの頃、姑は頻繁に電話をかけてきて、あれこれ不満を訴えたが、私は相手にしなかった。自宅は目と鼻の先なのだから、カトレア荘が嫌ならさっさと帰ってくればいいのだ。だが、そのうち電話もかかってこなくなり、姑も意地があるのか、荷物を取りにくるとき以外は帰ってこなかった。一ヶ月経って帰宅したとき、姑は以前よりこざっぱりして見えた。ネックレスもイヤリングも指輪もつけていなかったし、化粧も薄かった。

——お義母さん、なんだかきれいになりましたね。

——冗談はおよしなさい。化粧もろくにしていないのよ。

――その方がいいですよ。いい年して厚化粧のお婆さんは不潔っぽいですからね。

そう言うと、姑は私をじっと見つめた。

――あなたがいてくれて本当に良かったわ。そんな意地悪なことを言ってくれる人は、貴子さん以外にいないもの。周りは私をおだててばかり。

そう言って、フフッとおかしそうに笑った。

姑は変わった。以前なら仮にこんなことを言えばきっと青筋を立てて怒り出すか、育ちの悪い嫁に軽蔑の一瞥をくれるかのどちらかだったに違いない。

――一ヶ月の修業、ご苦労様でした。

私は、その一ヶ月をわざと修業と呼んだ。嫌がらせだった。苦労知らずの人間を心の奥底で憎んでいたのだと、そのとき初めて気づいた。いや、気づいたというよりも、素直に認めたといった方がいいかもしれない。

――みんな必死に生きていたわ。

姑は、カトレア荘の住人のことを語り出した。働けど働けど貧乏から脱することができない二階に住む独身女性のこと。腰痛がひどいのに、年金が少ないために今もヘルパーの仕事をしている七十九歳の女性のこと。何か美味しいものでも差し上げたいとお隣にメロンを持っていったら、屈辱的だと断わられたこと。父親と二人で住む小学生の男の子に「おい、税金泥棒」と呼ばれて、そのショックで三日間寝込んだこと。

――いろんなことがあったんですね。それなのに、よく逃げ帰らなかったですね。

――そりゃそうよ。わたくし幼少の頃から厳しく躾けられてきたんですもの。常に努力するように、何事もあきらめないようにと、両親から口酸っぱく言われて育ったのよ。だからわたくし、あれくらいのことでへこたれるわけにいかないの。

ショックで三日間寝込んだのち、小学生の男の子を自宅に招いて一緒にジュースを飲みながら、男の子が日頃困っていることを聞き出したのだという。それ以降、男の子は会うたび笑顔を見せるようになった。姑はそれに気を良くして、アパートの住人を順番にお茶に招いたという。確か、あまりガラのよくない住人もいたはずだが、姑ならつけ込まれたりはしないのだろう。冒しがたい気品が備わっているからだ。

――奈緒子さんと七海ちゃんとも知り合いになったの。あなたに深く感謝してたわ。風俗店がこの世の中にあること自体、私は言語道断だと思っているし、今後もその考えは変わらないわ。でも現実問題として、貧困な女性が生きていくために必要だというなら、労働者としてきちんと保護すべきね。そして、女性が生きにくいこんな世の中を、貴子さん、あなたが変えていってちょうだい。

そう言って、姑はこちらを見て微笑んだのだった。そんな優しい表情で見つめられたのは初めてだった。

そしてその年、大事件が起こった。なんと、我が夫が厚生労働大臣に抜擢されたのだった。

――貴子のお蔭だよ。貧困女性に手を差し伸べる実験を果敢に行っているとか何とか言って、総理が高く評価してくれたんだ。まっ、総理にしたって自分の人気取りのためなんだろうけどさ。どっちにしても、貴子と結婚して本当に良かったよ。

つい先日まで、風俗店など言語道断だ、恥さらしだ、離婚だ、出て行けなどと怒鳴りまくっていたくせに、なんと変わり身が早いのだろう。

風俗店経営は、ワイドショーや週刊誌の格好の餌食(えじき)となり、一躍有名になってしまったのだった。頭がオカシイと批判する人がほとんどだったが、貧困問題をクローズアップさせてくれたと感謝する声も少なくなかった。

そのうち、貧困問題に詳しいスペシャリストとしてテレビで引っ張りだこになった。自分だけではなく夫も引っ張り出された。カメラを向けられると、堂々と知ったかぶりをするのは夫の得意とするところで、それをきっかけに大物政治家に重宝されるようになったのだった。ちょうどその頃、男性議員のセクハラが続々と暴露され、＃ＭｅＴｏｏ運動が国会内で激しさを増したことも関係あるのだろう。

有頂天になっている夫の間抜け面から思わず目を逸らす日々だ。クズなのは知っていたが、思った以上にクズだった。

この男が病気で倒れたり死んだりした暁(あかつき)には、自分が地盤看板を引き継いで国会議員に立候補しようと思っている。それを考えると離婚はできない。世襲制や一族経営には大反対だが、甥っ子より私の方が百倍マシだろう。

義弟の息子はつい最近アメリカから帰ってきて、コネで大山建設に勤めたが、社内ではお客さん扱いされていると聞いた。厚生労働大臣の甥ともなれば、失礼のないように接した方が、のちのち会社のためにもなるからだ。甘やかすと本人のためにならないという常識の通じない世界が、この世にはたくさんあるらしい。

駅ナカのできたばかりのチェーン店のカフェで、姑とモーニングセットを食べていると、スマホの着信音が鳴った。

——貴子さん、今度の検査通院はいつですか?

桜子からだった。

夏休みには、高校の同級生だった夏野くんとカンボジアに行って、ボランティア活動をするらしい。

あれから桜子は国の奨学金をもらい、大学生になった。あれほど心配していたが、世帯年収ゼロの申告をしたら審査をすんなり通ったのだという。その発表があったのは、風俗店でためしに働いてみた翌日だった。

桜子は、第一志望だった国立大学の情報処理学科に受かり、授業料は免除され、生活費も給付される。それらすべてが返還不要だという。新設されたばかりの「高等教育の修学支援新制度」というものは、桜子だけでなく、貧困世帯の子供たちに大きな希望をもたらした。文部科学省によると、成績だけで否定的な判断をするのではなく、レポート等で本人の学習意欲を確認するという基準があるらしい。だが、進学後の学修状況には要件があり、出席日数や成績の如何(いかん)によっては支援が打ち切られるというが、頑張り屋の桜子なら心配ないだろう。自分が高校生だったときに、この制度があったならどんなに良かっただろうと思う。きっと私の人生は大きく変わっていたことだろう。

桜子は、調理師の桃山さんという女性の家の二階に下宿させてもらっている。施設育ちの者に不足しがちな暮らしの常識を身につけたいからだという。桃山さんのひとり娘は、世界各国を回ってボランティア活動をしていて、何年かぶりで帰国してきたらしい。桜子が夏休みにカンボジアに行くのも、桃山さんの娘から「見聞が広がるから是非」と誘われたからだ。

33　黒田摩周湖

実家に帰るのは久しぶりだった。

去年の正月に帰ったときは、家に誰もいなかった。あとで聞いた話だと、父は研究のためインドに行っていて、母は救急外来の当番で病院に詰めていたらしい。

普通の家の正月とは違うのだった。家族のイベントなどというものは、子供の頃から経験せずに育った。子供の誕生会より、死にかけている人々を救う方が大切だと母はよく言っていたものだ。

玄関の鍵は持っているから、鍵を開けて中に入った。子供の頃からチャイムを鳴らしたことがない。母の勤務時間が不規則なので、昼間でも眠っていることがあり、絶対に起こしてはならなかったからだ。

家はシンと静まり返っていた。

「ただいま」と小さな声でつぶやきながら、廊下を真っすぐに進み、台所を覗いたが、やはり誰もいなかった。冷蔵庫を開けてみると、正月だというのにバターと牛乳しかない。だが、冷凍庫には肉や魚や冷凍野菜が予想通りぎっしり詰まっていた。

もし母に会えたら、いや、父であっても、はっきりとした大きな声で明るく話しかけようと決めていた。

――お久しぶり。元気だった？

昨夜、声に出して練習までしたのだった。

上着を脱いでソファに座ったとき、玄関ドアが開く音がした。帰ってきたのは父だろうか、それとも母だろうか。父ならリビングにもキッチンにも顔を見せずに、そのまま玄関脇にある自分の部屋へ入ってしまうのが常だった。そのことを思い出した瞬間、バネ仕掛けの人形のようにソファから立ち上がり、小走りになって玄関へ向かった。そうでもしないと、父に挨拶する機会さえなくしてしまう。

「あら、摩周湖、帰ってたのね。元気にしてた？」

玄関先にいたのは母だった。

「もしかして母さん、明日から二日遅れの正月休みとか？」

「あら、よくわかるわね」

「そりゃわかるよ。だって母さんの、その顔つき」

連休前の母は、心底嬉しそうな顔をするのだった。考えてみれば、親子とは思えないほど接点の少ない暮らしだった。それでも、母の表情から心の内を推測できることもある。そう思うと、お腹の中にポッと明かりが灯ったようだった。

いつだったか、桜子が教えてくれたことがある。ほとんど話したことのない同級生でも、同じ教室にいるだけで、互いのことを案外と細かいところまで知っているものだと。

母は視界の隅に、または心の隅に私を置いて、常に気にかけてくれていたに違いないのだ。自分が両親に対してそうだったように。

「仕事で何か困っていることはない？」と、母は先輩医師らしく尋ねながら、台所へ入っていく。母の背中を見ながら、私もあとに続いた。

「母さん、実は面白いことがあったの」

思いきって聴診器の話をしてみることにした。

「母さんは絶対に信じてくれないと思う。でも、笑わないで聞いてほしいの」

「何よ、もったいぶっちゃって。早く話しなさいよ」

笑いながらそう言うと、母はコーヒーミルの中にザーッと豆を入れた。スイッチを入れると、部屋中にいい香りが立ち込めた。

「あ、もしかして、デキ婚とか?」と、母は振り向いてニヤリとした。

「全然違う。彼氏もいないし、そんな余裕ないよ」

「なんだ残念。だったら三億円を拾ったとか? 道に落ちてた紙袋を何気なく拾ってみたら、なんと驚いたことに、そこには札束がどっさり、とか?」

母の妄想はどこまでも広がる。日頃はいつも苛々しているが、余裕のあるときだけは、本来のユーモアたっぷりの人間に戻るのだった。それが盆正月の年に二回だけなのが残念だけど。

「その顔つきだと札束ではなさそうね。だったら何かしら」

「えっとね、ほんと、笑っちゃうことなんだけどね」

そう前置きした。冗談ぽく話した方がいいと思った。真面目な顔をして聴診器のことを話せば、とうとう頭がおかしくなったと思われる。多忙な母に心配をかけるわけにはいかない。

「病院の中庭でね、変な聴診器を拾ったんだよね」

そう言った途端、母はコーヒーを淹れる手を止めて、こちらをじっと見つめた。

「その聴診器がさ、あ、母さん、ほんと笑わないでよ。患者さんの胸に当てるとね、あーら不思議、患者さんの気持ちが聞こえるんだよね。アハハ、面白いでしょ」

だが、母は笑わなかった。それどころか、表情がどんどん真剣になってきて、こちらをじっと見る目が怖いほどだった。

「もしかして摩周湖、その聴診器って、まさかアルファベットでAURORAと刻印してあるとか？」と母が尋ねた。

今度はこちらが真顔になる番だった。

あまりの驚きで、息をするのを忘れてしまった。

「母さん、なんでそんなこと知ってるの？」

「知ってるも何も、私も使っていたことがあるのよ」

絶句していた。

「でも、いつの間にか失くしてしまったのよ」

私をからかっているのだろうか。だが、母は刻印の文字まで知っている。それも、オーロラなんていう聞いたこともないメーカー名なのだ。

「私が思うに、その当時勤めてた大学病院の同僚が怪しいの」と母は言った。

「怪しいって、何が？」

「私が目を離した隙に、聴診器をすり替えたとしか思えないのよ。きっと笹田くんだわ。ほんと頭にくる」

「えっ、笹田くん？　それ、まさか、笹田篤志(あつし)っていう名前じゃないよね？」

そう尋ねると、今度は母が絶句する番だった。

「彼を知ってるの？」

「知ってるも何も、うちの部長だよ」

「ええーっ」と、母は大きな声を出した。そして宙に目を泳がせたあと、忙しなく庭の方に目をやり、そのあと両手を頬に当てた。「摩周湖、ちょっと落ち着きなさい」

どう見ても、落ち着きが必要なのは母の方だった。

「そうだわ、私、コーヒー淹れてる途中だった」

母はそう言って、食器棚からマグカップを二つ出した。

母の背中を見つめているうち、私はあの日の光景を思いだしていた。医局でルミ子先輩が窮地に追いやられているという話をしているとき、笹田部長は私をチラチラと盗み見した。目を凝らして見てみると、その視線は私自身ではなく、首から下げていた聴診器に向けられていたのだった。

そうか、部長は知っていたのか。あの不思議な聴診器のことを。

「摩周湖も苦労してたのね」

そう言って、母はふうっと長い息を吐きながら、マグカップを二つ、テーブルに置いた。私は向かい合わせに座り、黙ってコーヒーを啜った。最初から順序だてて考えようとするが、頭が混乱していて、うまくいかない。

「あの聴診器はね、それを必要とする医師の間を巡るようになっていると思うの」

「ということは、母さんも必要だったってこと？」

「そうよ。私も医師になりたての頃は、患者や家族の気持ちがわからないというレッテルを貼られたものよ」

「そうだったの？　意外だよ」

幼い頃、いつも不在だった母は仕事にやりがいを感じていて、仕事が楽しくて仕方がないのだと思っていた。母にとって家庭や子供は苛々する厄介なもので、だからこそ自分は年中放っておかれるのだと。

だが、そうではなかったのだ。母も職場ではつらい思いをたくさんしてきたのだ。

「でもさ、ある日突然、その聴診器を失くしたってことは、母さんには必要なくなったってことだよね」

「たぶんね。私よりもっと必要としている医師の手に渡ったんでしょうね」

「きっとそうだね。私ももう必要ないと思ってね、それで」

あの聴診器を、ルミ子先輩のロッカーに忍ばせたことを話した。

「そうか、摩周湖も卒業したのね」

母は、嬉しそうににっこりと笑ってコーヒーを一口飲んだ。

「今日は最高にいい日だわ。だってそうでしょう。あの聴診器のことを誰にも話せないまま生きてきたのよ。どうせ誰も信じてくれないだろうと思ってね。でもこうして摩周湖と秘密を共有できたなんて、今日はなんて幸せな日なんでしょう」

「母さん、私も嬉しい」

母が淹れてくれたコーヒーは、格別に美味しかった。

「それで、あの聴診器は役に立ったの？」と、母が尋ねた。

「もちろんだよ。母さん、聞いてよ。あのね」

母に、桜子と貴子のことを話した。母は何度もうなずきながら、熱心に耳を傾けてくれた。

今日は夜が更けるまで語り合いたい。


（了）

この物語はフィクションです。登場する人物・団体・名称等は架空であり、実在のものとは関係ありません。

参考文献・資料

『職業代議士の妻賞罰なし』（石井知子著　日本文芸社）
『代議士の妻たち』（家田荘子著　文春文庫）
『無国籍の日本人』（井戸まさえ著　集英社文庫）
『ひとりぼっちの私が市長になった！』（草間吉夫著　講談社）
『セックスワーク・スタディーズ』（SWASH編集　日本評論社）
『身体を売る彼女たちの事情』（坂爪真吾著　ちくま新書）
『女子大生風俗嬢』（中村淳彦著　朝日新書）
文部科学省ホームページ「高等教育の就学支援新制度」
NHKスペシャル　シリーズ人体「遺伝子」第2集〝DNAスイッチ〟が運命を変える

解説

門賀美央子

叶（かな）うことならば人生をやり直したい。
もっと〜していれば。
〜さえしなければ。
〜の方を選んでいれば。
きっと、自分の人生はもっと輝いていたはず。

誰もが一度はそんな思いを持ったことがあるのではないだろうか。運命の分岐点に戻り、再選択さえできれば、よりよい人生を送れていたに違いない、と。

そんな虫のいい願望に「果たしてそうかな？」と冷や水を浴びせかけたのが『希望病棟』の前作『後悔病棟』だった。

前作の主人公・早坂（はやさか）ルミ子は、胸に当てれば相手の思考や過去を見聞きできる不思議な聴診器を偶然手に入れる。そして、不治の病で余命幾ばくもない患者たちが抱える重い後悔と向き合い、夢の中で人生をやり直す手伝いをすることになった。

ところが、「あったはずのもう一つの人生」は、必ずしもマッチベターではなかった。望み通りに生きてもなお、思わぬ陥穽が待ち受けていたのだ。結局、「輝いていたはずの別の人生」なんて妄想に過ぎない。どんな人生であれ、現実の生の歩みは価値あるものなのだ。

前作が見せてくれた、そんな力強い現実肯定に救われた読者はきっと少なくないだろう。

けれども、私のように諦めの悪い人間は、まだ懲りずに思ってしまうのだ。やっぱりやり直ししてみたい、と。

そんな願望に真正面から答えたのが本作『希望病棟』なのだ、と私は解釈している。（なお、体裁としては続編だが、独立した作品になっているので、前作を未読でも十分楽しめる。そこはご心配なく。）

物語の舞台は前作と同じ神田川病院。物語の鍵を握るのが不思議な聴診器であることも同じだ。ただ、聴診器の持ち主は黒田摩周湖という二十九歳の女性医師に変わる。前作を読んでいたら、この名に見覚えがあるはずだ。そう、ラストにほんの少しだけ出てきた彼女である。

なんとも妙ちきりんな名前を持つ摩周湖さんだが、言動も負けず劣らず、変。異様なまでに口下手で無愛想なせいで、周囲を怒らせてばかりいる。摩周湖は、言葉足らず――というより、自分の考えや気持ちをうまく表現できないせいで誤解されることが重なり、すっかり自信喪失に陥っていた。

そんな彼女が、二名の末期癌患者に対する遺伝子治療治験の担当者となった。

治験の対象者のひとりは捨て子として児童養護施設で育ってきた高校二年生の小出桜子。厳しい生い立ちゆえに鉄壁の外面を持つが、内面は極度の人間不信に陥っている。

もうひとりは三十六歳の代議士夫人・谷村貴子。元キャバ嬢という経歴に引け目を感じ、俗物の夫や姑からは軽んじられ、利用され続けていた。その挙げ句、今では死さえ望まれている。

この世を去るには早すぎる年齢である上、時として死よりもやっかいな孤独という病にも侵されている同情すべき二人だが、死に神は情け容赦ない。どれほど恵まれない人生を送っていようと、惻隠の情を見せることなく鎌を振り下ろそうとする。

あまりにも不公平なようだが、それが現実だ。大地震、大台風、未知の疫病のパンデミック。この数年を考えただけでも、小説や映画の話と思っていたような大事件が次々と起こり、尊い命を奪っていった。不慮の事故や奇禍に巻き込まれた人たちのニュースに至っては、毎日のように流れている。どれほど素晴らしい人格の持ち主でも、人に尽くす日々を送っていても、犠牲になる時には犠牲になる。

死は人も時も選ばない。因果応報なんてないのだ。

それなのに、いざ自分が当事者になるまで、私たちは無意識にこう思っている。普通にしていれば、普通に死んでいくはずだ。

「私の人生に命に関わるアクシデントなどあるはずがない。普通にしていれば、普通に死んでいくはずだ」

桜子も貴子も、まだ老いも見ぬ自分が余命宣告を受けることになろうとは考えてもなかっただろう。なんの覚悟もないところに、病がやってきた。突然告げられた人生の打ち切りを前に、心に湧くのは後悔や恨みばかりである。前作は、この「後悔や恨み」が話の核だった。

ところが、本作では二人に思わぬ未来が用意されていた。治験が成功し、健康を取り戻すのである。

一般的な難病ものの小説だと、ここでめでたし、めでたし、だ。

ところが、垣谷作品の場合、そうは問屋が卸さない。

奇跡の回復を遂げ、まっさらな気持ちで新生活を始めようとする二人を待ち受けるのは、病気になる前とちっとも変わらない厳しい状況だった。当たり前といえば当たり前である。奇跡が起こったのは体の中だけで、周囲は微動だにしていないのだから。

それでも、一度奇跡を体験してしまうと、人は変わらざるを得ないのだろう。彼女たちは雄々しく前を向く。そう、人生の「やり直し」を始めるのだ。

頑なに心を閉ざしていた桜子は、ふとしたことがきっかけで、人間不信の源が自分自身の幼い思い込みにあったことに気づく。

無力感から他人の顔色を窺うばかりだった貴子は、言い訳三昧の日々に終止符を打ち、「自分のための人生」を探し始める。

そして、主治医として二人の変化を不思議な聴診器で聞き続けた摩周湖は、自分の洞察力がむしろ誰よりも優れていたことを知り、自信を回復していく。同時に、己の世間知らずを自覚する。

生き直しの時間を与えられたこと、あるいは生き直しを選んだ人たちの心の声を聴くことで、三人は人生に必要な知恵と勇気を身につけていく。

他人を信じる。自分を信じる。自分のために生きる。そして、人のために尽くす。それぞれの年齢（人生の段階と言ってもいいが）で備えておくべき「心構え」を見つけていく旅路が、本作では描かれているのだ。

思えば、垣谷作品の登場人物たちは常に「現実を見据えて生きる覚悟」を求められてきた。

テレビドラマにもなった『リセット』は、人生を何度もやり直すという特権を得ながらも、一度も思うように生きられずにもがき苦しむ女性たちを描いている。また、ベストセラーで、二〇二一年の映画公開が予定されている『老後の資金がありません』では、万全の老後計画がみるみる崩れていく主婦の右往左往を描く。この他にも、あらゆる作品で登場人物たちは「内なる甘さ」との決別を求められるのである。

そして、それは本作でも同じ。桜子、貴子、摩周湖はそれぞれが抱える課題をどう解決するのか選ばされていく。

一番ハードな選択を迫られるのは、十代なのに嫌でも自立しなければならない桜子なのだが、著者は驚くような選択肢を突きつける。貴子もその選択肢に関わっていくことになるが、それがどんなものかは本編を読んでのお楽しみ。ただ、一つだけ言及しておくと、読者は自分の中にある偏見や固定観念と向き合うことを余儀なくされるだろう。垣谷作品は、いつだって自分と対話するように仕向けてくるのだ。

死ぬ時に後悔せずにすむ、希望に満ちた人生に必要なものは何なのか。

結末まで読めば答えが書いてある、わけではない。登場人物たちと同じように、読んでいる私たちも答えは自分で見つけなければならない。

ただ、ヒントはたくさん、文中のあちらこちらにちりばめられている。物語を楽しんだ後、今の自分に必要なヒントをじっくり探してみるのも、本書の楽しみ方の一つかもしれない。


（もんが・みおこ／書評家）

―――本書のプロフィール―――

本書は、『きらら』二〇一九年九月号から二〇二〇年八月号まで掲載された同名作品を加筆修正したものです。

小学館文庫

希望病棟（きぼうびょうとう）

著者　垣谷美雨（かきやみう）

二〇二〇年十一月十一日　初版第一刷発行
二〇二三年十二月十二日　第八刷発行

発行人　庄野　樹
発行所　株式会社　小学館
〒一〇一-八〇〇一
東京都千代田区一ツ橋二-三-一
電話　編集〇三-三二三〇-五六一六
販売〇三-五二八一-三五五五
印刷所――TOPPAN株式会社

ISBN978-4-09-406836-8